크리스마스 살인

Hercule Poirot's Christmas

AGATHA CHRISTIE MYSTERY AGATHA CHRISTIE MYSTERY AGATHA CHRISTIE MYSTERY AGATHA CHRISTIE MYSTERY AGATHA CHRISTIE MYSTERY AGATHA CHRISTIE MYSTERY AGATHA CHRISTIE MYSTERY AGATHA CHRISTIE MYSTERY AGATHA

애거서 크리스티 추리 문학 48

크리스마스 살인

이기원 옮김

해문

■ 옮긴이 이기원

한양대학교 졸업.
현재 전문 번역인으로 활동 중.

크리스마스 살인

초판 발행일	1987년 12월 30일
중판 발행일	2009년 05월 20일
지은이	애거서 크리스티
옮긴이	이 기 원
펴낸이	이 경 선
펴낸곳	해문출판사
주 소	서울시 마포구 합정동 392-2 써니힐 202호
TEL/FAX	325-4721~2 / 325-4725
출판등록	1978년 1월 28일 (제3-82호)
가격	6,000원
ISBN	978-89-382-0248-2 04840
	978-89-382-0200-0(세트)

※ 잘못된 책은 바꾸어 드립니다.

그 노인이 그렇게도 많은 피를 흘리게
될 줄을 그 누가 상상이나 했으리오?

—맥베스—

친애하는 제임스,

당신은 언제나 가장 믿음직하고 다정한 나의 독자였어요. 그래서 나는 당신에게서 한 마디 비평의 글을 받을 때마다 마음에 깊이 새겨두곤 했답니다.
당신은 내가 만드는 살인들이 너무나 교묘하게 꾸며진 듯하다고 불평을 했었지요(정말 현기증이 날 정도로). 당신은 '유혈이 낭자하고 현란한 폭력적 살인'을 보기를 원했지요. 살인이 일어난 곳엔 틀림없이 그것이 있어야 한다고요!
그래서 이 작품은 특별한 이야기로 꾸몄습니다. 당신을 위해 쓴 것이지요. 이것이 만족스럽기를 원합니다.

당신의 다정한 형수, 애거서

차 례

12월 22일

1

스티븐은 코트의 옷깃을 끌어당기며 플랫폼을 따라 총총히 걸어갔다. 고개를 드니 운무같이 침침한 안개가 역 주위를 감싸고 있었다. 거대한 증기 기관차가 차갑고 냉랭한 대기 사이로 뿌연 증기를 내뿜으며 힘차게 지나갔다. 사방을 뒤덮고 있는 검댕이 때문에 모든 것이 어둠침침했다.

스티븐은 문득 이런 생각이 들었다.

'정말 지저분한 나라로군. 런던은 지저분하기 짝이 없는 도시야!'

괜히 설레었던 런던에 대한 기대는 깡그리 사라져 버렸다. 상점들과 레스토랑, 그리고 세련되게 차려입은 아름다운 여인들의 런던을 얼마나 기대했는데! 지금 그의 눈에 비친 런던은 지저분한 진열대에서 반짝거리는 모조 다이아몬드와 다를 바 없었다.

'차라리 남아프리카로 돌아가 버릴까…….'

참을 수 없는 향수가 순간적으로 그의 뇌리를 스치고 지나갔다. 화사한 햇살, 푸른 하늘, 꽃이 만발한 정원, 차가운 하늘빛 꽃들, 플럼베이고(바닷가 소나무의 일종) 울타리, 조그만 오두막이면 어디나 덩굴이 얽어 올라가는 남빛 메꽃.

그러나 이곳은 더럽고 음산하며 끝도 없는 인파의 무리가 득실거릴 뿐이다. 다들 부산하게 움직이며 서로 아우성치고 있었다. 개미탑 주위를 쉴 새 없이 우글거리는 개미떼나 다름없었다.

'오지 말았어야 하는 건데…….' 하는 생각이 그의 뇌리를 다시 한 번 스치고 지나갔다.

하지만 그는 문득 자신이 런던에 온 목적을 떠올리고는 결연한 표정으로 다시 한 번 입술을 깨물었다.

아냐, 제기랄, 어쩔 수 없어. 어쨌든 끝내야만 하니까! 그는 올해 내내 이 일을 계획했었다. 그는 작정한 일은 꼭 해치우고 말아야 직성이 풀리는 그런 사람이었다.

그래, 어쨌든 그 일은 계속 진행해야 한다!

뭔가 석연찮은 생각이 시시각각으로 그를 사로잡기 시작했다. 갑작스런 의문이 일었던 것이다.

'과연 그럴 만큼 가치가 있는 일일까? 나는 왜 과거에 집착하는 것일까? 왜 모든 게 지워지지 않는 것일까?'

조금이라도 의지가 약해지는 순간에는 이런 생각들이 그를 파고들었다. 하지만, 그는 이미 이런 순간적 충동에 몸을 맡길 만한 소년이 아니었다. 목적을 위해 움직이는 40대의 건강한 남자였다. 그는 이미 이 일을 실행하고자 결심했다. 영국에 오면 반드시 해야 할 일이기에 기필코 실행에 옮기고 싶었다.

그는 열차에 올라 자신의 객실을 찾아 복도를 걸어갔다. 그는 자신의 가죽 여행가방을 들고 뒤따라오는 짐꾼이 먼저 지나가도록 옆으로 비켜주었다. 그는 차례로 객실을 지나치며 안을 들여다보았다. 열차는 초만원이었다. 크리스마스가 사흘밖에 남지 않았기 때문이다.

스티븐 파르는 승객으로 가득 찬 객실을 짜증스런 눈길로 살펴보았다.

사람들! 헤아릴 수 없을 만큼 북적거리는 사람들! 하지만, 모두 다 그렇고 그런 사람들뿐! 말 그대로 한결같이 우중충해 보이는 사람들뿐! 너나 할 것 없이 비슷비슷한 모습, 다들 너무나 똑같은 모습. 너무나 똑같은 모습을 하고 있기에 차라리 섬뜩한 느낌마저 드는군!

그는 사람들이 전부 양의 표정을 짓고 있지 않으면, 토끼의 얼굴을 하고 있다는 생각이 들었다. 대부분의 사람은 재잘거리며 떠드는 데 정신이 팔려 있었다. 몇몇 육중한 중년 사내들이 꿀꿀거렸다. 돼지들과 하나도 다를 것이 없는 인간들. 한결같이 계란형의 갸름한 얼굴에 입술을 새빨갛게 칠한 여자들의 단조로운 모습에서도 맥이 빠지기는 매일반이었다.

문득 그는 시원하게 펼쳐진 남아프리카의 초원이 그리워졌다. 강렬한 햇빛과 한적한 고독이 있는 곳.

바로 그런 생각을 하면서 객실 안을 들여다보던 그는 갑자기 큰 호흡을 하지 않을 수 없었다. 이 아가씨는 달랐다. 검은 머리칼에 짙은 아이스크림같이 어두운 눈동자, 그 깊은 눈 속엔 밤의 어둠을 담고 있는 것 같았다. 남부인의 자존심을 담고 있는 눈빛, 우울한 저 눈빛…….

저런 아가씨가 이런 멍청이같이 단조로운 여자들 속에 섞여 이 열차를 타고 따분한 중부 잉글랜드 지방으로 가고 있다는 건 뭐가 잘못되어도 단단히 잘못된 일이다. 그녀는 극장 2층 특별석에 앉아 있어야만 어울릴 것 같은 그런 여자였다. 장미같이 붉은 입술. 고결한 머리칼을 감싸고 있는 검은 레이스 아무래도 이런 분위기엔 어울리지 않는 여자였다. 후끈거리는 열기와 먼지, 게다가 투우장 같은 냄새, 피 냄새와는……. 그녀는 이런 3등 객실의 모퉁이에는 어울리지 않는, 어딘가 고결한 냄새가 나는 그런 여자임에 틀림없었다.

그는 관찰력이 예민한 남자였다. 그는 그녀의 작고 남루한 검정 코트와 셔츠, 싸구려 털실 장갑, 수수한 구두, 게다가 그녀의 반항적인 기질을 대변하는 듯한 불타는 빛깔의 붉은 핸드백을 놓치지 않았다. 하지만, 그런 것들에도 그녀에게선 알 수 없는 귀티가 빛을 발하고 있었다. 한 마디로 그녀는 고결하고 아름답고 매혹적인 여자였다!

사람들이 개미처럼 바쁘게 움직이는 이 으스스한 안개투성이의 나라에서 그녀는 도대체 무엇을 하고 있단 말인가?

그는 생각했다.

'그녀가 누구인지, 이곳에서 무얼 하고 있는지 나는 알겠다. 나는 알 것 같아…….'

2

필라는 창문 쪽으로 바싹 붙어 앉아 있었다. 영국의 냄새는 참으로 이상하다. 영국에 대한 생각 중 그녀의 뇌리를 가장 강하게 스치고 간 생각은 바로 이것이었다. 어딘가 독특한 냄새, 마늘냄새나 흙냄새 따위는 전혀 없었다. 하지만, 그렇다고 해서 향기 따위도 없었다. 지금 이 열차 속을 진동하는 것은 냉랭하고 퀴퀴한 냄새뿐이었다. 열차에서 뿜어내는 유황냄새, 비누냄새, 그리고 또 한 가지 불쾌하기 그지없는 냄새……. 이 냄새는 아무래도 옆자리에 앉아 있는 뚱뚱한 여자의 모피 목도리에서 나는 냄새 같았다.

필라는 마지못해 좀약 냄새를 들이마시며 조심스레 킁킁거리며 생각했다.

'당신 같은 여자가 풍기고 다니기엔 좀 우스꽝스러운 냄새야.'

기적이 울렸다. 커다란 목소리가 무슨 말인가를 외쳐대니 열차는 역을 서서히 빠져 나가기 시작했다. 이제 그녀는 여행을 시작한 것이다.

그녀의 가슴이 약간 빠른 속도로 쿵쿵거리기 시작했다. 과연 잘 될 것인가? 과연 의도하던 대로 일이 성공할 것인가? 분명하고 확실하게…….

그녀는 한 치의 착오도 없이 그 일에 대해 생각하고 또 생각했다.

'그래, 반드시 성공할 거야. 아니, 반드시 성공해야만 해…….'

필라의 빨간 입술 곡선이 위로 삐죽 올라갔다. 문득 잔인한 미소가 그녀의 입술을 핥고 지나갔다. 잔혹하고 탐욕스러운 입술, 어린아이나 앙증스러운 새끼고양이의 입과 같은……, 자신의 욕망만을 생각할 뿐, 동정 따위는 모르는 그런 입술.

그녀는 어린아이처럼 호기심 어린 눈으로 주위를 둘러보았다.

이 사람들 전부 얼마나 우스꽝스러운가. 영국인은 어쩔 수 없어! 객실 안에 있는 일곱 명의 승객들은 전부 돈 많고 부유한 사람들인 것 같았다. 입고 있는 옷이나 부츠로 미루어 볼 때, 과연 영국은 그녀가 익히 들어왔던 대로 부유한 나라임에는 틀림없는 모양이다. 하지만, 영국인들은 쾌활하지 못한 것 같았다. 아니 쾌활한 구석이라곤 찾아볼 수 없는 사람들인 것 같았다.

복도에 멋진 남자가 한 명 서 있었다. 필라는 그 남자가 아주 잘생겼다고 생각했다. 그녀는 그 남자의 짙게 그을린 얼굴과 높게 솟은 콧날, 그리고 딱 벌어진 어깨가 맘에 들었다. 어떤 다른 영국 여자들보다 빨리 필라는 그 남자가 자신에게 호감을 느끼고 있다는 걸 눈치 챘다. 그녀는 단 한 번도 남자 쪽으로 눈길을 던지지 않았지만, 그 남자가 자기에게 벌써 몇 차례나 눈길을 던졌으며, 또 자기를 유심히 쳐다보고 있다는 사실을 훤히 꿰뚫어 보고 있었다.

하지만 그녀는 어떤 호감이나 감정을 가지고 그 사실을 받아들이지는 않았다. 그녀는 남자가 여자를 쳐다보는 것쯤은 당연한 일로 여기고, 또 그것을 구태여 감추려 하지 않는 나라에서 온 여자였다. 그는 아무리 생각해도 영국인은 아닌 것 같았다. 마침내 필라는 그가 영국인은 아니라는 쪽으로 심중을 굳혔다.

'영국인이라고 하기엔 너무나 생기 있고 발랄한 인상이야.'

필라는 단정 지었다.

'어쨌든 참 멋진 남자야. 아마 미국인일 거야.'

그녀는 그가 언젠가 서부영화에서 본 남자 배우를 꼭 빼닮았다고 생각했다.

안내원 하나가 복도를 따라 걸어왔다.

"최고급 식사입니다, 최고급 식사. 승객 여러분을 위한 최고급 식사가 준비되어 있습니다."

필라의 객실에 함께 있던 일곱 명의 다른 승객들은 다들 최고급 식사의 티켓을 갖고 있었다. 그들은 전부 자리에서 일어나 가버렸다. 갑자기 객실 안이 조용해졌다.

필라는 아까 반대편 모퉁이에 앉았던 거만한 인상의 회색 머리 여자가 몇 인치 내려 둔 창문을 재빨리 밀어올렸다. 그러고는 편한 자세로 좌석에 등을 기대 벌렁 드러누웠다. 창 밖에 펼쳐진 런던 북쪽 교외의 풍경을 물끄러미 내다보았다.

문이 뒤로 스르르 미끄러지면서 열리는 소리가 났지만, 그녀는 고개를 돌리지 않았다. 복도에 서 있던 바로 그 남자였다. 물론 필라는 객실 안으로 들어온 그 남자의 목적이 자기에게 말을 걸어 보기 위함이라는 것을 알고 있었다.

그녀는 골똘히 생각에 잠긴 채 창밖을 내다보고 있을 뿐이었다.

스티븐 파르가 말했다.

"창문을 완전히 열어 드릴까요?"

"아뇨, 괜찮아요. 이제 막 올린걸요."

그녀는 능숙한 영어를 구사했다 하지만, 억양은 약간 강한 편이었다.

잠시 침묵이 흘렀다. 그 순간 스티븐은 이런 생각을 하고 있었다.

'정말 달콤한 목소리로군. 저 속엔 태양이 들어 있어. 달콤한 여름밤과 같

아……'

필라는 생각했다.

'맘에 드는 목소리야. 강하고 우렁차. 매력 있는 남자. 그래, 확실히 매력 있는 남자야.'

"열차가 초만원이군요." 스티븐이 말했다.

"오, 정말 그래요. 다들 런던을 빠져나가는 사람들인 모양이에요. 런던이 너무 침침한 곳이라서 그러나 보죠."

필라는 열차에서 낯선 남자와 얘기를 나누는 것을 죄악시하도록 키워진 그런 여자는 아니었다. 그녀는 여느 여자들과 마찬가지로 스스로를 지킬 줄 아는 여자였다. 하지만, 그렇다고 해서 무슨 엄격한 금기 같은 것을 가진 여자도 아니었다. 만일 스티븐이 영국에서 자란 남자라면 젊은 처녀와 쉽사리 대화를 나누는 일이 나쁜 짓이라고 생각할지도 모른다. 하지만, 스티븐은 자기만 괜찮다면 어느 누구와도 거리낌 없이 얘기를 나눌 수 있는 사교적인 성격의 소유자였다.

그는 아무런 자의식도 느끼지 않고 미소를 지으며 말했다.

"런던이야말로 정말 형편없는 곳이지요?"

"오, 정말이에요. 지긋지긋한 곳이에요."

"나도 마찬가지입니다."

"영국인이 아니신 것 같아요?" 필라가 말했다.

"영국인은 영국인입니다. 하지만, 나는 남아프리카 출신이지요."

"오, 그랬군요. 왠지 이상하더라니."

"지금 막 외국에서 오는 길인가요?"

필라는 고개를 끄덕였다.

"전 스페인에서 왔어요."

스티븐은 흥미가 당겼다.

"스페인이라고 했나요? 그럼, 아가씬 스페인 사람인가요?"

"절반만 스페인인이죠. 어머니는 영국분이셨어요. 제가 영어를 유창하게 구사할 수 있는 것도 바로 그 때문이에요."

"이번 전쟁(스페인 내란을 가리킴)에 대해선 어떻게 생각합니까?"

"정말 끔찍한 일이에요. 안타깝기도 하지만, 무엇보다도 피해가 이만저만이 아니었어요."

"아가씬 어느 편이죠?"

필라의 정견(政見)은 꽤 애매모호한 것 같았다. 자신이 살던 마을에서는 전쟁에 특별한 관심을 기울이는 사람은 아무도 없었노라고 그녀는 설명했다.

"짐작하시겠지만, 전쟁은 우리와는 상관없어요. 시장이야 정부 관리니깐 당연히 정부 편이었죠. 신부도 마찬가지로 프랑코 장군을 지지하는 사람이었어요. 하지만 대부분의 사람들은 포도밭을 가꾸는 일에만 정신을 쏟는답니다. 그런 문제에 뛰어들 시간이 없는 셈이죠."

"아가씨가 살던 곳 근처에서 전투가 벌어진 적은 없었나요?"

필라는 그런 일은 없었다고 대답했다.

"하지만, 차를 타고 올 때였어요. 스페인을 거의 다 횡단했을 때, 그곳은 그야말로 엉망진창이더군요. 제 눈으로 폭탄이 떨어져 차가 박살이 나는 꼴을 직접 목격했어요. 바로 제가 탔던 차였어요. 폭탄에 집이 무너져 내리는 것도 보았답니다. 얼마나 놀랐는지!"

스티븐은 살짝 웃었다.

"그래, 그때 기분이 어떻던가요?"

"정말 골치 아픈 일이었죠." 필라는 설명했다.

"사실 저는 그 차를 계속 타고 가야 하는데, 운전사가 그만 죽어 버린 거예요."

스티븐이 그녀를 멀뚱멀뚱 쳐다보며 말했다.

"골치만 아팠다니……, 마음이 아프지도 않았단 말입니까?"

안 그래도 커다란 필라의 눈망울이 더욱 휘둥그레졌다.

"사람은 누구나 죽게 마련이에요! 운전사도 마찬가지 아닌가요? 갑자기 하늘에서 폭탄이 뚝 떨어져 난장판이 되어 버리듯, 죽음 또한 불시에 맞닥뜨려지는 것이에요. 멀쩡하게 살다가도 금세 죽게 마련인 것이 인간의 운명이죠. 죽음이란 인간 세상의 당연지사예요."

스티브 파르는 웃음을 터뜨렸다.

"아가씨를 평화주의자라고 할 수는 없겠군요."
"저는 저 자신이 어떤 사람인지 모르겠어요."
필라는 갑자기 이런 말을 듣게 되자 약간 어리둥절한 모양이었다.
"그럼, 아가씨는 자신의 적들을 용서할 수 있단 말입니까, 세뇨리타(Senorita; 미혼 여성에게 붙이는 스페인어)?"
필라는 고개를 내저었다.
"저는 적이 없는 사람이에요. 백 퍼센트 그렇다고 장담할 수는 없어도……."
스티븐은 다시 한 번 그녀의 오만한 듯하면서도 매력적으로 보이는 도톰한 입술에 매료된 듯 그녀를 멍하니 쳐다보았다.
필라가 진지하게 말했다.
"만일 제게 적이 있다면……, 누군가 저를 증오하는 사람이 있다면, 또 저의 증오를 불러일으키는 사람이 있다면, 그때 저는 적의 목을 이렇게 잘라 버리고 말 사람이에요."
그녀는 목을 치는 듯한 흉내를 내었다.
그녀의 행동이 너무나도 거침이 없고 당당했기 때문에, 스티븐 파르는 순간적으로 뒤로 흠칫 물러서지 않을 수 없었다.
그가 말했다.
"아가씬 피에 굶주린 여자 같군요!"
필라는 아무렇지도 않다는 듯 말했다.
"그럼, 당신이라면 자신의 적들을 어떻게 하시겠어요?"
그는 움찔 놀랐다. 그녀에게 소스라치게 놀란 듯했다. 그러고는 큰 소리로 웃으며 말했다.
"잘 모르겠소. 나는 전혀 알 수 없는걸!"
필라가 언짢은 듯한 음성으로 말했다.
"하지만, 당신도……, 분명히 알고 있어요."
그는 웃음을 뚝 멈추었다. 크게 심호흡을 한 번 하더니 낮은 음성으로 말했다.
"물론 나도 알고는 있지요……."
그러고는 태도를 갑자기 바꾸면서 그가 물었다.

"영국엔 무슨 일로 왔나요?"

필라는 아주 조심스럽게 대답했다.

"친척들과 함께 있으려고요……, 영국인 친척들."

그는 의자에 푹 기대어 앉았다. 그리고 그녀를 뚫어질 듯 찬찬히 살펴보았다. 그녀가 말하는 영국인 친척들이란 어떤 사람들일까? 과연 그들은 이 이상한 스페인 아가씨를 보고 어떻게 생각할까? 그는 크리스마스를 맞이하여 그녀가 근엄한 영국인 친척들에게 둘러싸인 광경을 상상하고 있었다.

필라가 물었다.

"남아프리카는 멋있는 곳이겠죠?"

그는 그녀에게 남아프리카에 대한 이야기를 해주었다. 그녀는 재미있는 이야기에 귀를 기울이는 아이처럼 그의 말을 아주 흥미 있는 자세로 들었다.

그는 그녀의 순박하고 센스 있는 질문에 기분이 좋았다. 그래서, 그는 이야기를 과장해서 그럴 듯하게 늘어놓았다. 본래 이 객실을 차지하던 승객들이 되돌아오는 바람에 그녀와의 재미있는 대화도 끝을 내야 했다.

그는 자리에서 일어섰다. 그녀를 보고 살짝 윙크를 한 뒤 다시 복도로 나왔다. 그는 객실에서 나오며 출입구에서 잠시 뒤로 돌아선 채 서 있어야 했다. 어느 노부인이 들어갈 수 있도록 길을 비켜 주어야 했던 것이다.

그때 그는 외국제로 보이는 필라의 담황색 트렁크에 붙은 딱지를 쳐다보게 되었다. 그는 그 이름을 유심히 읽었다.

'필라 에스트라바도스 양.'

그리고, 그녀의 주소를 보는 순간 그는 도무지 믿을 수 없는 일이 벌어지기라도 한 듯 눈이 휘둥그레졌다.

순간, 무언가 이상한 예감이 그를 사로잡았다.

'애들스필드 시, 롱데일, 고스턴 홀 저택.'

그는 우아한 표정을 짓고 있는 그 아가씨를 쳐다보며 반쯤 몸을 틀었다. 어리둥절하기도 하고, 화가 난 듯도 한 미심쩍은 표정…….

그는 복도로 나왔다. 거기 서서 담배를 피워 물었다.

그의 인상이 일그러졌다…….

3

고스턴 홀 저택의 거대한 청금색 응접실에는 앨프리드와 그의 아내 리디아가 크리스마스 계획에 대해 이야기를 나누고 있었다. 앨프리드는 온순하게 생긴 얼굴에 부드러운 갈색 눈동자를 가진 키가 크고 건장한 중년 남자였다. 그는 아주 또박또박한 발음으로 말하고 있었으며, 음성은 차분하고 명확했다.

그는 양 어깨 사이로 고개를 푹 파묻은 무기력한 자세로 아내를 물끄러미 쳐다보고 있었다. 아내인 리디아는 호리호리하고 날렵한 것이, 마치 그레이하운드 사냥개처럼 날씬한 여자였다. 그녀는 놀라울 정도로 날씬했으며, 몸 움직임 하나하나가 민첩하고 애교스러웠다.

단 하나 아쉬운 것이 있다면 그녀의 얼굴이 경망스럽게 보일 정도로 매섭게 생겼다는 사실이었다. 사실 하나도 예쁘지 않은 얼굴이었다. 하지만, 그녀의 목소리는 매혹적이었다.

앨프리드가 말했다.

"아버지가 고집을 부리실걸! 그밖엔 아무 문젯거리도 없어."

리디아는 짜증스럽다는 듯 몸을 한 번 움찔하더니 말했다.

"아니, 언제까지 아버님 말씀만 그렇게 고분고분 따르실 거예요?"

"아버지는 연로하시잖아, 여보……."

"그건 저도 잘 알아요. 충분히 안단 말이에요!"

"아버지는 자기 방식대로 하고 싶어하셔."

리디아는 냉담하게 말했다.

"물론이죠. 아버님은 항상 그렇게 해오셨으니까! 하지만, 앨프리드, 이젠 당신도 가끔은 자기주장을 펴실 때가 됐어요."

"그게 무슨 말이오, 리디아?"

그녀는 호리호리하고 아름다운 어깨를 으쓱해 보였다.

그녀는 단어 하나하나를 신중하게 골라가며 심각한 어조로 말했다.

"당신 아버님은, 점점, 폭군처럼 되어가고 있어요."

"아버지는 늙으셨어."

"하긴, 사람이 늙으면 점점 더 폭군처럼 되어가는 것이 당연하죠. 그러나, 언제 끝나죠? 벌써 그분은 우리 사생활까지도 꽉 움켜쥐고 있어요. 우리 부부의 계획을 우리 스스로 세울 수가 없다니! 혹 그렇게라도 할라치면 아예 마음 상할 각오를 해야 한다니까."

앨프리드가 말했다.

"아버지가 최우선이야. 우리에겐 아버지만큼 귀중한 분도 없다는 사실을 기억해야 해."

"오, 우리에게 귀중하다고요!"

"우리에겐 '대단히' 귀중한 분이지."

앨프리드의 말에는 무언가 알 수 없는 의미가 분명히 담겨 있었다.

리디아가 차분하게 말했다.

"돈 문제를 말한 건가요?"

"맞아, 아버지의 요구는 아주 간단한 거야. 그래도 아버지는 돈 문제로 우리에게 인색하게 구시지는 않잖아. 당신이 맘에 드는 옷을 살 수 있는 것도, 이 집에서 살 수 있는 것도 다 아버지 덕택이야. 불평 한 마디 없이 수표를 끊어주신다고. 지난주만 하더라도 새 차를 한 대 사주셨잖아."

"돈 문제에 관한 한 아버님께서 관대하시다는 건 저도 알아요. 인정해요."

리디아가 말했다.

"그러나, 아버님은 그 대신 우리가 아버님께 마치 노예처럼 굴기를 원하신다고요."

"노예라고?"

"그래요. 당신은 아버님의 노예예요, 앨프리드. 이 집에서 떠날 계획을 세워두고도 아버님이 가지 말라고 하시자 당신은 불평 한 마디 없이 모든 걸 포기하고 그냥 눌러앉았어요! 또, 아버님이 불쑥 변덕을 부려 우리더러 떠나라고 하신다면 불평 한 마디 없이 떠나야 할 거예요. 우리에겐 사생활이 없어요. 독립된 생활이 하나도 없단 말이에요."

앨프리드는 당혹스러운 듯 말했다.

"제발 그렇게 말하지 말아요, 리디아. 그건 정말 배은망덕한 짓이야. 아버지는 우리를 위해 모든 걸 다 해주시는 분이야."

리디아는 반박하고 싶지도 않다는 듯 입술만 꼼지락거렸다. 그러고는 다시 한 번 날씬하고 아름다운 어깨를 으쓱해 보였다.

앨프리드가 말했다.

"당신도 알잖아, 리디아? 아버지가 당신을 얼마나 귀여워하신다고……."

그의 아내는 단호하고 분명하게 말했다.

"저는 그따위 귀염은 원치 않아요."

"제발 나를 실망시키는 그런 말은 말아요, 리디아. 그런 무례한 말이 어디 있어."

"제 말이 무례할지도 모르겠어요. 하지만, 인간이라면 누구나 가끔은 진실을 말하고 싶은 충동을 느끼게 마련이에요."

"아버지가 이 사실을 아시기라도 한다면……."

"아버님도 훤히 알고 계세요. 제가 아버님을 좋아하지 않는다는 사실을! 아마 코웃음 치실 거예요."

"아니야, 리디아. 당신이 뭔가 오해하는 거야, 아버지는 당신 태도가 맘에 든다고 말씀하신 적이 한두 번이 아니었어."

"그럴 수밖에요. 저는 언제나 예의 바르게 행동하니까요. 또 그렇게 하려고 의도적으로 노력도 했고요. 하지만, 당신은 제 진짜 속마음이 어떤 건지 알아야 해요. 전 당신 아버지를 좋아하지 않아요. 아버님은 심술궂고 폭군 같은 노인이에요. 아버님은 당신을 괴롭히면서도 그것을 당신에 대한 자신의 애정으로 가장하고 있어요. 벌써 몇 년 전에 그렇지 않으냐고 당신이 아버님께 따져야 하는 건데."

앨프리드가 날카롭게 쏘아붙였다.

"그래, 그렇게 하겠어, 리디아. 그러니 이젠 제발 그만 해 둬."

그녀는 한숨을 내쉬었다.

"미안해요, 제가 오해했는지도 모르죠. 우리 크리스마스 계획에 대해서나 얘기해요. 데이비드 서방님이 정말로 올까요?"

"안 올 이유가 뭐가 있어?"

그녀는 믿어지지 않는다는 듯 고개를 절레절레 흔들었다.

"데이비드 서방님은 괴상한 사람이에요. 집을 나간 지 벌써 몇 년째예요. 당신 어머니께는 그렇게도 잘했던 사람이……, 이 집에 대해 무슨 특별한 감정을 가진 사람 같아요."

"데이비드는 항상 아버지의 신경을 거슬리게 했었지." 앨프리드가 말했다.

"녀석의 음악은 물론, 그 몽상가 같은 행동……. 아버지가 이해하기 어려웠을 때가 한두 번이 아니었을 거야. 어쨌든 데이비드와 힐다는 반드시 올 거야. 크리스마스니까."

"평화와 행복이 올 거라니, 설마 그럴 리가 있으려고!"

이렇게 말하는 리디아의 섬세한 입술이 빈정거리듯 뾰로통해졌다.

"조지 서방님과 맥덜린은 오는 중이에요. 내일쯤 도착할 거라고 하더군요. 제발 맥덜린이 짜증이나 부리지 않았으면 좋겠어요."

앨프리드가 약간 시무룩한 표정으로 말했다.

"왜 조지는 열두 살이나 어린 여자와 결혼했는지 알 수가 없다니까! 조지가 하는 짓은 언제나 바보 같은 짓뿐이야!"

"그래도 출세는 했잖아요." 리디아가 말했다.

"선거구민들에게도 인기가 좋아요. 맥덜린이 그를 위해 정치적으로 많은 노력을 하는 모양이에요."

앨프리드가 천천히 말했다.

"나는 그녀가 영 탐탁지 않아. 번듯해 보이기는 하지. 하지만, 그녀는 누구나 얻을 수 있는 아름다운 진주, 장밋빛 광채에 현란하게 반짝거리는 외모를 가진 멍청한 여자들 중 하나일 뿐이야."

그녀는 고개를 설레설레 내저으며 말했다.

"그럼, 그 두 사람 다 행실이 좋지 않단 말이에요?" 리디아가 말했다.

"당신이 그런 말을 하다니 정말 우스운 노릇이군요, 앨프리드!"

"우습다니?"

"실은……, 당신 같은 호인도 없다고 생각했기 때문이죠. 당신이 누군가를 혹평하는 말을 들어 보긴 정말 오랜만이에요. 사실 당신이 막무가내로, 오, 뭐랄까, 물불 안 가리고 남을 믿으려고만 하는 통에 가끔은 화가 난 적도 있었어요……. 세상 물정을 전혀 모르는 사람처럼!"

그녀의 남편이 웃었다.

"나는 항상 이렇게 생각해 왔어. 세상은 자기가 마음먹기에 달린 거라고."

리디아가 쏘아붙였다.

"천만에요! 악(惡)이란 사람 마음속에만 있는 것이 아니에요. 현실 속에도 존재하는 거예요! 당신은 이 세상에 악이 존재한다는 사실을 까맣게 망각하는 사람 같아요. 저는 그걸 알고 있어요. 느낄 수도 있고요. 저는 항상 그걸 느껴왔어요. 바로 이 집안에서도……."

그녀는 입술을 파르르 떨더니 고개를 홱 돌렸다.

"리디아……." 앨프리드가 말했다.

하지만, 그녀는 그만두자는 듯 손을 들었다. 그러고는 그의 어깨너머로 누가 나타났는지 그쪽으로 눈길을 돌렸다. 앨프리드도 뒤를 돌아보았다.

거기엔 얼굴이 매끈하고 까무잡잡한 남자가 공손한 자세로 서 있었다.

리디아가 쏘듯 말했다.

"무슨 일이에요, 호버리?"

호버리의 음성은 나지막했다, 마치 극도로 공손한 중얼거림이라고나 할까.

"주인님의 전갈입니다, 부인. 크리스마스 때 손님이 두 분 더 오실 거라고 전하라고 하시더군요. 그 두 분이 묵으실 방도 준비해 두시라고 합니다."

"두 사람이나?" 리디아가 말했다.

호버리가 공손하게 대답했다.

"예, 부인. 신사분과 젊은 아가씨랍니다."

앨프리드가 궁금한지 물었다.

"젊은 아가씨?"

"예, 주인님께서 그렇게 전하라고만 하시더군요."

리디아가 재빨리 말했다.

"제가 올라가서 좀 뵈어야겠어요."

호버리가 약간 움찔거렸다. 그것은 단지 몇 걸음밖에 안 되는 희미한 움직임에 불과했지만, 그의 움직임 때문에 리디아는 앞으로 나가려던 행동을 자동으로 멈출 수밖에 없었다.

"죄송합니다, 부인. 주인님께선 지금 낮잠을 주무시고 계십니다. 깨우지 말라는 특별 지시를 내리셨습니다."

"알았네." 앨프리드가 말했다.

"물론 우리가 방해해서야 안 되지."

"고맙습니다, 나리."

호버리가 물러갔다.

리디아는 펄쩍 뛸 듯이 말했다.

"정말 꼴도 보기 싫어! 온 집 안을 고양이처럼 살금살금 기어다닌다니까! 오는지 가는지 도무지 소리조차 들을 수가 없으니."

"호버리가 마음에 안 들기는 나도 마찬가지야. 하지만, 그는 자기 할 일은 확실히 하는 사람이야. 착한 남자 시중꾼을 구한다는 건 예삿일은 아니지. 그리고, 아버지가 저자를 맘에 들어 하시니 어쩔 수 없는 노릇이지. 그 점이 제일 중요해."

"맞아요, 앨프리드. 그 점이 제일 중요하죠. 그런데 젊은 아가씨라뇨? 어떤 아가씨죠?"

그녀의 남편은 고개를 내저었다.

"나도 감이 안 잡히는데. 도대체 어떤 여자인지 알 수가 없어."

그들은 서로 빤히 마주보았다. 갑자기 리디아가 의미심장하게 입술을 꽉 다물더니 말했다.

"제가 지금 무슨 생각을 하고 있는지 짐작하시겠어요, 앨프리드?"

"무슨 생각?"

"최근에 당신 아버님은 몹시 지루했던 모양이에요. 크리스마스를 재미있게 보내려고 혼자 무슨 꿍꿍이를 꾸미고 계신 모양이에요."

"가족들이 모인 자리에 낯선 인물을 소개함으로써 말이오?"

"오! 자세한 것은 저도 모르겠어요. 하지만, 아버님이 기분전환을 위해 무엇인가 유별난 것을 준비하고 있는 것이 틀림없어요."

"그렇게 해서라도 위안을 찾으셨으면 좋겠어."

앨프리드가 꽤나 심각한 표정으로 말했다.

"다리가 묶여 버린 불쌍한 분이 몸까지 편찮으시니, 모험으로 점철된 인생이었지만, 지금에 와선 결국……."

"모험으로 가득 찬 인생이었지만, 지금은 결국……."

그녀는 중간에 잠시 말을 멈추었다. 하지만 그 속엔 밖으로 드러나진 않았지만 뭔가 특별히 의미심장한 의미가 담겨 있었다. 앨프리드도 그것을 느끼는 모양이었다. 그는 얼굴을 붉혔다. 그는 몹시 침울해 보였다.

그녀가 갑자기 큰소리로 말했다.

"그런 분에게 당신 같은 아들이 있다니 도대체 어떻게 된 영문인지 모르겠어요! 당신과 당신 아버님은 극과 극이에요. 게다가, 아버님은 당신을 꼼짝 못하게 사로잡아 당신은 그저 아버님에 대해 감탄만 하고 있잖아요!"

앨프리드는 언짢은 기색을 내보이며 말했다.

"좀더 깊이 이해해주지 않겠어, 리디아? 그건 당연한 거야. 아들이 아버지를 사랑하는 건 당연한 일이라고. 그렇지 않은 것이 오히려 비정상이지."

리디아가 말했다.

"그렇다면, 이 집안사람 대부분이 비정상이겠군요. 오! 이젠 제발 그만 해 두라고요! 제가 사과할게요. 제가 당신의 감정을 건드렸다는 건 알고 있어요. 하지만 믿어줘요, 앨프리드. 그런 뜻으로 말했던 건 절대 아니에요. 전 단지 당신의 효심에 깊이 탄복하고 있을 뿐이에요. 요즘 세상에 효도만큼 귀중한 미덕도 없지요. 사실은 제가 질투하는 걸까요? 정말이지 여자란 으레 시어머니를 질투하는 법일까요? 심지어 시아버지까지도 질투하는 것이 여자일까요?"

그는 팔로 그녀를 부드럽게 껴안았다.

"자, 이제 그만 해, 리디아. 당신이 질투해야 할 이유는 없어."

그녀는 무안한 듯 그에게 재빨리 키스를 퍼부었다. 그러고는 그의 귓불을 부드럽게 애무했다.

"알았어요, 앨프리드. 다들 똑같아요. 제가 당신의 어머님을 질투해 왔다는 사실은 정말이지 저 자신도 믿을 수 없는 일이에요. 저도 어머니에 대해 알고 싶어요."

그는 한숨을 내쉬었다.

"어머니는 가련한 여자였어."

그의 아내가 호기심 어린 눈으로 그를 빤히 쳐다보았다.

"그랬으니 당신의 충격이 오죽했겠어요. 불쌍한 분이었다니, 정말 알 수 없는 일이군요."

그는 마치 꿈을 꾸듯 얘기를 늘어놓았다.

"어머니는 거의 언제나 앓고 계셨지. 가끔 눈물을 흘리기도 하셨고……."

그는 고개를 내저었다.

"제정신이 아닌 분이셨어."

그녀는 여전히 그를 정면으로 바라보면서 나지막하고 부드러운 음성으로 말했다. 그러다가 고개를 내저으며 말꼬리를 재빨리 딴 데로 돌렸다.

"우리에게 의문의 손님들이 누구인지 가르쳐주려 하지도 않으시니, 저는 이제 나가서 정원 일이나 끝내야겠어요."

"날씨가 무척 추워, 여보. 바람이 매서울 텐데."

"두툼하게 차려입고 나가겠어요."

그녀가 방을 나갔다. 앨프리드는 혼자 방 안에 남았다. 그는 잠깐 동안 꿈쩍도 하지 않고 서 있었다. 그의 얼굴이 약간 일그러졌다. 그는 방 끝에 있는 테라스 쪽으로 곧장 걸어갔다. 밖에는 저택이 끝나는 곳까지 테라스가 죽 이어져 있었다. 창가에 서서 1~2분쯤 지났을까, 그의 시야에 리디아가 나타났다.

리디아는 납작한 광주리를 들고 커다란 판초를 걸치고 있었다. 그녀는 광주리를 내려놓고 지면보다 약간 높게 세워진 정방형의 석단(石段) 위에서 작업을 하기 시작했다.

그녀의 남편은 얼마 동안 그 광경을 지켜보았다. 마침내 그도 방을 나갔다. 머플러를 하고 코트를 걸친 채 옆문을 통해 그도 테라스에 모습을 드러냈다.

테라스를 따라가면서 가지런히 열을 지어 있는 축소된 정원 같은 여러 가지 종류의 석단들을 지나쳤다. 모두 솜씨 좋은 리디아의 손이 만들어낸 작품이었다.

노란색의 부드러운 모래밭을 나타내는 것도 있었다. 채색된 양철에 푸른색의 조그마한 종려나무 숲이 그려져 있고, 체격이 자그마한 아랍인 한두 명과 함께 낙타가 열을 지어 가는 광경이었다. 점토로 몇 채의 원주민 진흙집도 만들어놓았다. 테라스가 딸린 이탈리아식 정원과 채색 봉랍으로 만든 꽃으로 장식된 균형 잡힌 침대도 있었다. 북극 지방의 집도 있었는데, 주위엔 파란색 유리로 만든 빙산 조각들과 펭귄 몇 마리가 무리를 지어 있었다. 그다음 것은 동양식 정원이었는데, 거기엔 유리잔에 꽃꽂이한 것 같은 아주 작은 나무 두 그루와 점토로 만든 다리가 있었다.

마침내 그는 그녀가 작업하고 있는 바로 곁에 가 섰다. 그녀는 파란 종이를 깔고 유리컵으로 그것을 덮었다. 그 주위는 온통 쌓아올린 돌무더기였다. 그때 그녀는 이제 막 조그만 자루에서 굵은 자갈을 쏟아부어 해변을 만드는 중이었다. 바위들 사이에 자그마한 선인장들이 있었다.

리디아는 혼자 중얼거리고 있었다.

"그래, 그렇지. 바로 이렇게 되어야지……."

앨프리드가 말했다.

"최근에 만들고 있는 작품은 뭐지?"

그녀는 흠칫 놀랐다. 그가 다가오는 소리를 듣지 못했기 때문이다.

"이것 말인가요? 사해(死海)예요, 앨프리드. 맘에 들어요?"

"너무 황량한 것 같지 않아? 초목이 좀더 있어야 하지 않을까?"

그녀는 고개를 내저었다.

"제가 생각하는 사해는 이래요. 죽은 바다……."

"다른 작품들처럼 그렇게 썩 잘된 편은 아니야."

"맞아요, 제가 생각해도 그리 잘된 작품은 아니에요."

테라스 쪽에서 발걸음 소리가 났다. 희끗희끗한 머리칼에 등이 약간 굽은 늙은 집사가 그들이 있는 쪽으로 걸어오고 있었다.

"맥덜린 부인에게서 전화가 왔습니다, 마님. 조지 서방님 내외께서 내일 5시 20분쯤에 도착해도 되겠느냐고 물으시는데요?"

"알았어요. 좋을 대로 하라고 하세요."

"알았습니다, 마님."

집사가 총총히 사라졌다. 리디아는 한결 부드러워진 표정으로 그의 뒷모습을 바라보았다.

"트레실리언은 정말 필요한 사람이에요! 저 사람 없이 지낸다는 건 상상도 할 수 없는 일이에요."

앨프리드도 동의했다.

"그는 오래된 학교 같은 사람이야. 우리 집에서만 거의 40년이나 있었지. 우리에겐 너무나도 고마운 사람이야."

리디아는 고개를 끄덕거렸다.

"그래요. 그는 소설에 나오는 충성스런 노대신과도 같아요. 가족들에 대해 항의라도 할라치면 얼굴에 핏기가 싹 가시는 사람이에요!"

앨프리드가 말했다.

"그럴 사람이야. 그래, 그럴 거야."

리디아는 마지막 널빤지 조각을 다듬으며 말했다.

"자, 이제 준비는 다 끝났어요."

"준비라니?" 앨프리드는 어리둥절한 모양이었다.

그녀가 웃으며 말했다.

"크리스마스 준비 말이에요. 어휴, 당신도 참! 온 가족이 함께 모여 정취가 담뿍 담긴 멋진 크리스마스를 보내야 할 게 아니에요."

4

데이비드는 편지를 또다시 읽고 있었다. 그러고는 갑자기 편지를 구겨서 집어던져 버렸다. 하지만 이내 그것을 다시 집어 바르게 편 다음 또다시 읽었다.

아내인 힐다는 아무 말 없이 그를 쳐다보고만 있었다. 그녀는 데이비드의 관자놀이 근육(아니면, 신경이었을까?)이 실룩거리고 있음을 알 수 있었다. 길고 섬세하게 생긴 손이 가볍게 떨리고 있었고, 전신에는 신경질적인 경련이 부르르 일었다.

그는 항시 이마 아래로 드리워져 있다시피 한 헝클어진 금발을 옆으로 밀어젖히며 애원하는 듯한 푸른 눈동자로 그녀를 쳐다보았다.

"힐다, 정말 어떻게 해야 할지 모르겠소."

힐다는 아무 말 없이 잠깐 동안 망설였다. 그녀는 그의 목소리에 담긴 호소를 들었다. 그녀는 남편이 자신에게 얼마나 간절히 매달리고 있는가를 알고 있었다. 하긴, 결혼 이후로 줄곧 그래 왔지만……. 그녀는 자신이 그가 마지막 결정을 내리는데 결정적인 영향을 준다는 사실을 알고 있었다. 하지만, 바로 그 때문에 결정적인 마지막 말을 내뱉는데 더더욱 신중해지는 것이었다.

힐다가 말했다. 그녀의 음성은 경험 많은 보육원 교사의 목소리처럼 차분하고 편안한 느낌을 주었다.

"당신 마음먹기에 달린 거예요, 데이비드."

힐다는 덕성스러운 여자였다. 비록 미인은 아니었지만, 자석같이 끌어당기는 매력을 지닌 여자였다. 그녀에겐 네덜란드파 화가들이 그린 그림과 비슷한 면이 있었다. 그녀의 음성에선 훈훈하고 자애로운 냄새가 묻어 나왔다. 하지만, 그것은 또한 그녀의 외유내강한 성품을 말해주는 것이기도 했다. 그녀의 성품은 한 마디로 외유내강 바로 그것이었다. 땅딸막하고 뚱뚱한 중년의 여인, 그리 잘나지도 똑똑하지도 못한 여자. 하지만, 그녀에겐 어딘가 분명히 그대로 간과해버릴 수 없는 장점 같은 것이 있었다. 힘! 힐다 라는 힘이 있는 여자였다.

데이비드는 자리에서 일어나 안절부절못하며 방 안을 서성이기 시작했다. 그의 머리칼에는 아직 새치 하나 찾아볼 수 없었다. 나이에 걸맞지 않게 그는 아직도 소년 같은 인상이었다. 그의 얼굴은 기사(騎士) 번 존스처럼 유순해 보였다. 도무지 실감이 나지 않을 정도였으니까…….

그는 멍하니 뭔가에 정신을 빼앗겨 버린 것 같은 음성으로 말했다.

"내 기분이 어떤지는 당신이 더 잘 알 텐데."

"모르겠어요."

"벌써 말했었잖아, 되풀이하고 또 되풀이해서 벌써 몇 번이나 말했잖아! 내가 그곳을 얼마나 싫어하는지……. 그 저택과 주위의 정원, 그리고 그곳의 모든 것들이 생각만 해도 진절머리가 난다고! 그곳이라면 끔찍한 기억밖에는 아무것도 생각나는 게 없어. 정말이지 그곳에서 살았던 순간순간이 혐오스러울 뿐이야! 그곳 생각만 하면, 어머니가 겪어야 했던 그 모든 일들을 생각만 하면……, 아, 어머니……."

그의 아내는 동정이 간다는 듯 고개를 끄덕거렸다.

"정말 자상하고 인내심이 많은 분이셨어, 힐다. 병석에 누워 끊임없이 고통을 당하면서도 꿋꿋이 참으셨지. 모든 걸 인내하셨어. 하지만, 아버지 생각을 하면……."

그의 안색이 어두워졌다.

"아버진, 어머니 생전에 아픔밖에 준 것이 없어. 어머니를 아예 무시했지. 오히려 다른 여자와의 스캔들을 자랑스럽게 떠벌리기까지 했었으니까. 어머니를 단 한 번도 진심으로 대한 적이 없었을 정도였어."

힐다 리가 말했다.

"그런 일은 도저히 참아서는 안 되는 일이었어요. 어머님께서 떠나셨어야 하는 건데."

그가 꾸짖듯이 말했다.

"어머니는 너무 좋은 분이라서 차마 그렇게 하시질 못했어. 끝까지 자신의 위치를 지키는 것이 도리라고 생각하셨던 거지. 게다가 그곳은 어머니가 지키고자 하셨던 가정이 있는 곳이었어. 그밖에 갈 수 있는 곳이 어디겠어?"

"하지만 마음만 먹었더라면 자신의 삶을 찾았을 거예요."

데이비드가 성마르게 말했다.

"그땐 그럴 수 없는 시대였어! 당신은 전혀 알지도 못하고 있어. 여자는 그렇게 할 수가 없었단 말이야. 여자는 모든 것을 그냥 꾹 참아야 했던 시대였단 말이야. 무조건 참아야만 했었어. 게다가 어머니는 우릴 생각하셨던 거야. 만일 어머니가 아버지와 이혼이라도 했다면 무슨 일이 벌어졌겠어? 아버지는 곧바로 재혼했겠지. 그래서 또 다른 가정을 꾸몄을 거야. 그리고 우리에겐 관심을 두지 않고 새카맣게 잊어버렸을 거야. 어머닌 그 점을 염두에 두셨던 거야."

힐다는 아무 대답도 하지 않았다.

데이비드는 말을 계속했다.

"그래, 어머니가 옳았어. 어머니는 성녀(聖女)였어. 어머니는 불평도 한마디 않으시고 끝까지 참으셨지."

힐다가 말했다.

"불평을 아예 한마디도 안 하신 것은 아닐 거예요. 당신이 충분히 알고 있지 못할 수도 있어요, 데이비드."

그가 한결 누그러진 음성으로 말했다. 표정이 한결 밝아졌다.

"그래, 어머니는 내게 말씀해주셨지. 어머니는 내가 당신을 얼마나 사랑하는지 알고 계셨어. 어머니가 돌아가실 때……."

그는 말을 멈추더니 두 손으로 머리카락을 쓸어넘겼다.

"힐다, 너무나 끔찍한 일이었어. 나에겐 정말 너무나 무서운 일이었어. 그때 어머니는 너무나 젊은 나이였거든. 아버지가 어머니를 죽인 거야. 그래, 아버지가! 아버지는 어머니의 죽음에 대한 책임을 져야 할 사람이야. 어머니의 가슴을 갈가리 찢어놓았기 때문이야. 그때 나는 결심했어. 두 번 다시 아버지와 한 지붕 아래서 살지 않겠다고 말이야. 나는 아버지와 관계를 끊었어. 그 집과는 완전히 관계를 끊어버린 거야."

힐다는 고개를 끄덕였다.

"당신이 현명했어요. 잘한 일이었어요."

데이비드가 말했다.

"아버지는 내가 아버지 사업을 맡아주었으면 했지. 그것은 그 집에서 같이 살자는 것을 의미하지. 하지만 나는 견딜 수가 없었어. 앨프리드 형은 어떻게 견디어 내는지 도무지 이해가 안 가. 1, 2년도 아니고 어떻게 견디어 왔을까?"

"형님께선 반발심이 생긴 적도 없었을까요?"

힐다가 은근히 궁금하다는 듯이 물었다.

"그분이 다른 직업을 포기하게 된 경위를 얘기해준 적이 있잖아요."

데이비드는 고개를 끄덕였다.

"앨프리드 형은 군에 입대하기로 되어 있었어. 아버지가 미리 손을 써 두었던 거지. 형은 기병대로 입대하게 되어 있었고, 해리와 나는 사업을 맡기로 되어 있었어. 그리고 조지 형은 정치에 입문할 예정이었지."

"그런데 일이 뜻대로 되지 않은 거로군요?"

데이비드는 고개를 절레절레 내저었다.

"해리가 모든 걸 망쳐 버렸어. 해리에겐 무서울 정도로 방탕한 기질이 있었지. 빚에 허우적거리질 않나, 여러 가지 난처한 일에 빠져든 적이 한두 번이 아니었지. 그러던 어느 날 사무실에서 자리나 지키는 일 같은 건 자신에게 어울리지 않는다는 쪽지만 한 장 덜렁 남긴 채 자기 것도 아닌 돈을 수백 파운드나 가지고 세상 구경을 하겠노라고 떠나버린 거야."

"그럼, 그 뒤 해리 서방님에 대해서 들은 바가 없겠군요?"

"아니지, 아니야. 듣긴 들었지!" 데이비드는 웃었다.

"너무 자주 들은 게 탈이지! 세계 곳곳에서 돈을 보내 달라는 전보를 시도 때도 없이 쳐댔으니까. 그때마다 으레 돈을 받았고!"

"그건 그렇고, 앨프리드 형님은요?"

"아버지는 형에게 군대를 때려치우고 돌아와서 아버지 사업을 돌보라고 했어."

"순순히 따랐나요?"

"처음엔 성화가 대단했었지. 앨프리드 형은 사업 같은 걸 좋아하지 않았거든. 하지만, 아버지는 언제나 형 정도는 손가락 끝으로도 마음대로 조종할 수 있는 사람이었어. 앨프리드 형은 지금까지도 여전히 아버지에게 꽉 잡혀 있을 거야."

"그런데도 당신은 정말 용케 빠져나왔군요!" 힐다가 말했다.

"물론이지, 나는 런던으로 가서 그림 공부를 했어. 아버지는 내게 탁 털어놓고 말씀하시더군. 계속해서 그따위 바보짓을 한다면 자기가 살아 있을 때 주는 쥐꼬리만 한 용돈밖에는, 자기가 죽었을 때 아무 유산도 받지 못할 거라고 말이야. 나는 상관없다고 말했지. 아버지는 나를 철없는 바보 같다고 하시더군. 그리고 그게 마지막이었어! 그 후론 아버지를 뵌 적이 한 번도 없으니까."

힐다가 조심스럽게 물었다.

"후회한 적은 없나요?"

"천만에. 한 번도 없었어. 그곳은 내 예술을 펼칠 수 없는 곳이라는 걸 알아. 내가 아직도 그곳에 있었더라면 결코 훌륭한 예술가가 될 수 없었을 거야.

지금은 비록 이 누추한 집에서 살지언정 우린 행복해. 우린 우리가 원하는 걸 모두 얻었어. 이게 가장 중요한 거야. 그리고 내가 혹시 죽는다 해도 당신을 위해 생명보험에 가입해 두었으니 아무 염려 없어."

그는 잠시 말을 멈추었다가 다시 입을 열었다.

"그러니 지금에 와서……, 이건!"

그는 한 손으로 편지를 탁 쳤다.

"당신 마음이야 알지만, 그래도 아버님이 쓰신 거니까 좀 참으세요."

힐다가 말했다.

데이비드는 그녀의 말이 들리지도 않는다는 듯 계속했다.

"나더러 크리스마스에 아내와 함께 오라니! 크리스마스에 온 가족이 함께 모이자니! 도대체 그게 무슨 의미지?"

힐다가 말했다.

"그 편지가 말하는 내용보다 훨씬 더 깊은 의미를 담고 있지 않을까요?"

그는 도대체 무슨 뜻이냐는 듯 그녀를 쳐다보았다.

"제 생각에는 말이에요." 그녀는 싱긋 웃으며 말했다.

"당신 아버지는 늙어가고 있다는 거예요. 그래서 가족들이 다시 모였으면 하는 미련을 갖기 시작한 거죠. 그게 틀림없어요."

"그럴 수도 있겠지." 데이비드가 말했다.

"늙고 외로운 분이세요."

그는 그녀를 홱 쏘아보았다.

"그래, 그럼 같이 갔으면 한단 말이야?"

그녀가 천천히 말했다.

"그렇게 애원하다시피 하는데 아무 응답도 하지 않는 건 아무래도 너무 모진 것 같아요. 그래요, 제가 구닥다리 여자인지도 모르겠어요. 하지만, 크리스마스 때만이라도 행복하고 평화롭게 보내야 하는 게 아닐까요?"

"그래서 당신한테 말했잖아?"

"알아요, 여보. 알고 있다고요. 하지만 그건 어디까지나 과거잖아요. 이미 지난 일이고, 끝난 일이라고요."

"나에겐 그렇지 않아."

"천만에요. 당신이 잊으려고 하지 않기 때문이에요. 당신이 마음속에 과거를 생생하게 살려두고 있기 때문이에요."

"나는 잊을 수가 없어."

"잊으려고 하지 않을 뿐이에요. 그것이 바로 당신의 마음속이에요."

그는 입술을 굳게 다물었다.

"리 가문의 사람들은 누구나 똑같아. 우리 가족 전부는 벌써 몇 년이 지났지만 결코 잊지 않고 있어. 마음속에 꼭꼭 담아두고 있단 말이야. 아직까지도 기억이 생생해."

힐다는 도저히 참을 수 없다는 듯이 말했다.

"그게 무슨 자랑거리라도 된단 말인가요? 저는 결코 그렇게 생각하지 않아요!"

그는 그녀를 빤히 쳐다보았다. 그의 태도에는 무엇인가를 죽 억누르려는 기색이 엿보였다.

"당신은 기억 같은 건 대수롭지 않다는 투군. 하지만, 기억이 생생한데 어떻게 하란 말이야?"

힐다가 말했다.

"현재가 중요한 거예요. 중요한 건 과거가 아니란 말이에요! 과거는 이미 지나가 버렸어요. 과거를 생생히 지키려고만 한다면 결국 과거를 왜곡할 수밖에 없어요. 당신의 과장된 말 속에서 벌써 그것을 알 수 있어요. 그건 바로 과거에 대한 오해를 의미하는 거예요."

"나는 그 당시 주고받았던 대화나 사건 같은 걸 정확하게 기억해낼 수 있어."

데이비드가 언성을 높여 말했다.

"그야 물론이지요, 여보. 하지만 그래선 안 돼요. 그게 바로 비정상이란 말이에요! 당신은 좀더 적절한 척도로 사람을 되새겨 볼 생각은 하지 않고 소년기의 판단 기준만으로 그때를 보는 거예요."

데이비드가 물었다.

"그게 무슨 차이가 있겠어?"

힐다는 대답을 망설였다. 그녀는 남편의 마음을 뒤덮고 있는 것이 무모한 오해라는 것을 알고 있었다. 하지만, 막상 그런 말을 한다는 게 거북스러웠다.

"제 생각엔 말이에요……." 그녀가 말했다.

"당신은 아버님을 마치 악마로 보는 것 같아요! 당신은 아버님을 악의 화신인 양 몰아세우는 일에 의기양양 열을 올리고 있어요. 지금이라도 당장 아버님을 만나게 된다면 그분이 지극히 평범한 인간에 불과하다는 것을 깨닫게 될 거예요. 지금의 그분은 평범한 인간에 불과해요. 이제는 정열도 사라지고 더 이상 욕먹을 일도 없는 지극히 평범한 인간이란 말이에요. 비인간적인 괴물이 아닌 인간 말이에요!"

"당신은 이해 못 해! 아버지가 어머니를 어떤 식으로 대하셨는지……."

힐다는 심각하게 말했다.

"무조건적인 복종이나 굴복은 오히려 인간의 가장 나쁜 면을 드러나게 하는 수가 있어요. 똑같은 사람임에도 기질과 성품에 따라 전혀 다른 사람으로 돌변해 버릴 수가 있어요."

"그래, 당신 말은 어머니가 마치 무슨 잘못이라도 저질렀다는 투로군."

힐다가 그의 말을 가로막았다.

"아뇨, 절대 그런 뜻으로 한 말이 아니에요! 아버님이 어머님께 가혹하게 대하셨다는 데에는 저도 아무런 이의가 없어요. 하지만 결혼생활이라는 것은 좀 특수한 일이에요. 그래서 저는 어떤 사람이라도 당사자들밖에는 그 결혼생활에 대해 왈가왈부할 권리가 없다고 생각해요. 심지어 자식들도 마찬가지예요. 그리고 지금 이 마당에 당신이 화를 낸다고 해서 돌아가신 어머님께 도움이 되는 것도 아니잖아요. 모두 지나간 일이에요. 어머님은 이미 과거 속에 묻혀 버린 분이세요! 지금 당신과 마주하는 사람은 노인에 불과해요. 극도로 병약해진 상태에서 크리스마스에 자식들이 집으로 와주기만을 간절히 기다리는 노인이란 말이에요."

"그럼, 나더러 그곳으로 가라는 말이야?"

힐다는 잠시 망설였지만, 이내 마음을 굳혔다.

"물론이에요. 일단 가서 악마를 달래주세요. 그렇게만 하면 되는 거예요."

5

웨스터링검 시 의회의원 조지 리는 다소 뚱뚱한 편에 속하는 마흔한 살의 중년 신사였다. 엷은 푸른빛을 띤 그의 눈은 약간 휘둥그레 튀어나와 있었다. 턱밑으로 살이 무겁게 늘어져 거만해 보이는 그는 천천히 입을 열었다.

그는 은근히 위엄을 부리며 말했다.

"이미 말했지만 말씀이야, 맥덜린, 아무래도 가보는 게 도리인 것 같아."

그의 아내는 짜증스럽다는 듯 어깨를 으쓱거렸다.

그녀는 날씬했다. 백금색 머리칼에다 눈썹은 매끈하게 다듬어져 있었으며 얼굴은 계란형으로 갸름했다. 가끔 무표정하니 무슨 생각을 하는지 알 수 없게 보일 수도 있는 그런 얼굴이었다.

지금 그녀가 짓고 있는 표정이 바로 그런 표정이었다.

"여보." 그녀가 말했다.

"아무래도 날씨가 무지무지하게 추울 것 같아요."

"하지만."

조지가 말했다. 갑자기 멋진 생각이라도 떠올랐는지 그의 표정이 환해졌다.

"제법 짭짤하게 절약할 기회야. 크리스마스는 언제나 돈이 많이 드는 때니까. 게다가 하인들에겐 그냥 밥만 먹여주는 것으로 때울 수도 있잖아."

"오, 어쩜!" 맥덜린이 말했다.

"하긴, 어디 있어도 크리스마스는 썰렁할 테니까!"

"그런데 말이야."

조지는 시종일관 자기 생각에만 도취해 말했다.

"혹시 그들이 크리스마스 만찬이라도 고대하는 게 아닐까? 칠면조는 아니더라도 최소한 맛 좋은 쇠고기 조각이라도 말이야."

"누구 말이에요? 하인들? 오! 조지, 그런 쩨쩨한 일엔 제발 신경 좀 끊으세요. 당신은 언제나 돈 걱정뿐이군요!"

"나처럼 지위가 있는 사람에게 걱정이 있는 건 당연한 일이야."

"그렇긴 해요. 하지만, 그런 유치한 방법까지 동원해서 인색하게 굴어 절약해야 한다는 건 아무래도 모순된 일이에요. 아버님은 당신을 위해 보다 많은 돈을 거리낌 없이 내놓으셔야 한다고요."

"원래 아버지 스타일이 그런 건 아니었어."

맥덜린이 그를 빤히 쳐다보았다. 그녀의 적갈색 눈동자가 돌연 날카롭고 표독스럽게 변했다. 무표정한 달걀형 얼굴에 갑자기 뭔가 의미가 있음직한 움직임이 일어났다.

"아버님만큼 돈 많은 부자가 어디 있어요? 백만장자 아닌가요?"

"백만장자의 두 배는 될 걸."

맥덜린은 부러운지 한숨을 내쉬었다.

"그 많은 돈을 어디서 벌었죠? 남아프리카였던가요?"

"맞아, 옛날에 그곳에서 떼돈을 벌어들였지. 주로 다이아몬드였어."

"생각만 해도 가슴이 두근거려요!" 맥덜린이 말했다.

"그 뒤 영국으로 건너와서 사업에 손을 댄 결과 재산이 거의 두세 배 가까이 불어나게 된 것 같아."

"아버님이 돌아가시면 무슨 일이 벌어질까요?" 맥덜린이 물었다.

"그 문제에 대해 아버지가 말씀하신 적은 한 번도 없었어. 물론 꼬치꼬치 캐물어 볼 수도 없는 문제고. 아마 앨프리드 형과 내가 재산의 대부분을 차지하게 될 거야. 물론 앨프리드 형이 더 큰 덩어리를 차지하겠지만."

"다른 형제들도 있잖아요?"

"그래, 데이비드가 있지. 하지만 녀석의 몫이 많으리라고는 생각하지 않아. 녀석은 예술을 한답시고 집을 뛰쳐나간 놈이야. 정말 바보 같은 짓이었지. 아버지가 좋은 말로 집어치우라고 했을 때 녀석은 재산 따위에는 관심도 없다며 집을 뛰쳐나갔으니까."

"한심한 사람이군요." 맥덜린이 비웃듯이 말했다.

"제니퍼라는 여동생이 있었어. 어느 외국인 녀석과 눈이 맞아 집을 나갔지. 스페인 출신 미술가인데, 데이비드의 친구야. 하지만, 제니퍼는 1년 전에 죽었어. 그 애에게 딸이 하나 있는 걸로 알고 있어. 아버지가 제니퍼에게 돈을 좀 보내주긴 한 모양인데, 얼마 되지는 않나 봐. 그리고 또 한 명, 해리라고 있어."

그는 갑자기 말을 멈추었다. 약간 당황한 눈치였다.

"해리라뇨?" 맥덜린이 말했다.

"해리가 도대체 누구죠?" 전혀 뜻밖이라는 말투였다.

"음……, 음, 내 동생이야."

"당신한테 동생이 또 있는 줄은 몰랐는데요?"

"글쎄, 우리 형제들 중에 그리 칭찬할 만한 녀석이 못돼서 말하지 않았어. 우린 그 녀석에 대해서라면 서로 일체 한마디도 하지 않지. 행실이 바르지 못한 녀석이야. 최근 몇 년간 녀석은 깜깜무소식이야. 죽었을지도 몰라."

맥덜린이 갑자기 큰소리로 웃었다.

"왜 그래? 왜 갑자기 웃는 거야?"

맥덜린이 말했다.

"하도 우스워서 그래요. 조지, 당신은 같은 형제인데도 그렇게 수치스럽게 여기는군요! 당신만 고상하단 말이군요."

"뭘, 그럴 수도 있는 일이지." 조지가 냉담하게 말했다.

그녀의 두 눈이 가느스름해졌다.

"그래, 아버님도 그렇게 고상한 인물은 아니잖아요?"

"정말 왜 이래, 맥덜린!"

"가끔 아버님이 한마디씩 하실 때면 전 그냥 마음이 불편해서 죽겠다고요."

"맥덜린, 난 당신한테 무척 놀랐어. 리디아 형수도 당신 같은 느낌일까?"

"아버님은 리디아 형님에게는 그런 말을 하지 않아요."

그녀는 뾰로통하게 덧붙였다.

"그녀에겐 절대로 그런 말을 하지 않아요. 유독 제게만 왜 그러시는지 이유를 모르겠어요."

조지는 그녀를 흘끔 쳐다보더니 얼른 눈길을 다른 곳으로 돌렸다.

"오, 글쎄." 그는 모호하게 말했다.

"곰곰이 생각해보라고. 아버지 나이쯤 되시면, 게다가 건강이 그 정도로 악화한 상태에선……."

그는 더 이상 말하지 않았다.

그의 아내가 물었다.

"몸이 약해지긴 약해지신 모양이군요?"

"꼭 그렇다고만은 볼 수 없지. 아버지는 정말 억척스럽게 강한 분이야. 하여간 크리스마스라고 가족들을 주변에 불러 모았으면 좋겠다고 하시니, 우리가 가는 것이 도리일 것 같아. 아버지의 마지막 크리스마스가 될지도 모르니까."

그녀는 날카롭게 그를 쏘아붙였다.

"당신 말이야 그렇지만, 몇 년을 더 사실지도 모르잖아요."

그녀의 남편은 엉겁결에 당황하여 말을 더듬었다.

"하긴……, 더 오래 사실지도 모르지."

맥덜린이 자세를 돌려 앉았다.

"하는 수 없죠." 그녀가 말했다.

"아무래도 가봐야겠어요."

"그래, 생각 잘했어."

"하지만, 사실은 끔찍이도 가기 싫단 말이에요! 앨프리드는 멍청하기만 하고, 리디아는 저를 냉소적인 눈으로 본다고요."

"말도 안 되는 소리."

"그 여잔 틀림없이 그럴 거예요. 게다가 그 기분 나쁜 하인 녀석 꼴도 보기 싫고."

"트레실리언 영감 말이야?"

"아니요. 왜 그 호버리란 작자 말이에요. 고양이처럼 살금살금 기어다니며 유들유들 웃는 꼬락서니 하고는."

"알았어, 맥덜린. 호버리가 당신 기분을 상하게 한다면 내가 그냥 두지 않겠어!"

"그 사람도 제 신경만 건드리지, 다른 형제들에게는 그러지 않아요. 하지만 이왕 가기로 한 것 어쩔 수 없죠. 하여간 아버님이나 잘 구슬리도록 하세요."

"그래, 바로 그거야. 하인들의 크리스마스 만찬 말인데……."

"조지, 꼭 지금이 아니라도 의논할 수 있잖아요. 지금 당장 리디아한테 전화해서 내일 5시 20분쯤에 가겠다고 하겠어요."

맥덜린은 총총히 방을 나갔다. 일단 전화한 뒤, 그녀는 자신의 방으로 올라가 책상 앞에 앉았다. 그녀는 책상 뚜껑을 올리고는 여러 개의 선반을 샅샅이 뒤졌다. 청구서들이 우르르 쏟아져 나왔다. 맥덜린은 그것을 챙겨 종류별로 분류했다. 마침내 그녀는 짜증 섞인 한숨과 함께 그것들을 다발로 싼 다음 원래 있던 곳에 도로 쑤셔넣었다. 그녀는 한 손으로 자신의 부드러운 백금색 머리칼을 매만졌다.

그녀는 중얼거렸다.

"이렇게밖에 못 살다니 이게 대체 무슨 꼴이람?"

6

고스턴 홀 저택의 기다란 복도는 앞뜰 진입로가 굽어보이는 어느 커다란 방과 이어져 있었다. 오래된 플랑브와양 양식의 가구로 화려하게 장식된 방이었다. 특별한 비단 벽지와 값비싼 가죽 안락의자, 줄무늬가 새겨진 커다란 화병, 그리고 청동 조각상들……. 그곳에 있는 것들은 전부 멋지고 값비싼 진품이었다.

거대하고 으리으리한 노인용 안락의자에는 야위고 쭈글쭈글한 노인이 앉아 있었다. 그는 기다랗게 갈고리같이 생긴 손을 의자 팔걸이 위에 놓고 있었다. 바로 옆에는 황금으로 된 장식물을 박은 지팡이가 놓여 있었다. 그는 오래 입어서 낡은 푸른색 실내복을 입고 있었고, 두 발에는 슬리퍼를 신고 있었다. 머리는 백발이었으며, 안면의 피부는 노르스름했다.

누군가가 그를 본다면 늙고 쭈글쭈글한 인상에 그야말로 별 볼일 없는 평범한 노인의 얼굴로 생각하기 십상인 그런 얼굴이었다. 하지만, 근엄한 기품을 더해 주는 우뚝 솟은 매부리코와 생생하게 살아 있는 새까만 두 눈동자가 보는 이로 하여금 스스로 잘못 보았다는 것을 인정하게 하기에 충분했다. 한마디로 정열과 생명력과 활기를 담고 있는 모습이었다.

사이먼 리 영감의 찢어지는 듯한 중얼거림이 쏟아져 나왔다. 돌발적이고도 찢어지는 듯한 기쁨의 목소리였다.

"이것 봐, 내 말을 앨프리드 부부에게 전했겠지?"

호버리는 그의 의자 옆에 서 있었다. 그는 특유의 부드럽고 공손한 음성으로 대답했다.

"예, 나리."

"내가 자네한테 한 말을 틀림없이 정확히 전달했으렷다? 정확하게, 틀림없겠지?"

"물론입니다, 나리. 한 자도 빠뜨리지 않았습니다."

"그럼 그렇지. 자네는 실수하는 법이 없어. 암, 실수하고 후회하는 일은 없도록 해야지! 그래, 리디아가 뭐라고 하던가? 앨프리드는?"

호버리는 차분하고 침착하게 있었던 일을 이야기했다.

노인의 갈라진 음성이 또다시 흘러나왔다. 그는 두 손을 맞대고 문질렀다.

"잘 됐어, 더할 나위 없이 잘 됐어. 오후 내내 생각하고 궁금해하겠지. 정말 재미있군! 이제 좀 불러 올려야겠는데. 가서 애들을 데리고 오게."

"예, 나리."

호버리는 소리를 내지 않고 살금살금 방을 가로질러 걸어가더니 나갔다.

"그런데 호버리 저놈은……."

노인은 주위를 흘끔 돌아보더니 혼잣말로 악담을 퍼부었다.

"돌아다니는 꼴이 마치 고양이 같아. 어디 있는지 도통 알 수가 없거든."

그는 여전히 꼼짝도 않고 의자에 앉아 있었다. 문 두드리는 소리가 들릴 때까지 그는 손가락으로 턱을 매만지고 있었다. 앨프리드와 리디아가 들어왔다.

"아, 왔구나. 이리 와서 앉아라, 리디아. 자, 이 옆으로. 얼굴이 온통 새빨갛구나."

"추운데 밖에 나가 있었어요. 들어오니 뺨이 빨개져 버렸네요."

앨프리드가 말했다.

"몸은 어떠세요, 아버지? 오후는 편히 쉬셨나요?"

"괜찮다, 기분 좋은 오후였어. 옛날 꿈을 꾸었지! 기반을 잡고 사회적으로 유명인사가 되기 전 시절을……."

리 영감은 갑자기 날카로운 웃음을 터뜨렸다.

며느리는 그를 조심스럽게 쳐다보며 조용히 미소를 짓고 있었다.
앨프리드가 말했다.
"손님이 두 분 올 거라던데 그게 무슨 말씀입니까, 아버지?"
"아! 그거? 그래, 네게 말해줘야겠구나. 이번 크리스마스가 내겐 정말 근사한 크리스마스가 될 게다. 최고의 크리스마스. 조지와 맥덜린도 온다는구나."
"그들은 내일 5시 20분쯤 도착할 거예요." 리디아가 말했다.
사이먼 영감이 말했다.
"변변치 못한 놈! 그 녀석은 허풍선이일 뿐이야! 그래도 어쨌든 내 아들은 내 아들이지."
"선거구민들에겐 인기가 좋다는데요." 앨프리드가 말했다.
사이먼 리 영감의 갈라진 음성이 또다시 흘러나왔다.
"주민들이야 녀석이 정직하다고 생각할 테지. 청렴결백하다고! 하지만 리 가문엔 정직한 사람은 아직 하나도 없었어!"
"오, 여기 있잖아요. 아버님."
"그래, 넌 예외다, 예외야."
"데이비드 서방님은?" 리디아가 물었다.
"데이비드? 그 녀석은 요즘 어떻게 지내는지 궁금하군. 녀석은 젊었을 때 지나치게 감상적이었지. 녀석의 아내는 어떤 여자일까? 어쨌든 녀석이 자기보다 스무 살이나 어린 여자와 결혼한 건 잘못된 일이야. 그 바보 같은 조지 녀석과 하나도 다를 바 없어!"
"그래도, 반갑게도 힐다가 편지를 보냈더군요." 리디아가 말했다.
"조금 전 제가 그녀와 통화를 했어요. 내일 저녁엔 꼭 오겠대요."
시아버지는 그녀를 쳐다보았다. 날카롭고 매서운 눈초리였다.
그는 웃음을 터뜨렸다.
"너에게는 도무지 못 당하겠구나." 그가 말했다.
"리디아, 넌 정말 가정교육을 잘 받은 애다. 교양이 그걸 말해주고 있지, 내가 잘 알아. 핏줄은 못 속이나 보구나. 내게서 본받을 만한 것은 없다만, 오직 그 점 하나는 나를 본받은 것 같구나."

그의 눈에는 기쁨의 기색이 역력했다.

"자, 그럼 크리스마스 때 올 사람이 누구인지 알아맞혀 보도록 하렴. 해답을 세 가지 제시할 테니, 만일 네가 알아맞히지 못할 경우엔 5파운드짜리 지폐 한 장을 걸기로 하자."

그는 아들과 며느리를 번갈아 쳐다보았다. 앨프리드가 난처한 표정을 지으며 말했다.

"호버리 말에 따르면 아버지가 기다리는 사람은 젊은 숙녀라고 하던데요?"

"그래, 몹시 어리둥절하겠지. 조금 있으면 필라가 도착할 게다. 그 아이에게 차를 보내라고 일러두었다."

앨프리드가 흠칫 놀란 표정으로 물었다.

"필라라뇨?"

사이먼이 말했다.

"필라 에스트라바도스. 제니퍼의 딸이지, 내 손녀. 도대체 어떤 아가씨일까?"

앨프리드가 소리쳤다.

"맙소사, 아버지. 제겐 말 한마디도 없이……."

영감은 싱글싱글 웃고 있었다.

"아니, 비밀로 해 두려고 작정했었다! 찰턴에게 편지를 쓰게 하고 나머지 일은 알아서 처리하라고 했지."

다시 앨프리드가 말했다. 기분이 상한 듯 뾰로통한 목소리였다.

"그래도 그렇지, 제겐 말 한마디도 없이……."

그의 아버지가 말했다. 여전히 능글능글 웃고 있었다.

"기분이 나쁘긴 하겠지만 깜짝 놀랐을걸! 이 집에 젊은이들이 다시 오게 되다니 놀랍지 않니? 나는 필라를 한 번도 본 적이 없어. 누구를 닮았는지 궁금하구나. 엄마를 닮았을까, 아비를 닮았을까?"

앨프리드가 말했다.

"그게 정말 잘하신 일일까요, 아버지? 모든 걸 곰곰이 따져 보시라고요."

노인이 그의 말을 가로막았다.

"안전, 안전! 너는 안전에만 지나치게 신경이 곤두서 있어, 앨프리드! 언제나 그래! 그건 내 방식이 아니다! 그 아인 내 손녀야. 가족 중 유일한 손녀란 말이다! 그 아이 아비가 어땠건, 또 무슨 짓을 저질렀는지는 전혀 관심 없다. 개의치 않는단 말이야! 그 애는 내 핏줄을 타고난 내 혈육이란 말이다! 게다가, 그 아인 이 집에서 나와 함께 살려고 오고 있단다."

리디아가 날카롭게 말했다.

"여기서 같이 산다고요?"

그는 그녀를 홱 쏘아보았다.

"반대한단 말이냐?"

그녀는 고개를 저었다. 그녀는 웃으며 말했다.

"아버님께서 아버님 집에 사람을 들이시겠다는데 제가 뭐라고 왈가왈부할 입장이 아니죠. 제 말은 그게 아니라 그녀가 어떨까 해서……."

"그녀라니? 그게 무슨 소리냐?"

"그녀가 여기서 행복해 할지 모르겠다는 말이에요."

사이먼 영감은 고개를 꼿꼿이 쳐들었다.

"그 아인 땡전 한 푼도 없는 빈털터리야. 오히려 내게 감사해야 할 게다!"

리디아는 어깨를 으쓱해 보였다.

사이먼이 고개를 돌려 앨프리드를 쳐다보았다.

"이젠 내 뜻을 알았지? 멋진 크리스마스가 될 게다. 자식들이 전부 내 주위에 모이다니. 그것도 내 자식 전부가! 자, 앨프리드, 방금 힌트를 주었어. 또 다른 한 사람을 맞춰 보거라."

앨프리드는 그를 멀뚱멀뚱 쳐다보았다.

"내 자식들 전부! 생각해봐, 이 녀석아! 두말할 것도 없잖아, 해리! 네 동생 해리 말이다."

앨프리드의 안색이 하얗게 변했다. 그는 말을 더듬거렸다.

"해, 해리가……."

"그래, 바로 해리 말이다!"

"하지만, 그 녀석은 죽은 걸로 알고 있었는데!"

"그 앤 죽지 않았어!"

"아버지가……, 그 녀석을 이곳에 오게 하셨군요. 모든 걸 다 덮어두고?"
"돌아온 탕아란 말이냐? 그래, 그 말이 맞다! 해리는 불쌍한 녀석이야. 우리가 녀석을 따뜻하게 맞아주어야지. 그 녀석을 따뜻하게 맞아주어야 한단 말이다."
앨프리드가 말했다.
"녀석은 아버지를, 아니, 우리 가족 전부를 미워했는데, 녀석은……."
"그 녀석의 지난 죄를 되새길 필요는 없다! 이루 열거할 수가 없을 정도로 많기는 하지. 하지만, 크리스마스란 용서의 기간이 아니냐? 녀석의 지난 죄를 모두 용서해주는 집안이 됐으면 좋겠구나."
앨프리드가 자리에서 일어났다. 그는 작은 목소리로 중얼거렸다.
"정말 놀라운 일이야. 해리가 이 집에 발을 다시 들여놓게 될 줄은 꿈에도 몰랐는데……."
사이먼은 몸을 앞으로 굽혔다.
"넌 옛날부터 해리를 좋아하지 않았지?" 그가 자상한 투로 물었다.
"아버지 말씀은 안 듣고 딴전만 부렸으니까요."
사이먼이 껄껄 웃으며 말했다.
"하지만 과거는 어디까지나 과거야만 하는 게야. 그게 크리스마스의 의의가 아니겠니, 리디아?"
리디아 역시 안색이 창백해져 있었다. 그녀가 담담한 표정으로 말했다.
"이번 크리스마스를 맞는 아버님의 깊은 뜻을 알 것 같네요."
"나는 우리 가족들이 나를 중심으로 한데 모이기를 바란단다. 그래서 평화와 행복이 깃들었으면. 나는 이미 늙은 사람이다. 내 말을 알아듣겠니, 애야?"
앨프리드가 휑하니 밖으로 나가버렸다. 리디아도 그를 따라나가려다 잠시 망설이고 서 있었다.
사이먼이 조금 인상을 찡그리더니 고개를 끄덕거렸다.
"저 녀석이 좀 언짢았을 게다. 녀석과 해리는 결코 어울리지 않았지. 해리가 앨프리드를 두고 곧잘 비아냥거리곤 했었거든. 앨프리드를 융통성 없는 영감 같은 꽁생원이라고 놀려댔었지."
리디아의 입술이 들썩거렸다. 그녀는 한마디 하고 싶었다. 하지만, 노인의 진지한 표정을 보고는 억지로 참을 수밖에 없었다. 그녀가 참는 것을 보고 노인은 오히려 실망한 것 같았다. 리디아는 재빨리 그것을 깨닫고는 말했다.

"토끼와 거북이가 아닐까요? 아버님, 결국엔 거북이가 이기는 법이죠."

"언제나 그런 것만은 아니다." 사이먼이 말했다.

"항상 거북이가 이기는 것만은 아니란다, 리디아."

그녀는 여전히 웃음을 띤 채 말했다.

"전 이만 실례하겠어요, 아버님. 앨프리드한테 가봐야겠어요. 갑작스런 일이라 몹시 마음이 상했을 거예요."

사이먼은 껄껄거리며 웃었다.

"그래, 앨프리드는 변화를 좋아하는 성격이 아니지. 언제나 땡중처럼 점잔만 빼는 녀석이야."

"앨프리드처럼 아버님께 극진한 사람도 없어요."

"그래, 그게 잘못되기라도 했단 말이냐?"

"가끔 그런 생각이 들 때도 있어요." 그녀가 말했다.

그녀는 방을 나갔다. 사이먼 리 영감은 그녀의 뒷모습을 쳐다보았다. 그는 두 손바닥을 부딪쳐 툭툭 치더니 두 손을 가볍게 합쳤다.

"재미있군. 아직도 재미있는 일도 있군. 이번 크리스마스는 정말 재미있겠는데."

그는 간신히 몸을 일으켰다. 그리곤 지팡이를 짚고 발을 질질 끌면서 천천히 방을 가로질러 걸어갔다.

그는 방 한쪽 모퉁이에 있는 금고 쪽으로 다가갔다. 그러고는 자물쇠 다이얼의 손잡이를 잡고 이리저리 돌렸다. 금고문이 열렸다. 금고 속으로 들어가는 그의 손이 가볍게 떨리고 있었다.

그는 자그마한 섀미가죽 주머니를 끄집어냈다. 그러고는 그것을 열고 가공되지 않은 다이아몬드 원석(原石)들을 손바닥 위에 주르륵 쏟아부었다.

"흥, 정말 아름다워. 예나 지금이나 똑같아. 여전히 내 오랜 친구들이야. 정말 좋은 시절이었지. 좋은 시절……. 너희는 나의 친구, 쪼개지거나 잘라져서는 안 돼. 목걸이가 되어 여자들의 목에 걸린다든가 손가락에 끼워지고 귀에 매달려서는 안 되지. 너희는 내 거야! 나의 오랜 친구들! 너희와 나는 알고 있어. 다들 나더러 늙었다고들 하더군. 게다가 건강도 좋지 않아. 하지만 내 인생은 아직 끝나지 않았어. 이 늙은이의 목숨은 아직도 많이 남아 있단 말이야. 게다가, 여생의 즐거움도 아직 많이 남아 있지. 아직도 제법 많은 즐거움이 남아 있다고……."

제2부

12월 23일

1

트레실리언은 초인종 소리를 듣고 문으로 나갔다. 평상시와는 달리 요란한 소리였다. 그가 홀을 가로질러 가는 중인데도 벨은 또다시 울렸다.

트레실리언의 얼굴이 벌겋게 상기되었다. 신사의 저택을 방문하면서 잠시를 참지 못해 저렇게 벨을 마구 눌러대다니! 혹시 풋내기 성가대원들이라도 된다면 그나마 이해할 만도 한 일이었다.

현관문의 절반 상단에 있는 유리창에 어떤 남자의 모습이 희미하게 비치고 있었다. 어느 덩치 큰 사내가 슬라우치 모자를 쓰고 서 있었다.

트레실리언은 문을 열었다. 그의 예상대로 천박한 싸구려 옷을 차려입은 낯선 사내가 서 있었다. 볼썽사납게 차려입은 꼴이 정말 역겹기 짝이 없군! 창피한 줄도 모르는 거지 녀석!

"트레실리언 할아범이 틀림없군." 낯선 사내가 말했다.

"그동안 잘 있었습니까, 트레실리언?"

트레실리언은 그를 뚫어질 듯 쳐다보았다. 깊이 심호흡을 하고서 다시 한 번 그를 찬찬히 뜯어보았다. 그 뻔뻔스런 작자는 우뚝 솟은 콧날에 거만스럽게 턱을 쳐든 채 연방 두리번거리고 있었다. 글쎄, 아득한 옛날, 언젠가 본 적이 있는 인물인 것 같았다. 하지만, 그때보다는 훨씬 겸손한 모습이다…….

그는 '헉' 하고 숨이 넘어가는 음성으로 그를 불렀다.

"해리 서방님!"

해리는 큰소리로 웃었다.

"날 보니 무척 놀라운 모양이군요. 왜죠? 내가 올 줄 미리 알고 있지 않았나요?"

"예, 물론이죠. 알고는 있었지요."

"그럼, 왜 그리 놀라는 거죠?"

해리는 한두 걸음 뒤로 물러서더니 저택을 올려다보았다. 단단한 양질의 붉은 벽돌로 지어진 저택. 한 치의 빈틈도 없이 견고하게 지어진 집이었다.

"옛날이나 지금이나 여전하군. 고풍스러움이 물씬 풍기는 튼튼한 집이야. 본관은 하나도 바뀌지 않은 채 그대로 우뚝 서 있군. 아버지는 어떠시죠, 트레실리언?"

"몸이 좀 불편하십니다, 서방님. 줄곧 방 안에만 계신답니다. 그래도, 걱정하실 것까지는 없습니다."

"장난꾸러기 영감!"

해리 리는 안으로 들어와 트레실리언에게 목도리와 우스꽝스럽게 생긴 모자를 맡겼다.

"앨프리드 형은 어때요, 트레실리언?"

"잘 계십니다."

해리의 안색이 어두워졌다.

"나를 만나려 할까?"

"그러실 겁니다, 서방님."

"아니지! 내 생각은 정반대야! 내가 돌아온 것을 알면 놀라고 메스꺼워 속이 부글부글 끓을걸! 앨프리드 형과 나는 물과 기름이야. 성서를 읽어 보았겠죠, 트레실리언?"

"물론이죠, 서방님. 가끔 읽지요."

"돌아온 탕아 이야기가 기억나겠죠? 착한 형은 그걸 좋아하지 않았다고. 암, 결코 좋아하지 않았지! 오랫동안 집을 지키는 착한 앨프리드 형 역시 마찬가지야, 뻔할 뻔 자지."

트레실리언은 묵묵히 자신의 콧잔등만 내려다보고 있었다. 그의 꼿꼿한 허리는 일종의 항의를 표시하고 있었다. 해리가 그의 어깨를 툭 쳤다.

"자, 나를 그 늙은 아들한테로 안내하시죠." 그가 말했다.

"팔자 사나운 인물이 나를 기다리고 있다니까! 어서 나를 거기로 안내하세요."

트레실리언이 주춤거리며 기어들어가는 듯한 목소리로 말했다.

"응접실로 가시죠. 모두 계실지 모르겠습니다. 서방님이 언제 도착하실지 몰라서 아무도 마중 나가지 못했을 겁니다."

해리는 알았다는 듯 고개를 끄덕였다. 그는 트레실리언을 따라 홀을 걸었다.

그는 홀을 두리번거리며 주위를 살펴보았다.

"진열품들은 모두 제자리에 있군. 20년 전 내가 떠날 때와 달라진 것이 하나도 없는 것 같아."

그는 트레실리언을 따라 응접실로 들어갔다.

"앨프리드 씨나 앨프리드 부인, 두 분 중 한 분은 계시겠지."

트레실리언 영감이 중얼거렸다. 그러고는 서둘러 자리를 떠났다.

해리는 터벅터벅 안으로 들어갔다. 그러나 창턱에 앉아 있는 사람을 보고는 그만 걸음을 멈추고 말았다. 검은 머리칼과 크림색의 이국적인 얼굴빛에 그의 두 눈이 휘둥그레지고 말았던 것이다. 그가 말했다.

"맙소사! 당신은 아버지의 일곱 번째 아내인가 보군요?"

필라는 창턱에서 살짝 내려와 그의 앞으로 다가왔다.

그녀는 자신의 이름을 말했다.

"저는 필라 에스트라바도스라고 해요."

"아저씨는 제 외삼촌, 그러니깐 제 엄마의 동생이 틀림없군요."

해리는 눈이 휘둥그레져서 말했다.

"그래, 네가 바로 제니의 딸이구나!"

필라가 말했다.

"할아버지의 일곱 번째 아내라니 무슨 뚱딴지같은 말씀이세요? 진짜로 할아버지께 아내가 여섯 명이나 있었단 말인가요?"

해리는 웃음을 터뜨렸다.

"천만에, 아버지의 정식 부인은 한 분밖에 없었어. 뭐랬지, 필……, 이름이 뭐랬지?"

"필라예요."

"그래, 필라. 이 무덤 같은 집에서 너같이 아름다운 숙녀를 보게 되어 내가 잠깐 머리가 돈 모양이구나."

"무덤……, 무덤 같다니요?"

"이 집은 박제된 허수아비들의 박물관이지! 난 항상 이 집이 끔찍하다고 생각했어! 다시 와보니 옛날보다 더한 것 같은데!"

필라는 몹시 충격받은 듯한 표정으로 말했다.

"오, 그럴 리가 있나요. 제가 보기엔 정말 너무너무 멋진 곳인걸요! 가구도 훌륭하고, 양탄자까지……. 두터운 양탄자가 깔리지 않은 곳이 없어요. 게다가 장식품도 엄청나게 많고요. 다들 최상품에다 가만히 보기만 해도 절로 귀티가 나요!"

"하긴, 그건 맞는 말이야."

해리가 인상을 찡그리며 말했다. 그는 재미있다는 듯 그녀를 쳐다보았다.

"네 정면에서 내가 경을 칠 수는 없는 노릇이지……."

리디아가 허겁지겁 방 안으로 들어오자, 그는 갑자기 하던 말을 뚝 멈추었다. 그녀는 그에게로 곧장 다가왔다.

"안녕하세요, 해리 서방님? 전 리디아라고 해요. 앨프리드의 아내예요."

"처음 뵙겠습니다, 리디아 형수님."

그는 그녀의 이지적이면서도 풍부한 표정을 흘끔흘끔 쳐다보며 악수를 청했다. 보통 여자들과는 다른, 제법 특이한 전력(前歷)의 소유자일 것 같다는 생각이 들었다.

리디아는 해리와 마주친 순간 그가 어떤 사람인지 대충 파악할 수 있었다.

'분명히 예사내기는 아니야. 하지만, 매력적인 남자인걸. 믿어서는 안 될 것 같은 인물이야…….'

그녀는 미소 띤 얼굴로 말했다.

"집에 돌아오시니 어떠세요? 많이 바뀌었나요, 아니면 예전과 똑같은가요?"

"예전과 같이 여전히 멋있습니다." 그는 주위를 빙 둘러보았다.

"이 방은 개조한 것 같은데요."

"오! 벌써 여러 번 개조했답니다."

"형수님 솜씨 같은데……, 옛날과는 아주 딴판이군요."

"그래요, 그러실 줄 알았어요."

그는 그녀를 보고 인상을 찡그렸다. 그의 철부지 같은 인상에서 그녀는 마치 2층 노인을 보는 것 같았다.

"하지만 지금이 훨씬 더 우아합니다! 앨프리드 형은 윌리엄 3세 가문의 아가씨와 결혼했다고 들었는데?"

리디아는 미소를 지으며 말했다.

"아마 그럴 거예요. 지금도 면면히 혈통을 이어 내려오고 있죠."

해리가 말했다.

"앨프리드 형은 어떻게 지내나요? 지금도 여전히 옛날처럼 그렇게 꽁생원인가요?"

"직접 만나보세요. 나로선 어떻게 말해야 할지 모르겠네요."

"다른 가족들은 어떻습니까? 영국 도처에 뿔뿔이 흩어져 있겠군요?"

"웬걸요, 크리스마스를 맞아 다들 이곳에 와 있어요."

해리의 두 눈이 휘둥그레졌다.

"정기 크리스마스 가족 회합? 노인네가 웬일이지? 인정머리라고는 털끝만큼도 없는 사람인데. 가족은 전혀 안중에도 없었던 사람인데, 정말 이상한 일이군. 사람이 변해도 완전히 변했나본데!"

"그런지도 모르죠." 리디아의 음성은 냉담했다.

필라는 두 눈을 동그랗게 뜬 채 재미있다는 듯이 그들을 쳐다보고 있었다.

해리가 말했다.

"조지 형은 어떻습니까? 여전히 지독한 구두쇠인가요? 자기 호주머니에서 한 푼이라도 축날까 봐 얼마나 지독하게 야단법석을 떨곤 했는지 지금 생각해도 기가 막혀요!"

리디아가 말했다.

"조지 서방님은 국회에 계세요. 웨스터링검 시의원이시죠."

"뭐라고요? 국회의 뽀빠이라고요? 맙소사, 정말 잘 풀렸군."

해리는 고개를 뒤로 젖히며 껄껄 웃었다.

크고 우렁찬 그의 웃음소리가 밀폐된 응접실에 울려 퍼졌다. 필라는 깜짝 놀라 숨을 크게 들이마셨다. 리디아도 당황하기는 마찬가지였다.

바로 그때, 그의 뒤에서 뭔가 움직이는 것이 있었다. 해리는 갑자기 웃음을 멈추더니 뒤로 홱 돌아섰다. 사람이 들어오는 소리는 아닌 것 같았다. 그런데, 그곳엔 앨프리드가 서 있었다.

그는 이상한 표정으로 해리를 쳐다보고 있었다.

해리도 잠깐 동안 그대로 서 있었다. 이윽고 그의 입술에 희미한 미소가 번졌다. 그는 앞으로 한 걸음 나아갔다.

"그래, 앨프리드 형이었군!"

앨프리드는 고개를 끄덕였다.

"그래, 해리……."

그들은 서로 마주보며 서 있었다.

리디아는 크게 심호흡을 했다. 그러고는 생각했다.

'있을 수 없는 일이야! 두 마리 개와도 같아, 정말 한심해. 와락 끌어안고 싶지도 않은 걸까? 아니, 그럴 수도 있겠지. 그렇게 하지 않는 게 영국인다운 행동일지도 몰라. 하지만 서로 무슨 '말'이라도 있어야 할 게 아냐? 왜들 빤히 쳐다보고만 있는 거지?'

드디어 해리가 먼저 입을 열었다.

"글쎄, 또다시 이 집에 오게 되다니 기분이 희한한걸!"

"그래, 그렇기도 하겠지. 네가 나간 뒤론……, 아주 평안했었지."

해리는 고개를 똑바로 쳐들었다. 그는 손가락으로 턱을 만지작거렸다. 그것은 그의 버릇 같은 것이었다. 물론 그것은 적대적인 의사를 표시하고 있었다.

"물론. 오게 되니 무척 기뻐……."

그는 의미심장하게 한 마디를 더 내뱉으려 하다가 끝내 그만두고 말았다.

"'집'에 오게 되어 말이야."라고…….

2

"나는 정말 나쁜 사람이었단다." 사이먼 리가 말했다.

그는 의자에 등을 푹 기대고 있었다. 턱을 바짝 쳐들고 깊은 생각에 잠긴 채 손가락 하나로 턱을 매만지고 있었다. 전면의 대형 벽난로에서는 불길이 벌겋게 너울너울 춤을 추고 있었다. 필라는 바로 그 옆에 조그만 마분지판을 들고 앉아 있었다. 그것으로 그녀는 얼굴을 불길로부터 가렸다. 이따금 그녀는 그것을 들고 있는 팔을 가볍게 흔들어 부채질을 하기도 했다.

사이먼 리 영감은 흐뭇한 눈길로 그녀를 쳐다보았다.

그는 말하기 시작했다. 그녀에게 한 말보다 자신에게 한 말이 훨씬 많았을 것이다. 그것은 옆에 필라가 있다는 사실에 자극을 받았기 때문이다.

"나는 나쁜 사람이었단다. 너는 어떻게 생각하지?"

필라는 어깨를 으쓱거리며 말했다.

"이 세상에 죄 없는 사람은 없어요. 수녀님이 그러시던걸요. 인간을 위해 기도해야 하는 이유도 바로 그 때문이래요."

"하지만 이 할아비는 그런 보통사람들보다 훨씬 더 많은 죄를 저지른 사람이란다."

사이먼 리 영감은 허탈하게 웃었다.

"그러나 나는 후회는 하지 않는다. 그래, 절대로 후회하지 않아. 나는 즐겼던 거야. 순간순간을 즐겼던 거야! 다들 나더러 늙어서 후회할 거라고 했지만, 그건 모두 허튼소리야. 나는 절대로 후회하지 않는다. 하긴, 내가 해보지 않은 짓이라곤 하나도 없었지. 죄란 죄는 모두 지었단다! 사기, 절도, 거짓말……. 게다가 뻔하지 않겠니? 여자까지! 내 주위엔 언제나 여자들이 득실득실했었지. 언젠가 어떤 사람이 그러더군. 나더러 나와 비슷한 나이에 아들을 40명이나 경호원으로 데리고 다니는 아라비아의 추장 같다나! 아! 40명이라니! 난 40명이 얼마나 되는지도 모르겠다. 하지만, 마음만 먹었더라면 훌륭한 경호원을 40명이나 낳을 수 있었는지도 모른다. 필라야, 이런 일에 대해 너는 어떻게 생각하니? 충격받았니?"

필라는 그를 멀뚱멀뚱 쳐다보았다.

"천만에요. 제가 왜 충격을 받아야 해요? 남자란 원래 여자를 갈구해요. 제 아버지 역시 마찬가지였어요. 그게 바로 아내들이 툭하면 불행에 빠지고 교회에 가서 기도를 올리는 이유이기도 하죠."

사이먼 리 영감의 표정이 일그러졌다.

"나는 애들레이드를 불행하게 만들었지."

그는 숨소리보다도 작게 중얼거렸다.

"제기랄, 여자가 무엇이기에! 갓 결혼했을 무렵만 하더라도 발그레한 볼과 뽀얀 피부가 그렇게도 아름답게 보였건만! 하지만, 그 뒤엔? 허구한 날 징징거리며 눈물이나 찍어내기가 일쑤였어. 여자가 허구한 날 눈물만 찍어 바르고 있을 땐 남자의 가슴속에 숨어 있던 악마가 살아나는 법이야. 그녀는 오기도 없는 여자였지. 그게 애들레이드의 문제였어. 그녀가 내게 과감하게 대들기만 했었더라도! 하지만, 절대 그러지 않았어, 단 한 번도 그런 적이 없었어. 그녀와 결혼하면 마음을 잡고, 가문을 일으켜 옛날의 생활을 청산하게 되리라고 생각했었는데……."

리 영감의 목소리가 희미해졌다. 그의 두 눈은 전면을 뚫어지게 응시하고 있었다. 활활 너울거리는 벽난로의 불기둥을 뚫어질 듯 바라보고 있었다.

"가문을 일으킨다……. 젠장, 가문이 무엇이기에!"

그는 갑자기 화가 치밀어 오르는 것을 참을 수 없다는 듯 찢어질 듯한 웃음을 터뜨렸다.

"녀석들을 봐. 녀석들을 보라고! 더 이상 돌봐주어야 할 어린애도 아니야! 도대체 어떻게 된 녀석들이야? 녀석들의 혈관 속엔 내 피가 흐르지도 않는단 말인가? 적자든 서자든 녀석들 중엔 내 자식 같은 놈은 한 놈도 없단 말이야. 앨프리드만 해도 그렇다. 육시랄 놈. 이젠 그 녀석과 함께 사는 것도 지긋지긋해! 먹이를 노리는 개 같은 눈초리로 나를 보고 있어. 내가 원하면 무슨 짓이든 할 용의가 있겠지. 제기랄, 바보 같은 녀석! 그래도 녀석의 여편네, 리디아는 괜찮아. 그 애는 정신이 똑바로 박힌 여자야. 하지만 그 애는 나를 좋아하지 않지. 그래, 리디아는 나를 미워하고 있지. 허나, 그 바보 같은 녀석 때문에 나를 참아내는 거야."

그는 난로 옆에 있는 숙녀를 흘끔 쳐다보았다.

"필라……, 명심해라. 순종만큼 따분한 것도 없단다."

그녀는 그를 보고 웃었다.

리 영감은 말을 계속했다. 젊고 아름다운 아가씨와 있으니 분위기는 한결 부드러웠다.

"조지? 조지는 어떤 녀석이냐고? 등신 같은 녀석! 박제된 대구 같은 놈! 쓸개도 없는 게 머리엔 똥만 가득 찬 허풍선이 같은 놈. 오직 돈밖에 모르지. 데이비드? 데이비드도 언제나 바보 같았지. 멍청한 몽상가. 그 어미에 그 아들이야. 녀석이 한 일 중 유일하게 잘한 짓은 야무지고 편한 여자와 결혼한 것뿐이었어."

그는 손으로 의자의 가장자리를 쾅쾅 내리쳤다.

"그래도 해리가 제일 낫지! 불쌍한 해리. 나쁜 녀석 같으니라고! 하지만, 어쨌든 녀석은 살아 있어!"

필라도 동의를 표했다.

"그래요, 멋있는 분이세요."

그는 웃었다. 큰소리로 웃었다. 그리고 고개를 뒤로 젖혔다.

"오, 정말이에요. 전 그분이 무척 맘에 들었어요."

영감은 그녀를 빤히 쳐다보았다.

"맘에 든다고, 필라? 해리는 여자 다루는 데는 천재야. 그 점은 나를 닮았지."

그는 웃기 시작했다. 느릿한 웃음을, 숨이 넘어갈 듯 킥킥거리며 웃기 시작했다.

"내 인생은 정말 멋진 것이었어……. 별의별 일을 다 겪었지. 아무 여한도 없구나."

필라가 말했다.

"스페인 속담에 이런 말이 있어요. '좋을 대로 취하면 그 대가를 지불하는 법이다.'"

사이먼이 무슨 뜻인지 알았다는 듯 손으로 의자의 팔걸이를 툭툭 쳤다.

"맞는 소리. 바로 그거야. '좋을 대로 취하라.' 나는 그렇게 했다. 평생을 통해 내가 원하는 것을 취하기만 했지."

필라가 말했다. 그녀의 음성은 높고도 또렷했다. 그리고 그것이 갑자기 그의 신경을 자극했다.

"그럼, 그 대가는 지불하셨나요?"

사이먼은 웃음을 멈추었다. 그는 일어섰다. 그러고는 그녀를 멀뚱멀뚱 쳐다보면서 말했다.

"대체 그게 무슨 말이냐?"

"그 대가는 지불하셨나요, 할아버지?"

사이먼 리가 천천히 말했다.

"잘……, 모르겠구나."

그 순간 그는 불현듯 팔꿈치로 의자의 팔걸이를 탁 치며, 노기 띤 음성으로 소리를 빽 내질렀다.

"대체 무슨 말을 하자는 게냐? 도대체 무슨 뜻으로 그런 말을 하느냔 말이다?"

"무슨 말씀을 하시는지……."

마분지판을 만지작거리던 그녀의 손이 멈추었다. 그녀의 검은 눈동자는 의문에 차 있었다. 그녀는 자신이 여자임을 의식하고, 고개를 들고서 다소곳한 자세로 앉아 있었다.

"넌 악마의 딸이야." 사이먼이 말했다.

그녀가 부드럽게 말했다.

"하지만, 어쨌든 할아버지는 저를 좋아하시잖아요. 그러니, 이렇게 함께 앉아 계시죠."

"그래, 하기야 그럴 만도 해. 젊고 아름다운 아가씨와 마주앉아 보는 게 벌써 몇 년만인지. 이 늙은이는 뼈가 흐물흐물해질 정도구나. 게다가, 네 몸에 내 피가 흐르고 있다니. 제니퍼는 정말 착한 딸이었다. 암, 내 자식들 중 단연 군계일학인 셈이지!"

필라는 거기 앉은 채 미소를 잃지 않고 있었다.

"그리 신경 쓰지 않아도 돼. 이 할아비는 다 알고 있다." 사이먼이 말했다.

"네가 여기 앉아 지겨운 내 얘기를 참고 있는 이유를 나는 다 알고 있단 말이다. 솔직히 말해 돈 때문이지, 돈 때문에 그러는 거야. 아니면, 억지로 이

할아비를 사랑하는 체하기라도 하는 거란 말이야?"
필라가 말했다.
"천만에요, 전 할아버지를 사랑하지 않아요. 하지만, 좋아는 해요. 전 할아버지가 무척 맘에 들어요. 그건 틀림없는 사실이에요. 믿어주세요. 할아버지처럼 나쁜 짓을 많이 저지른 사람도 없을 거예요. 하지만, 저는 오히려 그 점이 맘에 들어요. 이 집안의 어느 누구보다도 생동감이 넘치는 분이거든요. 그래서, 제게 재미있는 얘기도 많이 해주실 수 있을 거예요. 할아버지는 숱한 여행을 하시면서 그야말로 모험적인 인생을 살아오셨어요. 제가 남자라도 그런 인생을 선택했을 거예요."
사이먼은 고개를 끄덕거렸다.
"그래, 너라면 그렇게 했을지도 모르지……. 우리 집안엔 집시의 피가 흐르지. 그런 말을 한두 번 들은 게 아니었어. 내 자식들을 보면 알 수 있지. 해리만 제외하고 말이다. 그 점은 너도 마찬가지야. 하지만, 명심해라. 난 필요한 경우엔 그 기질을 참는 사람이란다. 언젠가 내게 나쁜 짓을 한 자에게 복수를 하려고 14년을 참고 기다린 적도 있단다. 그게 바로 리 가문의 또 다른 기질이지. 결코 잊는 법이 없어! 몇 년을 기다려서라도 복수는 꼭 하고 말지. 언젠가 어떤 작자가 나를 속였었지. 나는 기회가 오기까지 14년을 기다렸단다. 그리고 마침내 해치워 버렸지. 나는 녀석을 파멸시켜 버렸단다. 깨끗이 쓸어버린 거라고!"
그의 입가에 흐뭇한 미소가 번졌다.
필라가 물었다.
"남아프리카에서 있었던 일인가요?"
"그래, 참 넓은 나라였지."
"그곳에 다시 가보신 적이 있나요?"
"결혼한 지 5년 뒤에 갔었지. 그게 마지막이었다."
"그럼, 그 이전엔? 그곳에 오래 계셨던가요?"
"물론이지."
"그때 얘길 좀 해주세요."

그는 이야기를 시작했다. 필라는 마분지판으로 얼굴을 가린 채 그의 이야기를 듣고 있었다.

사이먼의 음성이 서서히 울적해지는 것 같았다…….

그가 말했다.

"잠깐만 기다려라, 보여줄 게 있단다."

그는 조심스럽게 일어났다. 지팡이를 짚고 절뚝절뚝 방을 가로질러 천천히 걸어갔다. 그는 대형 금고의 문을 열었다. 그러고는 돌아서서 그녀더러 오라는 손짓을 했다.

"자, 이것을 보거라. 손가락으로 하나하나 만져 봐라."

그는 그녀의 휘둥그레 놀란 얼굴을 쳐다보며 웃음을 터뜨렸다.

"이게 뭔지 아니? 바로 다이아몬드, 다이아몬드란다."

필라의 두 눈이 휘둥그레졌다.

그녀는 멍하니 그것들을 쳐다보며 말했다.

"제가 보기엔 작은 조약돌로밖엔 안 보이는걸요."

사이먼이 껄껄 웃었다.

"다이아몬드 원석이지. 처음 채굴할 때 모습이 바로 이렇단다."

필라는 믿어지지 않는다는 듯 물었다.

"그럼, 진짜 다이아몬드가 되려면 가공을 해야 한단 말씀이세요?"

"그렇지."

"이게 정말 반짝반짝 빛나는 다이아몬드가 된단 말이에요?"

"그럼, 그렇게 되고말고."

필라는 어린아이처럼 말했다.

"오, 이건 정말 믿어지지가 않아요!"

"하지만 틀림없는 사실이지." 그는 흐뭇한 표정이었다.

"가격은 얼마나 될까요?"

"엄청나겠지. 가공을 하기 전에는 뭐라 확실히 말할 수 없어. 하지만, 이 작은 덩어리 한 개만 해도 수천 파운드는 될 거다."

필라는 입이 딱 벌어져 말을 잇지 못하는 것 같았다.

"수천, 파운드라고요?"

"저기 제법 큰 것은, 9천이나 1만 파운드 정도는 나갈 거고."

두 눈이 휘둥그레진 상태로 필라가 물었다.

"그런데도 왜 팔지 않죠?"

"여기 두고 보는 것이 더 좋아서."

"하지만……, 엄청난 돈이 될 텐데요."

"난 돈 같은 것엔 관심이 없다."

"오, 이해할 만해요." 필라는 감명을 받은 것 같았다.

"그래도 가공해서 아름답게 만들면 더 좋을 텐데……?"

"그냥 이대로 두는 게 좋아서 그렇단다."

언뜻 어두운 그림자가 그의 얼굴을 스치고 지나갔다. 사이먼 리는 멍하니 돌아서서 혼잣말로 중얼거리기 시작했다.

"그것들은 나의 옛날 추억을 불러일으키지. 그것들을 손가락으로 만지작거리고 있노라면, 햇살, 초원의 향기, 초원을 뛰놀던 소떼들, 옛 친구 에브, 소년들……, 그 저녁……."

가볍게 문 두드리는 소리가 들려왔다.

사이먼이 말했다.

"다이아몬드를 도로 금고에 집어넣고 잠가야겠다." 그러고는 그가 말했다.

"들어와."

호버리가 정중하고 공손한 자세로 걸어 들어왔다.

"아래층에 차가 준비되어 있습니다."

3

"여기 있었군요, 데이비드. 얼마나 찾았다고요. 얼른 이 방에서 나가요. 너무 춥잖아요."

힐다가 말했다.

데이비드는 잠깐 동안 아무 말도 하지 않았다. 그는 빛바랜 공단 커버로 덮인 나지막한 의자를 내려다보며 서 있었다.
그가 불쑥 입을 열었다.
"어머니의 의자……, 어머니가 앉아 계시곤 했던 의자. 바로 이거야. 예전과 하나도 달라지지 않았어. 비록 빛이 바래기는 했지만."
힐다의 넓고 평편한 이마가 약간 일그러졌다. 그녀가 말했다.
"알았어요. 그러니 이제 이 방에서 나가요. 이 방은 너무 추워요."
데이비드는 그 말엔 아랑곳하지 않았다. 주위를 돌아보며 그가 말했다.
"어머니는 줄곧 여기 앉아서 지내셨지. 저기 앉아서 내게 책을 읽어주시던 때가 생각나는군. 《위대한 살인자 잭》, 내가 고작 여섯 살밖에 안 되던 때였어."
힐다가 그의 팔을 잡았다.
"여보, 제발 거실로 가도록 해요. 이 방엔 난로도 없어요."
그는 순순히 돌아섰다. 하지만 그녀는 그의 전신이 부르르 떨리고 있음을 느낄 수 있었다.
"똑같아." 그가 중얼거렸다.
"하나도 변하지 않았어. 그렇게도 많은 시간이 흘렀건만 여전해."
힐다는 몹시 당혹스러운 표정이었다. 그녀는 상냥하지만 단호한 음성으로 말했다.
"다른 식구들이 다들 어디 있는 줄이나 아세요? 지금은 차를 마실 시간이란 말이에요."
데이비드는 그녀의 손을 뿌리치고 다른 문을 열었다.
"여긴 피아노가 있었던 방 같은데……. 아, 그래, 바로 이것이군! 지금도 그 때의 멜로디를 기억할 수 있을까?"
그는 앉아서 피아노 뚜껑을 열었다. 그러고는 가볍게 건반을 두드려 보았다.
"그래, 뚜렷이 생각나는군."
그는 연주를 시작했다. 그의 손놀림은 훌륭했다. 그의 손가락을 통해 멜로디가 흘러나왔다.
힐다가 물었다.
"무슨 곡인지 알 것 같기도 한데, 정확하게 기억나지 않는군요."

"나도 몇 년 동안 쳐보지 않았던 곡이야. 어머니가 쳐주시곤 했었지. 멘델스존의 '무언의 노래'라는 곡이야."

달콤한 선율이 방 안을 가득 채웠다. 힐다가 말했다.

"모차르트를 좀 쳐보세요."

데이비드는 고개를 저었다. 그는 멘델스존의 다른 곡을 치기 시작했다. 그러다가 갑자기 양손으로 건반을 꽝하고 내리쳤다. 거친 불협화음이 흘러나왔다. 그가 일어났다. 그는 전신을 부들부들 떨고 있었다.

힐다가 그에게 다가갔다.

"데이비드, 데이비드……."

"별것 아냐, 아무것도 아니야……."

4

초인종 소리가 요란하게 울렸다. 트레실리언은 자기 방 의자에서 일어나 천천히 밖으로 나가 문으로 걸어갔다.

또다시 벨이 울렸다. 그는 인상을 찡그렸다. 뿌옇게 서리가 낀 현관문 유리를 통해 슬라우치 모자를 쓴 어떤 남자의 모습이 희미하게 드러났다.

트레실리언은 손으로 앞이마를 만지작거렸다.

무엇인가 불길한 생각이 스치고 지나갔다. 무엇인가 제2의 사건에 터지려 하고 있었다. 아까도 이런 일이 있지 않았던가. 분명히 그랬던 것 같은데…….

그는 걸쇠를 잡아당겨 문을 열었다. 그러자, 무슨 말소리 같은 게 들려왔다.

한 남자가 거기 서서 말했다.

"사이먼 리 씨 댁입니까?"

"그렇습니다만."

"그분을 좀 만나뵈었으면 하는데요."

무엇인가 희미한 기억 같은 것이 트레실리언의 뇌리를 스치고 지나갔다. 까마득한 옛날 리 씨가 처음 영국에 왔을 때를 기억나게 하는 억양의 목소리였다.

트레실리언은 고개를 갸우뚱했다.

"리 씨께서는 편찮으십니다. 그래서 모르는 사람을 만나지 않으십니다. 정 만나뵙고 싶으시다면……."

그 낯선 사내가 말을 가로막았다. 그는 봉투 하나를 끄집어내어 집사에게 내밀었다.

"리 씨에게 이걸 좀 전해 주십시오."

"그렇게 하지요."

5

사이먼 리는 봉투를 집어들었다. 그는 편지 한 장을 뒤로 넘겼다. 그는 흠칫 놀라는 것 같았다. 그의 눈썹이 치켜져 올라갔다. 하지만, 이내 싱긋 웃었다.

"이럴 수가?"

사이먼은 집사에게 말했다.

"파르 씨를 이리 데려오게, 트레실리언."

"알았습니다."

사이먼이 혼잣말로 중얼거렸다.

"마침 에브네저 파르 영감을 생각 중이었는데. 킴벌리(남아프리카의 도시로, 다이아몬드 원석의 생산지)에서의 동업자였지. 그의 아들이 올 줄이야!"

트레실리언이 다시 모습을 드러냈다.

"파르 씨를 모시고 왔습니다."

스티븐 파르는 초조해 보이는 듯한 표정으로 들어왔다. 그는 애써 태연한 체함으로써 그것을 숨기려 했다. 그가 말했다(순간적으로 남아프리카의 억양이 평상시보다 강하게 튀어나왔다).

"리 씨입니까?"

"만나게 돼서 반갑네. 자네가 에브의 아들이로군."

스티븐 파르는 쑥스러운 듯 피식 웃었다.

"영국엔 초행입니다. 영국에 가게 되면 선생님을 한 번 만나보라고 아버님께서 늘 말씀하시곤 하셨습니다."

"그럼, 그래야지." 노인은 옆을 돌아보았다.

"내 손녀 필라 에스트라바도스 양일세."

"안녕하세요?"

필라가 얌전하게 말했다.

스티븐 파르는 마치 뒤통수를 얻어맞은 기분이었다.

'저렇게 능청스러울 수가, 나를 보고 놀란 것이 분명한데도 전혀 내색하지 않다니…….'

그는 착 가라앉은 목소리로 대답했다.

"만나서 무척 반갑습니다, 에스트라바도스 양."

"저도요." 필라가 말했다.

사이먼 리가 말했다.

"자, 앉게. 자네 얘길 들어 보고 싶네. 영국에 온 지는 오래되었는가?"

"오, 이제 막 도착했습니다. 아직 제가 영국에 와 있다는 실감도 나지 않습니다!"

스티븐은 고개를 뒤로 젖히며 껄껄 웃었다.

사이먼 리가 말했다.

"그럼, 잘 됐네. 우리 집에서 푹 쉬었다 가게."

"아, 그건 좀 곤란합니다. 크리스마스가 이틀밖에 남지 않았는데……."

"크리스마스는 우리 집에서 우리와 함께 보내도록 하세. 무슨 다른 계획이라도 있는가?"

"아닙니다. 그건 아닙니다만, 괜히 폐를 끼치게 될까 봐……."

사이먼이 말했다.

"그건 괜찮네." 그는 고개를 옆으로 돌렸다.

"필라야?"

"예, 할아버지."

"가서 리디아에게 손님이 한 분 더 오셨다고 해라. 그리고 이리로 좀 올라오라고 하렴."

필라가 방을 나갔다. 스티븐의 두 눈이 그녀의 뒷모습을 좇았다.

사이먼은 그의 그런 행동을 재미있다는 듯 지켜보았다.

"남아프리카에서 곧장 이리로 오는 길인가?"

"물론입니다."

그들은 남아프리카에 대한 이야기를 나누기 시작했다.

잠시 뒤 리디아가 안으로 들어왔다.

사이먼이 말했다.

"스티븐 파르 씨란다. 나의 옛날 친구이자 동업자였던 에브네저 파르의 아들이지. 크리스마스는 우리와 함께 지낼 거니까, 방을 하나 준비해라."

리디아가 싱긋 웃어 보였다.

"물론 준비해 드려야죠."

그녀의 두 눈이 이방인의 얼굴을 스치고 지나갔다. 구릿빛 얼굴에 푸른 눈, 그리고 뒤통수가 완만하게 생긴 남자였다.

"내 큰 며느리일세." 사이먼이 말했다.

스티븐이 말했다.

"가족만의 파티에 제가 괜히 끼어들게 되어 송구스럽습니다."

"아닐세. 자넨 우리 가족이나 다름없는 사람이야." 사이먼이 말했다.

"가족처럼 생각해주게."

"정말 감사합니다."

필라가 다시 그 방으로 들어왔다. 그녀는 난로 옆에 조용히 앉았다. 그러고는 마분지판을 집어들었다. 그녀는 그걸로 곧장 부채질을 했다. 그녀는 천천히 손목을 앞뒤로 흔들었고, 두 눈을 얌전하게 내리깔고 있었다.

제3부

12월 24일

1

“정말로 제가 이 집에서 머물기를 원하십니까, 아버지?”
해리가 묻고는 고개를 갸우뚱 뒤로 젖혔다.
“제가 있음으로 해서 집안이 벌집을 쑤셔놓은 꼴이 되지나 않을지 모르겠군요.”
“그게 무슨 말이냐?” 사이먼이 날카롭게 되물었다.
“앨프리드 형 말이에요.” 해리가 말했다.
“소심한 앨프리드! 만일 제가 이 집에 있겠다고 하면 펄쩍 뛸걸요.”
“미친놈!” 사이먼이 불끈 화를 냈다.
“이 집의 주인은 바로 이 아비야.”
“하지만, 어쨌든 아버지가 앨프리드 형에게 신세를 지고 있는 건 사실이잖아요. 제가 괜히 훼방을 놓기는 싫습니다.”
“잔소리 말고 내가 시키는 대로 해라.” 그의 아버지는 호통을 쳤다.
해리가 후 하고 하품을 하며 말했다.
“제가 이 집에 있고 없고는 상관하지 마세요. 그건 세상으로 뛰쳐나가고 싶은 놈의 숨통을 틀어막는 짓이니까요.”
그의 아버지가 말했다.
“너도 이제 결혼하고 정착을 해야 해.”
“누가 저 같은 놈과 결혼해준답니까? 그렇다고 조카와 결혼할 수도 없는 노릇이고. 필라라는 그 아가씨는 정말 깜찍하고 예쁘게 생겼던데요.”
“그건 또 언제 알았니?”
“자꾸만 정착하라고 말씀하시니까 하는 소리지만, 뚱보 조지 형은 어딜 가나 척척 잘해 내더군요. 형수는 어떤 사람입니까?"
사이먼이 양 어깨를 으쓱했다.
"난들 어떻게 알겠니? 조지가 마네킹 진열대에서 주웠겠지 뭐. 그 여자 입으로 말하길, 자기 아버지가 퇴역한 해군 장교라고 하더구나."
해리가 말했다.
"기껏해야 2등 항해사 정도 되겠지요. 조지 형도 단단히 조심하지 않으면 애로 사항이 많을 겁니다."
"조지 녀석은 정말 한심한 놈이야." 사이먼 리가 말했다.
해리가 말했다.
"그런 여자가 무슨 이유로 조지 형과 결혼했을까요? 돈 때문에?"
사이먼 리가 양 어깨를 으쓱해 보였다.
해리가 말했다.
"그건 그렇다 치고, 아버지는 앨프리드 형과 마음이 안 맞는 모양이군요?"
"조만간 결판이 나겠지." 사이먼이 힘주어 말했다.
그는 자기 바로 옆 테이블 위에 있는 벨을 눌렀다.
호버리가 즉시 나타났다.
"앨프리드를 이리로 오라고 하게."
호버리가 밖으로 나가자 해리가 천천히 입을 열었다.
"저놈의 영감, 문틈으로 엿듣고 있었군!"
사이먼이 어깨를 으쓱했다.
"그랬을 거다."
앨프리드가 허겁지겁 방으로 들어왔다. 동생을 보자 이내 그의 안색이 나빠졌다. 아예 해리는 본 체도 않고 그는 아버지에게 말했다.
"부르셨나요, 아버지?"
"그래, 거기 앉아라. 지금 막 생각한 건데, 아무래도 이 집 식구가 두 명 정도 더 늘게 생겼구나."
"두 명씩이나요?"
"필라는 당연히 이 집에서 살아야 할 아이고, 또 해리도 이 집에 있도록 하는 것이 좋겠구나."
"해리가 이 집에서 산다고요?"
"왜, 안 됩니까, 형?" 해리가 말했다.
앨프리드가 그에게로 고개를 홱 돌렸다.
"뻔히 알면서 그래!"
"정말 미안하게 됐어요. 하지만 뭐 굳이 안 될 것도……."
"여태껏 네가 저지른 일들을 생각해봐라. 전부 불쾌한 일들뿐이었어. 기껏해야 스캔들이나 일으키고……."
해리는 매끈한 손을 내저었다.
"다 지나간 일입니다, 형."
"모든 걸 아낌없이 베풀어주신 아버지께 네가 저지른 일들은 도저히 용서받을 수 없는 짓들이었어."
"이것 봐요, 앨프리드 형. 그건 어디까지나 아버지와 나 사이의 일이지 형과의 일이 아니라고요. 아버지가 용서하고 없었던 일로 하시겠다는데……."
"나는 괜찮다." 사이먼이 말했다.
"다섯 손가락 다 깨물어 아프지 않은 손가락 없듯이 해리도 내 자식이다, 앨프리드."
"그렇긴 합니다만, 저는 불쾌합니다. 아버지 건강을 위해서라도……."
사이먼이 말했다.
"해리는 집으로 돌아오도록 해라! 내가 그러길 원한다."
그는 한 손을 들어 해리의 어깨에 다정스럽게 얹었다.
"나는 해리를 무척 좋아한다."
앨프리드가 일어서서 방을 나갔다. 그의 얼굴은 하얗게 질려 있었다. 해리도 자리에서 일어났다. 그러고는 히죽히죽 웃으며 그의 뒤를 따라나갔다.
사이먼 리 영감은 혼자 앉아 소리 없는 미소를 짓고 있었다. 그러다 문득 그가 움찔하더니 주위를 둘러보았다.
"거기 누군가? 오, 호버리였군. 그렇게 슬금슬금 다니지 말라니까."
"정말 죄송합니다."

"괜찮아, 됐네. 이리 와서 내 말 잘 듣게. 자네한테 지시할 것이 있어. 점심 후 다들 이 방으로 올라오라고 하게. '한 명도 빠짐없이.'"

"알았습니다, 나리."

"또 한 가지, 그들이 올라올 때 자네도 함께 오게. 그리고 복도 중간쯤 오거든 자네의 '목소리를 내도록' 하게. 내가 자네 목소리를 들을 수 있도록 해야 하네. 이건 명령일세, 알았나?"

"예, 알았습니다."

호버리는 아래층으로 내려갔다. 그는 트레실리언에게 말했다.

"내게 크리스마스를 어떻게 보낼 거냐고 물어보세요. 오, 우린 멋진 크리스마스를 보내게 될 겁니다!"

트레실리언이 날카롭게 물었다.

"도대체 지금 무슨 소릴 하는 건가?"

"기다리면 알게 될 겁니다, 트레실리언. 오늘은 크리스마스 이브, 크리스마스 분위기에 취해 온통 어수선하군요!"

2

그들은 방 입구까지 들어와 멈춰 섰다. 사이먼은 전화에다 대고 누군가와 이야기를 하고 있었다. 그는 그들에게 손짓을 했다.

"다들 앉아라, 잠시만 기다려."

그는 전화에다 대고 이야기를 계속했다.

"찰턴, 호지킨스 앤드 브레이스 사무실이오? 찰턴, 자네 맞나? 나 사이먼일세. 그래, 틀림없겠지? 그래, 새로 작성한 지 얼마 되지 않았지만, 상황이 바뀌었네. 오, 아닐세, 아니야. 서두를 것은 없네. 자네의 크리스마스를 망치고 싶은 생각은 없어. 박싱데이(크리스마스가 지난 뒤의 첫 근무일. 고용인이나 우체부에게 크리스마스 선물 상자를 전해줌)나 그 이튿날쯤이면 되겠네. 일단 오면 내가 어떻게 할지 일러주지. 아닐세. 그럼, 됐네. 지금 당장 숨이 넘어가는 것도 아닌데, 괜찮아."

그는 방문객들을 마주볼 수 있도록 자리를 고쳐 앉았다. 그러고는 가족 여덟 명을 죽 둘러보았다. 그는 괜히 능청을 떨면서 말을 시작했다.

"다들 안색이 좋지 않아 보이는군. 무슨 일이라도 있느냐?"

앨프리드가 말했다.

"저희를 부르셨다기에……."

사이먼이 재빨리 말을 받았다.

"오, 미안하게 되었구나, 별것도 아닌 걸 가지고 불러서. 가족회의라도 하는 줄 알았겠구나? 아니야. 오늘은 왠지 너무 피곤하구나. 저녁식사 뒤엔 아무도 올라오지 말아라. 나는 잠이나 푹 자고 싶다. 크리스마스 날을 위해 좀 쉬어야겠다."

그는 가족들을 보고 싱긋 웃었다.

"그럼요, 쉬셔야죠." 조지가 아양을 떨며 말했다.

사이먼이 말했다.

"누가 만들었는지는 몰라도 크리스마스는 정말 좋은 관습이야! 가족의 유대감을 증진시키니까 말이다. 맥덜린, 너는 뭘 그리 생각하고 있니?"

맥덜린은 흠칫 놀라는 것 같았다. 그녀의 심술궂게 생긴 오목한 입술이 벌어졌다.

"오! 아버님 말씀이 맞아요!"

사이먼이 말했다.

"그래, 네 아버지가 퇴역 장교라고 했었지."

그는 여기서 잠시 말을 멈추더니 잠깐 동안 뭔가를 골똘히 생각했다. 그가 말을 계속했다.

"네 아버지가, 크리스마스에 대해 많이 가르쳐주지 않았나 보구나. 대가족에게 크리스마스는 꼭 필요한 법이지!"

"글쎄요, 그렇고말고요. 꼭 필요할 테죠."

사이먼의 두 눈이 그녀를 흘끔 스치고 지나갔다.

"이런 좋은 때 불쾌한 얘기를 꺼내고 싶은 마음은 추호도 없단다. 하지만, 조지, 네게 배당한 유산을 조금 삭감했으면 한단다. 장래를 위해 재산을 조금 더 처분해야겠다."
조지의 얼굴이 시뻘겋게 변했다.
"아니, 아버지, 그럴 수는 없어요!"
사이먼이 부드럽게 말했다.
"그럴 수 없다고?"
"지금도 지출이 많아 죽을 지경이에요. 도대체 어떻게 감당할지 몰라 갈팡질팡하는 중입니다. 오히려 더 많은 경제적 도움을 아버지께 받아야 할 입장이라고요."
"네 아내더러 허리띠를 조금만 더 졸라매라고 해라." 사이먼 리가 말했다.
"여자라면 그런 일에 능숙해야지. 남자들은 꿈도 못 꿀 절약을 여자들은 척척 잘해 낸단다. 게다가, 현명한 여자라면 자기 옷 정도는 자기가 해 입을 수 있어야 해. 네 어머니도 바느질 솜씨 하나는 기가 막혔지. 머리가 둔한 여자였던 게 탈이었지만, 그런 방면에는 기발하게 머리가 잘 돌아가는 착한 여자였지."
데이비드가 벌떡 일어섰다. 그의 아버지가 말했다.
"앉아라. 무슨 일이라도 저지를 기세로구나."
"어머니는……." 데이비드가 말을 시작했다.
사이먼이 말했다.
"네 어미는 정신 나간 여자였어! 내가 보기엔 애초부터 싹수가 노란 여자였어."
그가 갑자기 벌떡 일어났다. 양 볼이 시뻘겋게 달아올랐다. 카랑카랑한 음성은 부들부들 떨리고 있었다.
"이 한 푼어치도 쓸모없는 놈아! 내가 너 같은 놈을 자식이라고 걱정했다니! 너라는 놈은 사내도 아니야! 병신 같은 녀석, 사내자식이 저렇게 계집애 같아서야. 너 같은 녀석 둘을 갖다 줘도 필라 같은 아이 하나를 못 당하겠다! 하늘에 맹세하건대, 너 같은 녀석을 친자식이라고 하느니 차라리 다리 밑에서 주운 자식이 낫겠다!"
"아버지, 제발 고정하세요." 해리가 외쳤다.
그는 벌떡 일어난 채 그대로 서 있었다. 평소처럼 선량하고 유머러스하게 생긴 얼굴은 간데없고, 얼굴 전체가 심하게 일그러져 있었다.
사이먼이 호통을 쳤다.
"너도 똑같은 놈이야! 네 녀석은 뭐 별다른 놈이냐? 세계 곳곳을 떠돌아다니며 내게 한 푼이라도 더 내놓으라고 징징거리기나 하고! 네 녀석꼴이 보기 싫어 내가 병이 날 지경이다! 내 눈앞에서 빨리 사라져 버려!"
그는 가볍게 숨을 헐떡이더니 의자에 풀썩 주저앉았다.
가족들이 하나둘씩 슬금슬금 빠져나가기 시작했다. 조지는 분통이 터져 올라 얼굴이 벌겋게 상기되어 있었고, 맥덜린은 겁에 질린 것 같았다. 데이비드는 안색이 창백하게 변한 채 부들부들 떨고 있었다. 해리는 허둥지둥 그 방을 나갔다. 앨프리드도 멍하니 꿈꾸는 사람처럼 걸어갔다. 리디아가 고개를 꼿꼿하게 든 채 그의 뒤를 따랐다.
하지만, 유독 힐다만이 입구에서 나가려다 말고 멈춰 섰다. 그녀는 천천히 방으로 되돌아왔다.
그녀는 사이먼과 마주하고 섰다. 그는 감았던 두 눈을 뜨고 앞에 서 있는 여자를 빤히 노려보았다. 금방이라도 무엇인가 폭발할 것만 같은 심상찮은 분위기였다. 하지만, 그녀는 그대로 선 채 꿈쩍도 하지 않았다.
"왜 그러고 있느냐?" 그가 귀찮은 듯이 말했다.
힐다가 말했다.
"아버님이 크리스마스를 가족들과 함께 보내고 싶다고 편지를 띄우셨을 때만 해도 저는 아버님을 믿었어요. 그래서 굳이 오지 않겠다는 데이비드를 설득해서 같이 온 거예요."
"그래서? 그게 어쨌단 말이냐?" 사이먼이 말했다.
힐다가 천천히 말했다.
"아버님은 가족들과 함께 있고 싶다면서 저희더러 오라고 하셨어요. 하지만, 사실은 그 때문이 아니었어요! 서로 싸움을 벌이게 할 작정이셨죠? 그래, 그게 잘 되나 어디 두고 보시라고요!"
사이먼이 킬킬거리며 웃으며 말했다.
"나는 유머에 대해서는 천부적으로 타고난 센스가 있어. 익살을 즐기고 싶었던 것밖엔 다른 뜻은 없었다. 단지 좀 웃어 볼 심사였던 거란다!"

그녀는 아무 말도 하지 않았다. 알듯 모를 듯 뭔가 모호한 예감 같은 것이 사이먼의 뇌리를 스치고 지나갔다. 그가 갑자기 물었다.

"대체 무슨 생각을 하는 게냐?"

"괜히 두려워져요."

"이 시아비가 두렵단 말이냐?" 사이먼이 말했다.

힐다가 대답했다.

"아버님이 무서운 게 아니라……, 혹시 아버님 신변에 무슨 일이라도 생길 것 같아서!"

마치 재판관처럼 단정적으로 말을 맺은 그녀는 돌아섰다. 그녀는 무거운 발걸음으로 천천히 방을 빠져나갔다.

사이먼은 문을 멀뚱멀뚱 바라보며 앉아 있었다.

갑자기 그가 벌떡 일어났다. 그러고는 금고를 향해 다가갔다.

그는 혼잣말로 중얼거렸다.

"어디, 내 보물이나 한번 보실까……."

3

8시 15분쯤 됐을 때 초인종 소리가 났다.

트레실리언은 그 소리를 듣고 문으로 나갔다. 그가 대기실로 되돌아오자 호버리가 쟁반 위의 커피잔을 집어 상표를 살펴보고 있었다.

"누구죠?" 호버리가 말했다.

"서그덴 총경일세. 저런! 조심해서 다루게!"

호버리가 순간적으로 잔을 떨어뜨리는 통에 잔 하나가 박살이 났다.

"저런, 쯧쯧." 트레실리언이 투덜거렸다.

"내가 그릇을 닦기 시작한 지 벌써 11년이나 되었지만, 지금껏 그릇을 깨뜨린 적은 한 번도 없네. 자네는 지금 괜히 자네와 상관도 없는 것에 손을 대어 일을 만들지 않았는가!"

"미안합니다, 트레실리언 씨. 진심으로 사과합니다."

호버리는 곧바로 사과했다. 그의 얼굴은 온통 땀으로 뒤범벅이 되어 있었다.

"대체 이게 무슨 꼴이람. 총경이 왔다고 하셨던가요?"

"그렇다네, 서그덴 총경이네."

호버리는 혀로 자기 입술을 핥았다. 입술이 새하얗게 질려 있었다.

"무슨……, 무슨 일로 왔다고 하던가요?"

"고아들을 위한 경찰 기부금 모금을 위해 왔다더군."

"오! 그래요?"

호버리는 비로소 어깨를 활짝 폈다. 그러고는 조금 전보다 훨씬 나아진 음성으로 말했다.

"얼마나 받아 갔습니까?"

"장부를 주인님께 갖다 드렸더니 나더러 총경을 주인님 방으로 모셔오고 셰리주를 준비하라고 하시더군."

"요즘 같은 때는 온통 이것저것 뜯어 가려는 사람들뿐이지요."

호버리가 말했다.

"주인님은 너무 관대한 경향이 있는 것 같아요. 충고를 좀 해 드려야겠습니다. 자칫 잘못하다가 파산이라도 하면 어쩌려고 저러시는지."

트레실리언이 점잖은 어조로 말했다.

"리 씨는 통이 크신 분일세."

호버리는 고개를 끄덕였다.

"바로 그 점이 그분의 유일한 장점이기도 하지요! 자, 그럼 전 이만 가봐야겠습니다."

"영화 보러 가는 건가?"

"그럴까 합니다. 그럼, 크리스마스 이브 재미있게 보내세요, 트레실리언 씨."

그는 하인 대기실로 통하는 문을 통해 나갔다.

트레실리언은 벽에 걸린 회중시계를 올려다보았다.

그는 식당으로 가서 냅킨을 말았다. 잠시 뒤, 모든 준비가 다 되었다고 생각되자 그는 거실에 있는 벨을 울렸다. 그가 신호를 끝낼 무렵 총경이 계단을 내려왔다. 서그덴 총경은 덩치가 크고 잘생긴 남자였다. 그는 단추가 촘촘히 달린 푸른색 정복을 입고 있었는데, 자신의 지위를 과시하기라도 하듯 근엄한 걸음걸이로 내려왔다.

그가 정중하게 말했다.

"밤새 꽁꽁 얼어붙을 모양이오. 오히려 잘 됐어. 최근 날씨가 계절에 영 걸 맞지 않더니만."

트레실리언이 고개를 절레절레 내저으며 말했다.

"날씨가 습한 날엔 류머티즘 때문에 죽을 지경이죠."

총경은 류머티즘처럼 참기 어려운 병도 없을 것이라고 말했다. 트레실리언은 그를 현관문으로 안내했다.

총경이 나가자, 집사 영감은 문을 걸어 잠그고 천천히 거실로 되돌아왔다. 그는 손으로 두 눈을 문지른 뒤 한숨을 내쉬었다. 그가 손을 막 등으로 뻗으려는 순간 리디아가 거실 안으로 들어왔다. 그 뒤로 조지가 계단을 내려오고 있었다.

트레실리언은 대기상태로 서성거렸다. 마지막 손님인 맥덜린이 거실에 들어서고 나서야 그는 자신의 모습을 그들 앞에 드러냈다. 그리고 나지막한 목소리로 그들에게 말했다.

"저녁식사가 준비되어 있습니다."

트레실리언은 여자들의 옷차림에 대해서라면 나름대로 일가견이 있다고 자부하는 사람이었다. 그는 디캔터(포도주 등을 따르는 데 쓰이는 마개 있는 유리 병)를 들고 식탁 주위를 돌면서 여자들의 옷차림을 보고 그들을 평가하는데 이골이 난 사람이었다. 그가 보니 앨프리드 부인은 흑백 꽃무늬가 찍힌 새 드레스를 입고 있었다. 대담한 디자인에 상당히 파격적인 차림새가 다른 여자들의 다소 촌스러운 차림새와는 퍽이나 대조적이었다. 조지 부인이 입는 옷은 패션 모델들이나 입는 값비싼 옷이리라. 엄청나게 비싼 옷이군! 그는 도저히 이해가 가지 않았다. 조지 같은 구두쇠가 저런 옷을 사줄 리가 없을 텐데! 조지 같은 구두쇠도 없질 않은가. 한 번도 돈 쓰는 걸 본 적이 없는 인물이었다.

이번엔 데이비드 부인. 잘생긴 여자였지만, 도통 옷맵시를 모르는 여자가 틀림없다. 그녀의 얼굴로 보아 검은 단색의 벨벳이 제일 어울릴 것 같다. 하지만, 저런 화려한 벨벳 진홍색은 영 어울리지 않는다. 이번에는 필라 양, 무슨 옷을 걸치든 잘 어울리는 여자였다. 얼굴과 머리칼을 보니 아무 옷이나 잘 어울릴 것 같다. 지금 현재 입는 것이 얇고 값싼 가운이지만 잘 어울리는 데야 두말할 것도 없다. 리 영감도 척 보면 알 수 있을 테지! 늙은 영감들이 보는 눈이란 어디서나 똑같은 거야. 혹 젊은이라면 모르겠지!

"백포도주를 드릴까요? 붉은 포도주를 드릴까요?"

트레실리언은 조지 부인의 귀에다 대고 정중한 음성으로 낮게 물었다.

그때 언뜻 옆을 보니 하인 월터 녀석이 또다시 그레이비 소스도 내오기 전에 채소부터 가져오는 것이 보였다. 저런, 저런, 그렇게도 타일렀건만!

트레실리언은 수플레 요리를 두루두루 돌렸다. 문득 자신이 여자들의 화장에도 관심을 쏟고 있다는 걸 깨닫고는 속으로 혼자 놀랐다. 월터의 부주의에 대한 염려 따위는 이미 지나간 일이었다. 오늘 저녁은 다들 너무나 조용했다. 하지만 엄밀하게 말해 침묵하고 있다고는 말할 수 없었다. 해리가 이야기를 시작한 지 족히 20분은 되었을 것이다. 아니, 그는 해리가 아니고 남아프리카에서 온 신사였다. 게다가, 지금은 다른 사람들도 이미 무엇인가 이야기를 주고받고 있었다. 하지만 간헐적이라고밖에 말할 수 없었다. 하여간 다들 어딘지 좀 이상했다. 약간 괴기스럽다고나 할까.

예를 들어 앨프리드만 하더라도 그렇다. 어디가 아파도 많이 아픈 사람 같았다. 충격 비슷한 것을 받은 사람 같았다. 멍한 눈빛으로 접시 위의 음식을 이리저리 헤집기나 할 뿐, 전혀 입에 대질 않았다. 안주인은 그가 걱정스러운 모양이었다. 트레실리언은 눈을 내리깔고 줄곧 그를 살펴보고 있었다. 물론 다른 사람들은 조금도 눈치 채지 못하도록 은밀하게.

조지의 얼굴은 시뻘게져 있었다. 그는 맛을 음미하지도 않은 채 음식을 그냥 목구멍으로 주섬주섬 집어삼키고 있었다. 언젠가 자칫 조심하지 않았더라면 발작을 일으킬 뻔도 한 인물이었다. 조지 부인도 음식은 전혀 입에 대지 않고 있었다. 저러니 계속 야월 수밖에 없지. 필라 양은 시종일관 음식을 맛있게 먹으면서 남아프리카 신사와 더불어 즐겁게 얘기를 주고받고 있었다. 그는 그녀에게 톡톡히 반한 것이 틀림없었다. 전혀 거리낌이 없는 것 같았다.

데이비드는? 트레실리언은 데이비드에게 괜히 신경이 쓰였다. 그는 돌아가신 마님을 쏙 빼닮았다. 나이를 제법 먹었지만, 아직도 유난히 젊어 보였다. 하지만, 신경이 지나치게 예민한 인물이야. 그는 자신의 유리잔을 톡톡 치고 있었다.

트레실리언은 잽싸게 그의 유리잔을 치우고 물이 흐른 자국을 말끔하게 닦아주었다. 닦는 일이 끝났다. 그제야 데이비드는 자기가 한 실수를 아는 것 같았다. 하얀 얼굴로 트레실리언을 정면으로 쳐다보며 앉아 있었다. 그 하얀 얼굴을 보니 문득 생각나는 것이 있었다. 우스꽝스럽게도 아까 경찰관이 찾아왔을 때 호버리가 보여 주었던 행동과 똑같았다. 어쩜 그리 똑같을 수가…….

그때 트레실리언의 생각을 가로막는 것이 있었다. 배를 담아오던 접시를 월터가 그냥 떨어뜨린 것이다. 요즘 젊은 녀석들은 형편이 없어! 걸음걸이부터 좀 차분해져야겠어!

그는 포트와인을 들고 주위를 맴돌았다. 해리는 밤이 되자 마음이 좀 해이해진 것 같았다. 아까만 해도 앨프리드와 줄곧 팽팽하게 긴장하고 있었는데. 이 두 사람 사이의 우애에 금이 간 적은 한 번도 없었다. 어린 소년 시절에도 마찬가지였다. 해리는 항상 아버지의 총애를 받았던 반면, 앨프리드는 그게 가슴에 사무쳤겠지. 리 씨가 앨프리드에게 애정을 기울인 적이 한 번도 없었다. 앨프리드는 자기 아버지에게 그렇게도 헌신적이지만, 아버지가 그걸 알아주지 않으니 안타까운 일이 아닐 수 없었다.

앨프리드 부인이 자리에서 일어나고 있었다. 그녀는 테이블에서 빠져나갔다. 태피터 천으로 만든 옷의 디자인이 무척 아름다웠다. 케이프가 그녀에게 어울렸다. 정말 우아한 여자였다.

그는 남자들이 포트와인을 마시는 동안 식당 문을 닫고 대기실로 왔다.

그는 커피 쟁반을 들고 거실로 들어갔다. 네 명의 여인이 앉아 있었다. 속으로 서로 무척 불편한 사이로구나 하는 생각이 들었다. 그들은 서로 아무 말도 하지 않고 있었다. 그는 조용히 커피잔을 돌렸다.

그는 다시 밖으로 나왔다. 그가 막 대기실로 들어서는 순간 식당 문이 열리는 소리가 났다. 데이비드 리가 나오더니 홀을 따라 거실로 갔다.

자기 대기실로 들어간 트레실리언은 월터를 꾸짖었다. 월터는 노골적으로 대들지는 않았지만, 불손하기 이를 데 없었다!

트레실리언은 혼자 대기실에 있었다. 지쳐 주저앉아 있는 것이었다.

그는 우울한 생각이 들었다. 크리스마스 이브인데도 이렇게 긴장과 과로에 시달려야만 하다니. 이놈의 크리스마스, 차라리 없어졌으면!

그는 애를 써서 간신히 기운을 차렸다. 그는 거실로 가 커피잔을 챙겼다. 방 끝에 있는 창문에 커튼으로 몸을 반쯤 가린 여인을 제외하곤 방 안엔 아무도 없었다. 그녀는 밤 풍경을 내다보고 있었다.

옆방에서 피아노 연주 소리가 들려왔다.

데이비드의 연주였다. 하지만, 하필이면 왜 이런 곡을? 하고 트레실리언은 스스로 반문해 보았다. 하필이면 장송곡을 연주하는 까닭이 무엇인가? 정말 이상한 일이었다. 오, 너무나 해괴망측한 일이다.

그는 홀을 따라 천천히 걸어 대기실로 돌아왔다.

그가 위층에서 무슨 소리 같은 것이 들려오는 것을 처음으로 들은 바로 그 때였다! 도자기가 박살나고 가구가 뒤집히는 소리, 무엇인가가 부서지고 부딪쳐 박살나는 소리!

'이런, 이게 무슨 소리지! 혹시 주인님이 발작이라도……? 아님, 2층에서 무슨 일이라도 벌어졌단 말인가?'

이런 생각이 트레실리언의 뇌리를 스치고 지나갔다.

하지만, 바로 그 순간, 더욱 크고 분명한 소리가 들려왔다.

절규였다! 목을 졸리거나 목이 막힐 때 내는 소름이 끼치는 비명소리!

트레실리언은 자리에서 벌떡 일어나 한동안 멍하니 서 있었다. 그는 허겁지겁 홀로 뛰어나가 계단을 치달았다. 다른 사람들도 그와 마찬가지였다. 바로 그때 그 절규의 비명소리가 온 집안 구석구석을 메아리쳤던 것이다.

그들은 앞다퉈 계단을 뛰어올라 갔다. 모퉁이를 돌아 희뿌옇고 으스스한 빛이 감도는 구석을 지나 복도를 곧장 가로질러 사이먼 리의 방문 앞에 도달했다. 파르 씨와 데이비드 부인은 이미 그곳에 먼저 와 있었다. 그녀는 벽에 등을 기대고 있었고, 파르 씨는 문의 손잡이를 돌리고 있었다.
"문이 잠겼어요." 힐다가 말했다.
"문이 잠겼다니까요!"
해리가 손잡이를 밀었다가 비틀면서 잡아당겨 보았지만, 속수무책이었다.
"아버지!" 그가 외쳤다.
"아버지, 문을 여세요!"
그는 손놀림을 멈추었다. 다들 조용히 귀를 기울였다. 하지만, 안에선 아무 대답도 없었다. 방 안은 쥐죽은 듯 조용했다.
현관문에서 초인종 소리가 났다. 하지만 그것에 관심을 두는 사람은 아무도 없었다.
스티븐 파르가 말했다.
"문을 밀어 넘어뜨리고 들어가는 수밖에 없습니다."
해리가 말했다.
"자, 같이 힘을 합칩시다. 이놈의 문짝, 지독하게도 단단하군. 앨프리드 형도 이리 와."
그들은 문을 들어 올렸다가 힘껏 잡아당겨 보았다. 아무 소용도 없었다. 하는 수 없이 그들은 기다란 오크 나무 의자를 가져와 그것으로 문을 밀었다. 드디어 문이 부서졌다. 가운데가 삐걱거리더니 문틀로부터 문이 떨어져 나갔다.
그 정신없는 와중에 그들은 다들 서서 방 안을 들여다보았다. 하지만, 그들이 본 광경은 영원히 잊히지 않을 장면이었으니…….
끔찍한 난투극이 벌어졌음이 틀림없었다. 육중한 가구들이 뒤집혀 있었다. 중국 도자기들은 산산조각 박살이 난 채 바닥에 뒹굴고 있었고, 저쪽 활활 타오르는 벽난로 앞 정면 한가운데 사이먼 리가 피투성이가 되어 쓰러져 있었다……. 피는 주위를 흥건히 적시고 있다. 마치 도살장을 방불케 하는 장면이었다.
길고 긴 절규의 한숨이 있은 뒤 두 사람의 목소리가 차례로 흘러나왔다. 정말 이상한 것은, 그들 두 사람이 내뱉은 말이 모두 인용구였다는 사실이었다.
데이비드 리가 말했다.

"하나님의 맷돌은 더디지만 곱게 갈리느니라('어떤 작은 알맹이라도 절대로 놓치지 않는다.'로 이어지는 서양 속담. 하나님의 응보는 더디게 오더라도 꼭 온다는 뜻)."

리디아의 음성은 오열의 밀담 같았다.

"그 노인이 그렇게도 많은 피를 흘릴 줄이야 누가 상상이나 했으리오?(셰익스피어의 희곡 〈맥베스〉 에 나오는 문구)"

4

서그덴 총경은 초인종을 세 번이나 눌렀다. 마침내 그는 짜증이 나서 노커(현관문을 두드리는 쇠)를 탕탕 쳤다.

드디어 월터가 문을 열고 나왔다. 잔뜩 겁에 질려 움츠린 표정이었다.

"오! 이럴 수가 있습니까."

비탄의 표정이 그의 얼굴을 뒤덮고 있었다.

"안 그래도 지금 막 경찰에 신고하려던 참이었습니다."

"아니, 무슨 일인가?" 서그덴이 날카롭게 물었다.

"집안에 무슨 일이라도 생겼나?"

월터가 잔뜩 겁에 질린 듯한 음성으로 말했다.

"리 주인님께서 살해당하셨습니다!"

총경은 그를 밀치고 계단으로 뛰어올라 갔다. 그는 방 안으로 들어갔다. 다들 그가 들어온 사실조차 모르고 있었다. 필라가 무엇인가를 바닥에서 집어올리는 것이 눈에 띄었다. 데이비드는 양손으로 자신의 두 눈을 가린 채 서 있었다. 나머지 사람들은 다들 함께 모여 웅성거리고 있었다. 앨프리드 혼자만이 아버지의 시체가 누워 있는 곳으로 다가갔다. 그는 시신 옆에 바짝 붙어 서서 시신을 내려다보고 있었다. 아연실색한 그의 얼굴은 아예 하얗게 질려 있었다.

조지가 뭘 좀 안다는 듯이 말했다.

"절대로 손을 대서는 안 됩니다. 아무것도. 경찰이 올 때까지 그냥 그대로 가만히 있는 게 제일 좋아요."

"실례합니다." 서그덴이 말했다. 그는 여자들을 옆으로 비켜서게 하고는 천천히 앞으로 나섰다.

앨프리드가 그를 알아보았다.

"아, 서그덴 총경이시군요. 정말 빨리도 오셨습니다."

"예, 리 씨." 서그덴은 설명하는 데 시간을 허비하지 않았다.

"도대체 어찌된 일입니까?"

"아버님이 돌아가셨습니다." 앨프리드가 말했다.

"살해되신 겁니다……." 그의 음성은 떨리고 있었다.

맥덜린이 갑자기 격렬하게 흐느껴 울기 시작했다.

서그덴 총경은 경관답게 큼직한 손을 들어 올렸다.

그가 위엄있게 말했다.

"미안하지만, 리 씨와 그리고, 음, 조지 리 씨를 제외하고는 모두 나가주시면 좋겠습니다."

그들은 양떼처럼 천천히, 마지못해 문쪽으로 움직였다. 그때 갑자기 서그덴 총경이 필라를 불렀다.

"실례지만, 아가씨!" 그는 친절하게 말했다.

"뭐든 하나라도 손을 대거나 어지럽혀서는 안 됩니다."

그녀는 그를 멀뚱멀뚱 쳐다보았다.

스티븐 파르가 조심스런 어조로 말했다.

"당연히 그래야지요. 아가씨도 그 점은 잘 알고 있습니다."

서그덴 총경이 말했다. 조금 전처럼 여전히 정중한 태도였다.

"방금 바닥에서 뭘 줍지 않았던가요?"

필라의 눈이 휘둥그레졌다. 그녀는 그를 멀뚱멀뚱 쳐다보며 무슨 뚱딴지같은 소리냐는 식으로 말했다.

"제가요?"

서그덴 총경은 여전히 정중했지만, 그의 목소리는 아까보다 한결 단호했다.

"그렇습니다. 내가 보았습니다."

"오!"

"그걸 내게 주시죠. 지금 손에 들고 있는 것 말입니다."

필라는 천천히 손바닥을 폈다. 고무조각 하나와 나무로 만든 조그만 물건 하나가 손바닥 속에 들어 있었다. 서그덴 총경은 그것들을 집어 봉투에다 넣어 봉한 뒤, 자기 윗도리 호주머니 속에다 넣었다.

"감사합니다."

그가 돌아섰다. 바로 그 순간 스티븐 파르의 두 눈이 흠칫 놀라는 것 같았다. 그것은 그가 이 듬직하고 잘생긴 총경을 너무 과소평가한 데서 온 충격이었다. 그들은 천천히 방을 걸어나왔다.

그들의 뒤로 총경의 사무적인 목소리가 흘러나왔다.

"자, 그럼, 실례 좀 하겠습니다."

5

"뭐니 뭐니 해도 장작불만 한 게 없지."

존슨 대령은 벽난로에다 장작을 하나 더 집어던진 다음, 의자를 불쪽으로 바짝 끌어당겨 앉으며 말했다.

"한잔 들지그래."

인심 좋게도 손님 어깨 가까이 놓여 있는 술병대(臺)와 사이펀 병(탄산수를 넣어두는 병)을 가리켰다.

손님은 손을 들어 정중하게 사양했다. 비록 발바닥에 불을 쬐는 것이(마치 중세의 고문을 당하는 것처럼) 어깨 뒤로 죽 놓여 있는 차가운 술 한 잔 마시는 것보다 못하다는 것을 뻔히 알면서도, 그는 활활 타오르는 장작더미 가까이로 조금씩 조금씩 의자를 당겨 앉았다.

미들셔 군의 서장인 존슨 대령은 장작불보다 나은 게 없다고 하지만 에르퀼 포와로는, '천만에, 어느 때나 잘 어울리는 중앙 난방식이 더 낫지!' 하고 생각하고 있었다.

"카터라이트 사건은 정말 대단했었지." 주인이 회고에 젖어 말했다.

"대단한 사람이야. 매너가 기가 막히게 좋았었지. 글쎄, 그가 자네와 함께 이곳에 왔더라면 다들 악수라도 한 번 해보려는 통에 그 사람 손이 몽땅 닳아

없어졌을 거야."

그는 고개를 설레설레 내저었다.

"이곳에선 그런 사건이 일어나지 않을 걸세!" 그가 말했다.

"행인지 불행인지 이곳엔 니코틴 독살이 별로 없거든."

"자네도 '니코틴 독살자는 영국인이 아니다.'라고 생각했던 시절이 있었네."

에르큘 포와로가 말했다.

"외국인들의 계략이었지! 비열한 것들 같으니!"

"비소(砒素) 독살이 엄청나게 많았다고 볼 수는 없네." 서장이 말했다.

"생각보다 훨씬 많은 숫자이긴 하겠지."

"그럴지도 모르지."

"항상 골치 아픈 사건이 바로 독살 사건이지." 존슨 대령이 말했다.

"전문가들까지도 증언이 상반될 정도니. 그래서, 의사들도 조심하느라고 아예 말을 잘 안 하려고 하거든. 기소하기가 여간 어려운 사건이 아니야. 기왕에 사람은 죽어가는 것, 내게도 그런 사건이나 좀 걸려들었으면 좋겠는데. 죽음에는 언제나 정확한 원인이 있으니까."

포와로는 고개를 끄덕였다.

"총상을 입든가, 목이 잘리고 두개골이 박살나는 그런 사건 말인가? 자네는 그런 사건이 구미에 당기는 모양이지?"

"아이고, 좋아한다고는 안 했네. 내가 살인사건에 혈안이 되어 있다고 단정하진 말게! 자네가 이렇게 찾아온 동안이나마 좀 편하게 지낼 수 있어야 할 텐데."

포와로는 점잖게 말했다.

"내 경험으로는……."

하지만 존슨이 말을 가로챘다.

"크리스마스는 평화와 자선의 시즌이야." 그가 말했다.

"평화가 온누리에 넘쳐흐르지."

에르큘 포와로는 의자에 등을 푹 기대어 깍지를 끼었다. 그는 친구가 한 말을 곰곰이 생각해보더니 차분한 음성으로 말했다.

"그렇다면, 크리스마스 시즌은 범죄가 잘 발생하지 않는 때란 말인가?"
"그렇네."
"왜?"
"왜냐고?"
존슨은 살짝 의자에서 일어나 이리저리 서성이며 왔다 갔다 했다.
"글쎄, 내 말은, 뭐랄까, 요즘처럼 즐거운 때도 없다는 뜻이지!"
에르퀼 포와로가 나지막하게 말했다.
"영국인들은 대체로 너무 감상적이지!"
존슨이 완강하게 말했다.
"그게 어떻단 말인가? 옛날부터 내려오는 전통적인 축제라서 그런 것 아닌가? 그게 무슨 해라도 된단 말인가?"
"해는 없어. 오히려 즐거운 거지! 하지만 잠시라도 그 실상에 대해 생각해 봐야 한다고. 자네는 크리스마스만큼 유쾌한 때도 없다고 했었네. 그건 곧장 많이 먹고 많이 마신다는 걸 의미하지 않겠나? 솔직히 말해 그건 과식이야! 게다가, 과식은 방종을 부른다네! 그래서, 마침내 그 방종이 흥분을 불러일으키는 것일세!"
"하긴, 범죄란 흥분에서 비롯되는 것이라고 할 수 있지."
존슨 대령이 말했다.
"하지만, 꼭 그런 시각으로만 볼 필요는 없네. 다른 의미도 있거든. 크리스마스는 선의(善意)의 계절이지. 다시 말해, 뭔가를 '하고자 하는 것'이지. 해묵은 분쟁이 가라앉고, 의견 대립에 시달리던 사람들이 다시 화합하는 계절이야. 비록 그게 일시적일지라도 말일세."
존슨은 고개를 끄덕였다.
"무기를 거두어야 한다는 말씀이군."
포와로는 계속 했다.
"가족들만 하더라도 그래. 1년 내내 떨어져 있던 가족들이 모두 한자리에 모이는 걸세. 하지만 이런 좋은 점들은 제쳐놓고, 이런 상황에선 엄청난 긴장이 발생한다는 사실을 인정해야 하네. 전혀 정을 느끼지 못한 사람들이 서로 다정한 것처럼 위선된 행동을 해야 하니 이 얼마나 부담되는 일인가! 사실상 크리스마스는 위선이 판을 치는 계절이라고 할 수 있어. 명예를 위한 위선. 말하자면 좋은 동기로 시작된 위선이지. 그러나 그것도 결국 위선은 위선일세!"

"글쎄, 하지만 나는 그렇게까지 생각하고 싶진 않은데."

포와로는 그를 향해 싱긋 웃었다.

"당연하지. 사실 그렇게 생각하는 사람은 바로 나지 자네가 아니야! 내가 말하고자 하는 것은 그런 조건들, 그러니까 정신적인 긴장과 육체적인 피로가 가중되는 상황에서는 그런 단순한 혐오감이나 사소한 불일치가 아주 심각한 문제로 돌변할 가능성이 매우 높다는 사실이네. 실제보다 더 다정하고, 더 후덕하고, 더 아량 있는 사람인 체하려는 위선의 결과가 더욱 편협하고 냉정하게 행동하는 원인으로 작용하여, 급기야는 모두 평상시보다 훨씬 불쾌하게 만들어 버릴 수도 있다네! 인간 본연의 감정 흐름을 댐으로 막으려 해보게. 조금만 지나치면 댐이 터지고, 마침내 대홍수가 일어나고 말아!"

존슨 대령은 도무지 이해가 안 간다는 듯 포와로를 물끄러미 쳐다보았다.

"자네가 언제 심각하게 돌변해서 내 다리를 잡아당길지 모르겠군."

그는 투덜거렸다.

포와로가 그를 보고 싱긋 웃었다.

"천만에, 내가 돌변하다니! 최소한 나는 그렇지 않을 걸세! 하지만 이것은 분명하네. 인위적 상황이 본능의 반발을 불러일으킨다는 사실 말일세."

존슨 대령의 하인이 방으로 들어왔다.

"서그덴 총경한테서 전화가 왔는데요."

"알았네, 나가서 받지."

잠깐 실례하겠다는 말을 남기고 서장은 방을 나갔다.

대략 3분쯤 지난 뒤에 그가 돌아왔다. 그의 얼굴은 심각한 표정으로 굳어 있었다.

"이런 제기랄! 살인사건이야, 그것도 크리스마스 이브에!"

포와로의 눈썹이 살짝 치켜져 올라갔다.

"틀림없이 살인사건인가?"

"뭐라고! 정말 대책이 안 서는군! 분명히 살인사건이야! 그것도 지독하게 잔혹한 살인사건!"

"피해자는 누군가?"

"사이먼 리라는 늙은이야. 우리 군에서 떵떵거리는 갑부 중 하나지! 원래 남아프리카에서 돈을 번 사람일세. 황금, 아니야, 다이아몬드라는 것 같더군. 그는 신제품 특수 채광기 생산에 엄청난 투자를 했었지. 자기가 직접 고안한 기계라고 하더군. 하여간, 그걸로 떼돈을 벌었지. 재산이 보통 백만장자의 두 배도 넘는다고 하던데."

"평판은 괜찮았던 인물인가?" 포와로가 말했다.

존슨은 천천히 대답했다.

"모든 사람에게 다 좋았다고는 할 수 없어. 좀 괴팍한 영감이었거든. 최근 몇 년 동안은 줄곧 병치레만 하고 있었어. 나도 그 사람에 대해서 자세하게는 몰라. 하지만, 우리 군의 유명인사 중 하나인 것만은 확실해."

"제법 시끄러운 사건이 되겠군."

"그래, 어서 빨리 롱데일로 가봐야겠어."

그는 뭔가 주저하는 눈초리로 손님을 쳐다보았다. 포와로는 그가 차마 입 밖에 내기를 망설이는 질문에 스스로 대답해주었다.

"내가 자네와 함께 가주었으면 해서 그러는 거지?"

존슨은 엉거주춤 대답했다.

"자네한테 부탁하기가 좀 뭣해서 그랬어. 하지만, 좋아. 이미 자네가 먼저 알아맞혀 버린걸! 서그덴 총경은 유능한 사람이야. 당할 사람이 없지. 부지런하고 신중하고 두루두루 판단력도 뛰어나. 하지만 뭐랄까……, 상상력이 좀 부족한 사람이라네. 자네가 함께 가서 충고라도 해준다면 그것만큼 좋은 일도 없겠는데."

그는 말을 끝내면서 약간 우물쭈물했다, 마치 전보문처럼. 하지만 포와로는 즉시 대답했다.

"좋아, 내가 자네에게 도움이 되리라 생각해주니 오히려 내가 더 고맙군. 하지만, 우리가 그 노련한 서그덴 총경의 기분을 상하게 해서는 절대로 안 되네.

그건 어디까지나 그가 맡은 사건이고 내가 앞장설 사건이 아닐세. 나는 단지 사립탐정일 뿐이지."

존슨 대령은 기분이 좋은 듯 환하게 웃으며 말했다.

"자네는 정말 좋은 친굴세, 포와로."

이런 칭찬의 말을 주고받은 뒤, 두 사람은 밖으로 나갔다.

6

앞문을 열고 그들에게 인사를 한 사람은 바로 서장이었다. 그들 뒤에 서 있던 서그덴 총경이 홀에 내려와 말했다.

"와주셔서 감사합니다, 서장님. 이쪽 왼쪽 방으로 들어가시지요. 리 씨의 서재일걸요. 사건 개요를 대충 말씀드리겠습니다. 하여간 해괴망측하기 이를 데 없는 사건입니다."

그는 그들을 홀 왼쪽에 있는 조그만 방으로 데리고 들어갔다. 방에는 전화가 한 대 있었고, 책상은 서류로 뒤덮여 있었다. 벽은 책장으로 둘러싸여 있었다.

서장은 말했다.

"서그덴, 이쪽은 에르큘 포와로 씨네. 자네도 익히 들어 알고 있는 분일 걸세. 나와 함께 있다가 같이 오는 길이네."

포와로는 가벼운 목례를 한 뒤 상대방을 살펴보았다. 키가 크고 딱 벌어진 어깨에다 매부리코와 뚜렷한 턱, 그리고 무성한 밤색 콧수염이 마치 군인 같은 인상을 주었다. 서그덴은 소개를 받더니 흘끔 에르큘 포와로를 쳐다보았다. 에르큘 포와로도 서그덴 총경의 콧수염이 그를 더욱 매력적으로 보이게 한다고 생각했다.

총경이 말했다.

"얘기는 많이 들었습니다, 포와로 씨. 정확하게 기억은 안 납니다만 몇 년 전에도 저희 군에 오셨던 걸로 알고 있습니다. 바톨로뮤 스트레인지 경 사건 때였죠. 니코틴 중독 사건이었던 걸로 알고 있습니다. 제가 직접 관여한 사건은 아니었지만, 그 사건이라면 들어서 상세히 알고 있습니다."

존슨 대령이 답답한 듯 끼어들었다.

"자, 됐네. 서그덴, 사건 이야길 해보게. 정확하게 말해주게."

"그렇게 하지요, 서장님. 살인사건이 분명합니다. 전혀 의심할 여지가 없습니다. 리 씨의 목이 찔렸거든요. 의사 말로는 경부(頸部) 동맥이 절단되었다고 합니다. 하지만, 사건은 전반적으로 너무나 괴상 망측스럽기만 합니다."

"거 참."

"지금부터 상세히 말씀드리지요. 상황은 이렇습니다. 오늘 오후 5시가 조금 지났을 무렵, 저는 애들스필드 경찰서로 리 씨에게서 온 전화를 받았습니다. 전화에다 대고 약간 이상한 소리를 늘어놓더군요. 저녁 8시쯤 저더러 자기 집으로 와서 좀 만나 달라는 겁니다. 시간을 반드시 지켜 달라면서요. 게다가, 집사에게는 제가 경찰 자선 모금을 하러 왔다고 말하라는 것이었습니다."

서장은 날카로운 시선으로 그를 올려다보았다.

"자네를 이 집으로 오게 하기 위해 일부러 그랬군."

"바로 그겁니다, 서장님. 일부러 그런 거죠. 그걸 알아차린 저는 그의 요구에 응했습니다. 저는 8시가 조금 못 돼서 이 집에 도착했지요. 그리고, 집사에게 경찰에서 고아들을 위한 기부금을 모금하러 왔다고 했습니다. 집사가 올라가더니 리 씨가 저를 만나겠다고 하더라고 말하더군요. 그러고는 집사가 곧장 저를 2층 식당 건너편에 있는 리 씨의 방으로 안내해주었습니다."

여기서 서그덴 총경은 일단 말을 멈추더니, 숨을 한 번 크게 몰아쉬면서 곧바로 관리들에게서 흔히 찾아볼 수 있는 그런 태도로 보고를 계속했다.

"리 씨는 벽난로 바로 옆에 있는 의자에 앉아 있더군요. 실내복차림이었고요. 집사가 방에서 나가자 저더러 자기 옆으로 바짝 다가와 앉으라고 했습니다. 그리고 다소 망설이는 듯하더니, 마침내 제게 도둑맞은 이야기를 상세히 털어놓더군요. 저는 도대체 어떻게 된 영문이냐고 물었지요. 그는 족히 수천 파운드어치는 나갈 만한 다이아몬드(다이아몬드 원석이라고 하는 것 같았습니다)를 자기 금고에서 도둑맞았다고 했습니다."

"다이아몬드?" 서장이 말했다.

"예, 서장님. 저는 여러 가지 통상적인 질문들을 했습니다. 하지만, 그의 태도에는 어딘가 미심쩍은 구석이 한두 군데가 아니었습니다. 대답 또한 앞뒤가 안 맞고 애매모호하기 그지없더군요. 나중엔 그가 이렇게 말하더군요. '지금 내가 실수를 하고 있는지도 모르지만, 총경께서는 내 사정을 이해해주셔야 합니다.' 그래서, 저는 이렇게 말했지요. '저로서는 도무지 이해가 안 갑니다. 다이아몬드가 없어졌다는 건지, 없어지지 않았다는 건지 도무지 감을 못 잡겠습니다.' 그러자 그는 이렇게 대답하더군요. '다이아몬드는 분명히 없어졌습니다. 하지만, 그것은 어디까지나 가능성일 뿐이올시다. 다시 말해, 다이아몬드가 없어진 것은 누군가의 바보스러운 장난일 수도 있다는 얘깁니다.' 글쎄요, 저로서는 도무지 이해가 안 가는 소리였습니다.

그래서, 저는 한마디도 않은 채 묵묵히 듣고만 있었지요. 노인은 계속 말했습니다. '상세히 설명하기는 어렵습니다. 하지만, 내가 말하고자 하는 것은 바로 이렇습니다. 내가 생각해보았는데, 그 다이아몬드 원석을 가져갔을 만한 인물은 두 명밖에 없어요. 그들 중 어느 한 명이 했다면 그건 장난일 겁니다. 하지만, 다른 하나가 했다면 그것은 진짜 도둑질입니다!' 나는 말했습니다. '그럼, 도대체 제가 어떻게 해 드리기를 원하십니까?' 그러자 그는 재빨리 대답하더군요. '내가 바라는 일은 총경이 한 시간쯤 뒤에 다시 와주는 겁니다. 아니, 좀 더 늦추는 것이 좋겠군. 9시 15분쯤이 좋겠습니다. 그때가 되면 다이아몬드를 도둑맞은 것인지 아닌지를 정확하게 알 수 있을 겁니다.' 저는 약간 아리송하기는 했지만, 그의 의견을 좇아 이 집에서 나갔습니다."

존슨 대령이 말했다.

"희한하군, 정말 별일 다 보는데. 포와로, 자네는 물어볼 것이 없는가?"

에르퀼 포와로가 말했다.

"그럼, 총경, 당신이 내린 결론은 무엇이오?"

총경은 턱을 어루만지며 신중하게 대답했다.

"글쎄요, 별의별 생각이 다 듭니다. 하지만 대충 짐작해보건대 제 의견은 이렇습니다. 다이아몬드 분실 사건이 장난일 가능성은 전혀 없습니다. 다이아몬드 원석은 도둑맞은 것이 틀림없습니다. 하지만, 영감은 누가 그 짓을 했는지 확신을 못하고 있었던 것 같습니다. 제 개인적인 의견입니다만, 누군가 그 둘 중 하나가 그 짓을 했다고 한 말은 사실인 것 같습니다. 그리고, 그 두 사람이란 하나는 하인을 가리키고 다른 하나는 '가족들 중 어느 누구'를 가리키는 것 같습니다."

포와로는 잘 알았다는 듯이 고개를 끄덕거렸다.

"좋습니다. 그 정도면 그의 태도가 어땠는지는 충분히 알겠군요."

"그랬기 때문에 그는 저더러 나중에 다시 와달라고 한 것입니다. 그 사이에 그는 문제의 두 인물과 얘기해보려고 했을 겁니다. 그는 그들에게 자기가 이미 경찰에 신고했노라고 말하며, 즉시 제자리에 갖다 둔다면 사건을 불문에 부치겠다고 말하려 했을 겁니다."

존슨 대령이 말했다.

"만일 그 용의자가 일체 반응을 보이지 않는다면?"

"그럴 경우엔 우리의 손을 빌려 조사에 착수할 작정이었겠지요."

존슨 대령은 인상을 찌푸린 채 자기의 콧수염을 만지작거렸다. 그는 반대 의견을 내놓았다.

"아니, 자네를 부르기 전에 그 방법을 써 볼 수도 있었지 않겠나?"

"천만에요, 서장님." 총경은 고개를 내저었다.

"그건 틀린 말씀입니다. 만일 서장님이 직접 그런 사건을 당했다고 생각해 보십시오. 그런 식으로 거의 절반 정도는 설득시킬 수 있었을 겁니다. 범인이 이렇게 생각할 수도 있거든요. '영감이 경찰에 신고하지 않는다면야 아무리 의심을 받아도 그까짓 것 아무런 문제도 안 돼!' 하고 말입니다. 하지만, 영감이 그자에게, '내가 이미 경찰에 신고했다. 그래서 총경이 방금 다녀갔다.'라고 말한다면 도둑은 실제로 그랬는지 안 그랬는지 알아보기 위해 집사에게 물어볼 것이고, 그렇게 되면 집사의 입에서 경찰이 실제로 다녀갔다는 소리를 듣게 될 겁니다. 집사는 이렇게 말했겠죠. '그렇습니다. 총경이 저녁식사 전에 다녀갔습니다.' 그렇게 되면 범인은 '영감이 일을 벌이기는 벌였구나.' 하고 생각하고, 싫든 좋든 올라가서 그 다이아몬드 원석들을 내놓을 수밖에 없었죠."

"음……, 그래, 자네 말은 잘 알았네." 존슨 대령이 말했다.

"그럴 듯한 추측이야. 그렇다면, 서그덴, 범인이 가족 중에 있다고 생각하나?"

"글쎄요, 서장님."

"누구 짐작 가는 사람이라도 없는가?"

"전혀 모르겠습니다."

존슨은 고개를 절레절레 내저으며 말했다.

"그렇다면, 그 문제를 한 번 따져 보도록 하세."

서그덴 총경이 관리자 특유의 사무적인 어조로 얘기를 계속했다.

"저는 정확히 9시 15분에 이곳으로 다시 왔습니다. 막 현관의 초인종을 누르려는 순간이었습니다. 그때 집 안에서 비명소리가 들리더군요. 사실 저로서는 그게 비명소리인지 평범한 고함인지 잘 분간이 가지 않았습니다. 몇 번 초인종을 누르다가 노커까지 두드렸습니다. 3~4분 정도 지난 다음에야 문에 사람 기척이 나더군요. 하인이 문을 열어 주는 순간, 저는 뭔가 심상찮은 일이 발생했음을 직감적으로 알 수 있었죠. 하인은 부들부들 떨기만 할 뿐, 도대체 뭐가 어찌된 영문인지 잘 모르는 상태였습니다. 그는 숨을 헐떡이며 리 씨가 살해되었다고 하더군요. 저는 2층으로 달려 올라갔습니다. 리 씨의 방은 그야말로 난장판이었습니다. 격렬하게 다툰 흔적이 역력하더군요. 리 씨는 피투성이가 된 채 난로 앞에 쓰러져 있었고, 목이 찔린 상태였습니다."

서장이 불쑥 말했다.

"혹시 자기 스스로 그런 짓을 한 것은 아닐까?"

서그덴은 고개를 세차게 내저었다.

"그건 불가능합니다. 의자와 테이블이 엎어져 있었다는 사실 하나만 봐도 그렇습니다. 또, 도자기와 장식품들이 박살나 있었으며, 일을 저지르는 데 사용했을 만한 면도날이나 칼 따위는 흔적조차 찾아볼 수 없었거든요."

서장은 뭔가를 골똘히 생각하더니 말했다.

"그래, 자네 말이 옳은 것 같아. 방 안에 있었던 사람은?"

"가족 대부분이 그 방에 있더군요. 빙 둘러서서 말입니다."

존슨 대령이 날카롭게 물었다.

"그밖에 또 달리 할 말은 없는가, 서그덴?"

총경은 천천히 말했다.

"정말 끔찍했습니다. 제가 보기엔 아무래도 그들 중 누군가가 그런 짓을 저지른 것이 틀림없는 것 같습니다. 누군가 외부 침입자가 그 짓을 하고 도망갔을 경우에 대해서는 저는 확신을 못 하겠습니다."

"창문의 상태는? 닫혀 있었나, 열려 있었나?"

"방에 있는 창문은 모두 두 개였습니다. 하나는 닫힌 채 잠겨 있었고, 다른 하나는 아래쪽으로 몇 인치 열려 있었습니다. 하지만, 그것도 걸쇠로 단단히 고정되어 있었습니다. 제가 한번 건드려 보니 단단히 고정된 것이 몇 년째 열린 흔적이 없는 것 같았습니다. 벽 또한 너무 가파르고 매끈해서 사람이 기어오르기는커녕 덩굴조차 기어오를 수 없었습니다. 대체 어떤 사람이 그렇게 할 수 있었는지 도무지 이해가 가질 않습니다."

"그 방에 출입문은 몇 개나 있나?"

"하나뿐입니다. 방의 위치가 복도 끝이기 때문이랍니다. 하지만, 문은 안으로 잠겨 있었답니다. 싸우는 소리와 영감의 비명소리를 듣고 올라간 사람들이 안으로 들어가기 위해서는 문을 부숴야 했답니다."

존슨이 날카롭게 물었다.

"그때 안에 누가 있었지?"

서그덴은 침통한 표정으로 대답했다.

"방 안엔 아무도 없었답니다. 살해된 지 채 1분도 안 된 듯한 노인의 시체를 제외하곤 아무도 없었답니다."

7

존슨 대령은 잠깐 동안 서그덴을 빤히 쳐다보더니 불끈 화를 내며 말했다.

"이보게, 총경. 자네, 지금 돼먹지 않은 추리소설을 내게 늘어놓는 겐가? 꽁꽁 걸어 잠긴 방 안에서 사람이 살해되었다니, 무슨 초능력을 가진 사람이 그를 죽였단 말인가?"

아주 희미한 웃음기가 총경의 콧수염 위에서 실룩거리더니 이내 침통한 표정으로 변하면서 말했다.

"저로서는 더는 아무 생각도 떠오르지 않습니다, 서장님."

"자살이네, 자살이 틀림없어." 존슨 대령이 말했다.

"그렇다면, 어딘가 흉기가 있어야 할 것 아닙니까? 천만에요. 자살일 리가 없습니다."

"그럼, 살인자가 어떻게 빠져나갔단 말인가? 창문을 통해서, 응?"

"맹세코 그럴 리는 없습니다." 서그덴은 고개를 내저었다.

"하지만 자넨 문이 안에서 걸어 잠겨 있었다고 했잖나?"

총경은 고개를 끄덕였다. 그는 호주머니에서 열쇠를 하나 끄집어내어 테이블 위에다 놓았다.

"지문은 없었습니다." 그가 말했다.

"하지만, 이 열쇠를 한 번 살펴보십시오, 서장님. 확대경으로 자세히 살펴보십시오."

포와로는 몸을 앞으로 숙였다. 그와 존슨 대령은 열쇠를 조사해보았다.

서장이 감탄하며 말했다.

"맙소사, 저걸 보게. 몸통 끝부분에 희미하게 긁힌 자국이 보이는가, 포와로?"

"그래, 보이네. 문 바깥에서 열쇠를 넣어 돌린 것 같은데 특수한 도구를 이용해서 이것을 열쇠구멍 속에 집어넣어 돌렸기 때문에 몸통이 죄어진 것이네. 집게 하나만 있어도 능히 할 수 있는 일이야."

총경은 고개를 끄덕였다.

"문이 안으로 잠긴데다 안에 사람도 없었으니 정말 자살이라고 생각할 수도 있지 않을까?"

"그렇습니다, 포와로 씨. 제 생각에도 그랬을 수도 있는 것 같습니다."

하지만, 포와로는 도무지 말도 안 된다는 듯 고개를 내저었다.

"하지만, 방 안이 온통 난장판이라고 했잖소! 그 점을 고려한다면 자살은 말도 안 돼요. 살인자는 틀림없이 방을 말끔하게 정돈해 두려고 했을 겁니다. 그게 뜻대로 되지 않은 것이 틀림없어요."

서그덴 총경이 말했다.

"물론 시간적 여유가 없었겠죠, 포와로 씨. 바로 그 점이 핵심입니다. 살인범에겐 시간적인 여유가 없었던 겁니다. 그자는 노인 하나쯤이야 하고 간단하게 생각했지만 그게 아니었던 거죠. 싸움이 벌어진 겁니다. 소리가 아래층까지 들릴 정도로 격렬한 난투극을 벌여야만 한 거죠. 노인이 소리를 질러 도움을 청하자, 다들 뛰어올라 왔겠죠. 그러니, 살인자에게는 황급히 방을 빠져나와 밖에서 열쇠를 넣어 돌릴 만한 시간적 여유밖에는 없었을 겁니다."

"맞았소." 포와로가 맞장구를 쳤다.

"살인범은 어설프게도 실수를 했지. 하지만 말이오, 왜 흉기를 내버려 두지 않았을까? 그 자리에 흉기가 남아 있지 않다면 자살은 도저히 성립될 수 없는데! 그야말로 가장 큰 실수였어."

서그덴 총경은 상식적인 이야기를 늘어놓았다.

"범죄자들이란 언제나 실수를 하게 마련입니다. 제 경험으론 그렇습니다."

포와로는 가볍게 심호흡을 하더니, 나지막하게 말했다.

"어쨌든, 실수는 했을지언정 이번 사건의 범인은 용케도 빠져나갔구먼."

"완전히 꼬리를 빼는 데 성공했다고는 생각지 않습니다."

"그럼, 당신은 범인이 아직 이 집 안에 있다고 생각하시오?"

"다른 곳에 있을 리는 없습니다. 이번 사건은 어디까지나 이 집안 내부 문제에서 비롯된 사건이니까요."

"하지만, 어쨌든 그는 일단 경계를 벗어났소. 일단 당신으로서는 '그가 누구인지 알 수 없을 겁니다.'"

포와로는 불어를 섞어 가며 점잖게 말했다.

서그덴 총경도 점잖게 말을 받았다. 하지만, 단호한 어조였다.

"어쨌든 곧 해결하고 말 겁니다. 우리는 아직 이 집안사람들에 대한 의문조차 가져 보지 않은 상태니까요."

존슨 대령이 말을 가로막으며 끼어들었다.

"이보게, 서그덴, 한 가지 생각난 게 있네. 밖에서 열쇠를 돌린 사람이 누구든 간에, 그가 그런 일에 상당한 기술을 가진 것이 틀림없어! 그러니까, 범인에게는 범죄 전과가 있을 거란 말일세. 그런 도구를 다룬다는 것이 결코 쉬운 일만은 아니거든."

"전문적인 기술을 요구하는 일이라는 말씀이죠, 서장님?"

"그렇다니까."

"정말 그럴 듯한 말씀인데요." 총경은 맞장구를 쳤다.

"그렇게 생각해보니, 이 집 하인들 중에서 전문 절도범의 전과를 가진 자가 하나쯤 있을지도 모르겠습니다. 그렇기만 하다면 다이아몬드가 없어진 일과 살인사건의 논리적 귀결이 서겠는데요."

"사실, 그런 추리를 하자면 여러 가지 난점이 많을 텐데?"

"그렇습니다. 사실 그런 추리를 해보기가 여간 복잡하고 어려운 게 아닙니다. 오늘 이 집에 있었던 하인들만 하더라도 모두 여덟 명입니다. 그들 중 여자만 해도 여섯 명인데 다섯은 이 집에서만 4년 이상 있었던 사람들입니다. 게다가 집사와 시종이 있습니다. 집사는 이 집에서만 40년 가까이 있었던 사람이지요. 혹시 전과가 있는 사람이 있을지도 모르죠. 시종은 이 지방 사람입니다. 정원사의 아들인데, 줄곧 이 집에서 자랐습니다. 그 사람에게 그런 기술이 있는지 없는지 모르겠습니다. 그리고 또 한 사람, 리 씨의 남자 시중꾼이 있습니다. 그는 비교적 최근에 온 사람인데, 사건 당시에는 외출하고 없었습니다. 아직 들어오지 않았나 봅니다. 8시 이전에 나갔다더군요."

존슨 대령이 말했다.

"집에 있었던 사람들의 정확한 명단을 갖다 주겠나?"

"그렇게 하지요, 서장님. 이미 집사에게서 받아두었습니다."

"읽어 드릴까요?" 그는 자신의 수첩을 꺼냈다.

"그래 주게, 서그덴."

"앨프리드 리 부부, 국회의원인 조지 리 씨와 그의 아내. 해리 리 씨, 데이비드 리 부부. 미스(총경은 잠시 멈추더니 조심스럽게 발음했다)……, 필라 에스트라바도스. 스티븐 파르. 그리고, 집사인 에드워드 트레실리언, 시종 월터 챔피언, 요리사 에밀리 리브스, 식모 퀴니 존스, 가정부인 글래디스 스펜트, 2등 가정부 그레이스 베스트, 3등 가정부 비어트리스 모스콤, 잡일 하녀 조안

켄치, 남자 시중꾼 시드니 호버리."

"그게 전부인가?"

"그렇습니다, 서장님."

"살인사건이 났던 시간에 다들 어디에 있었지?"

"정확하게는 모르겠습니다. 이미 말씀드렸다시피 아직 아무도 심문하지 않은 상태입니다. 트레실리언에 의하면, 남자들은 그때까지 식당에 남아 있었답니다. 여자들은 응접실에 있었고요. 트레실리언이 직접 커피를 갖다 주었다고 하더군요. 그의 진술대로라면 자기가 대기실로 막 되돌아왔을 때 2층에서 소리가 들려왔다고 합니다. 그 뒤 곧바로 비명이 들렸고요. 그는 곧장 홀로 뛰어나와 다른 사람들의 뒤를 쫓아 2층으로 올라갔다고 합니다."

"가족들 중 이 집에서 사는 사람은 몇 명이나 되나?"

"앨프리드 부부가 이 집에서 삽니다. 다른 사람들은 손님으로 온 거고요."

존슨은 고개를 끄덕였다.

"지금 다들 있는가?"

"조사를 시작할 때까지 꼼짝 말고 다들 거실에 있으라고 했습니다."

"알았네, 일단 2층으로 올라가 현장을 한번 보도록 하세."

총경이 계단을 지나 통로로 이르는 길을 안내했다.

사건이 벌어진 방으로 들어가자 존슨 대령은 깊이 심호흡을 했다.

"약간 으스스한데." 그가 말했다.

그는 잠깐 동안 뒤집힌 의자들이며 박살난 도자기, 그리고 피범벅이 되어 있는 파편들을 내려다보며 서 있었다.

어느 초로의 신사가 시체 옆에 무릎을 구부리고 앉아 있다가 일어서면서 목례를 했다.

"존슨 씨, 꽤 오랜만이군요." 그가 말했다.

"이건 정말 도살장 같다는 생각이 들지 않습니까?"

"동감입니다. 우리에게 해줄 말이라도 있습니까, 박사님?"

의사는 어깨를 으쓱해 보였다. 그는 인상을 찡그렸다.

"검시 재판 때는 수사상 전문용어로 말씀드려야 할 것 같습니다. 그렇다고 알아듣기 어려울 건 없습니다. 인후부(咽喉部)가 돼지머리처럼 절단되었습니다. 사망 직전 최소한 1분 정도 출혈이 있었습니다. 무기는 흔적도 없습니다."

포와로는 방을 가로질러 창문으로 걸어갔다. 총경의 말대로 하나는 잠긴 채 고리가 채워져 있었고, 다른 하나는 밑바닥이 4인치 정도 열려 있었다. 몇 년 전 보안용 덩굴로 널리 알려졌던 무성하고 때깔 좋은 덩굴들이 그곳을 단단히 에워싸고 있었다.

서그덴이 말했다.

"집사의 말에 따르면, 날씨가 습하든 좋든 저 창문을 닫은 적은 한 번도 없다고 합니다. 비가 들이치면 리놀륨 깔개를 밑에다 깔아두면 괜찮다고 하더군요. 상단 지붕이 비를 막아주기 때문이랍니다."

포와로는 고개를 끄덕였다.

그는 시체가 있는 곳으로 되돌아오더니 노인을 찬찬히 내려다보았다.

입술이 헤벌어진 채 핏기 없는 잇몸이 드러난 게, 마치 나무 마디 같아 보였다. 손가락은 갈고리처럼 휘어져 있었다.

포와로가 말했다.

"결코 체력이 강인한 사람 같지는 않아 보이는군요."

의사가 말했다.

"그래도 매우 끈질긴 사람이었다고 할 수 있습니다. 거의 죽고 마는 몹쓸 병에 걸렸다가도 몇 번이나 다시 살아났으니까요."

"내 말은 그게 아니올시다. 덩치가 크고 힘이 센 사람이 아니었다는 뜻이올시다."

"예, 아주 연약한 체질이었습니다."

포와로는 죽은 사람으로부터 돌아섰다. 그는 허리를 굽히고 뒤집힌 의자, 그러니까 대형 마호가니 재(材) 의자를 살펴보았다. 원형 마호가니 탁자와 대형 도자기 램프 파편도 살펴보았다. 그 옆에 두 개의 소형 의자, 디캔터와 유리잔 두 개가 박살난 조각들, 큼직한 유리 문진(文鎭) 하나, 잡다한 종류의 제법 많은 책, 산산조각 난 물병, 그리고 소형 청동제 여인 나체 조상(彫像)도 살펴보았다.

포와로는 거기 있는 모든 장식품들을 거의 하나도 빠뜨리지 않고 꼼꼼히 살펴보았다. 하지만, 하나도 손을 대지는 않았다. 그는 도무지 생각이 잘 정리되지 않는다는 듯 인상을 찡그렸다.

"뭐 좀 짚이는 게 없나, 포와로?" 서장이 말했다.

에르퀼 포와로는 엷은 한숨과 함께 말했다.

"허약하고 쭈글쭈글한 영감탱이 같으니, 남긴 것이 고작 이것뿐이라니."

존슨도 황당한 모양이었다. 그는 저쪽으로 가더니 조사에 한참 열을 올리는 총경에게 물었다.

"지문은 어때?"

"방 전체에 득실득실합니다."

"금고에는?"

"글쎄요, 금고에 있는 지문이라고는 노인 것밖에는 없는데요."

존슨은 의사한테로 갔다.

"혈흔은 어떻습니까?" 그가 물었다.

"누가 죽였든 그자의 몸에 피가 반드시 묻어 있을 텐데."

의사는 회의적으로 말했다.

"꼭 그렇다고는 볼 수 없습니다. 이 피의 대부분은 경부 정맥에서 나온 겁니다. 따라서 동맥처럼 세차게 뿜어져 나오지는 않습니다."

"저런, 저런. 그래도 온통 피범벅이 되어 있는데."

포와로가 말했다.

"그렇군. 완전히 피바다로군. 옳지, 생각났어. 온통 피바다라……."

서그덴 총경이 공손하게 말했다.

"저, 무슨 묘안이라도 떠올랐습니까, 포와로 씨?"

포와로는 그를 쳐다보았다. 그는 아직도 혼란스럽기는 매한가지라는 듯 고개를 설레설레 내저었다.

"여기서 일이 벌어져도 단단히 벌어졌던 겁니다. 무척 격렬했었군."

그는 잠깐 말을 멈추었다가 다시 계속했다.

"그래, 격렬했어. 그런데 피는……, 피가 유난히 눈에 띄는 것 같아. 이걸 도대체 어떻게 해석해야 하지? '피가 지나치게 많아.' 의자에도 피, 테이블에도 피, 양탄자에도 피……. 피의 제사? 희생의 피? 과연 그럴까? 이렇게 허약하고, 야위고, 쪼그라들고, 바싹 마른 노인이 죽으면서 흘리기에는, 피가 너무……, 너무 많아."

그의 음성이 슬그머니 사라졌다. 서그덴 총경이 휘둥그레진 눈으로 물었다. 경악에 찬 음성이었다.

"거 참, 너무나 기묘하군요. 그 여자가 한 말, 그 여자가……."

포와로가 날카롭게 물었다.

"여자라니? 그 여자가 무슨 말을 했기에?"

서그덴이 대답했다.

"리 부인이 그랬습니다, 앨프리드 리 부인. 문 옆 바로 저기 서서 반쯤 기어들어가는 목소리로 중얼거리더군요. 저는 그냥 대수롭지 않게 생각했었는데."

"그녀가 뭐라고 했소?"

"그 노인이 그렇게도 많은 피를 흘리게 될 줄은……. 뭐, 그런 비슷한 말이었습니다."

포와로가 중얼거렸다.

"'그 노인이 그렇게도 많은 피를 흘리게 될 줄이야. 그 누가 상상이나 했으리오?' 맥베스 부인이 한 말이로군요. 그 여자가 그런 말을 했다니. 허, 그것참 재미있군."

8

앨프리드와 그의 아내가 포와로, 서그덴, 그리고 서장이 기다리는 조그마한 서재로 들어왔다. 존슨 대령이 앞으로 나갔다.

"안녕하시오, 앨프리드 씨? 이렇게 만나뵙기는 처음이군요. 익히 알고 계시리라 생각됩니다만 나는 이 군의 경찰서장이올시다. 이름은 존슨이라고 합니다. 이번 사건은 정말 안됐습니다. 어떻게 위로의 말씀을 드려야 할지 모르겠습니다."

앨프리드의 갈색 눈동자는 궁지에 몰린 강아지의 그것과 비슷했다. 그가 쉰 듯한 음성으로 말했다.

"고맙습니다. 정말 끔찍합니다. 이렇게 끔찍할 수가! 아, 이쪽은 제 아내입니다."

리디아는 그녀 특유의 차가운 목소리로 말했다.

"바깥양반께서 충격이 이만저만이 아닙니다. 물론 다른 사람들도 마찬가지겠지만, 이이는 유독 더하답니다."

그녀는 손을 남편의 어깨에다 올렸다.

존슨 대령이 말했다.

"좀 앉으시겠습니까, 리 부인? 이분은 에르큘 포와로 씨입니다."

에르큘 포와로는 허리를 굽혀 인사했다. 포와로의 호기심 어린 눈초리가 남편에게서 그의 아내 쪽으로 옮겨갔다.

리디아의 손이 앨프리드의 어깨를 가볍게 눌렀다.

"앉아요, 앨프리드."

앨프리드가 앉았다. 그는 말을 어물거렸다.

"아, 예, 에르큘 포와로 씨라고요."

그는 당황한 듯 앞이마를 손으로 만졌다.

리디아가 말했다.

"앨프리드, 존슨 서장님이 당신에게 묻고 싶은 것이 있나 봐요."

서장은 그녀에게 시인의 손짓을 보냈다. 그는 앨프리드 리 부인이 눈치 빠르고 센스 있는 여자여서, 안 그래도 서먹서먹하던 차에 여간 다행스러운 게 아니라는 생각이 들었다.

"물론, 물론 대답해 드리지요." 앨프리드가 말했다.

존슨은 내심 이런 생각이 들었다.

'충격으로 아예 녹초가 되어 버렸나 보군. 이 친구는 마음을 좀더 독하게 먹어야겠어.'

그는 큰소리로 말했다.

"저는 오늘 밤 이 집에 있었던 사람들의 명단을 몽땅 가지고 있습니다. 이게 전부 틀림없겠지요, 리 씨?"

그가 서그덴에게 손짓을 해보이자 서그덴이 자기 수첩을 열고 다시 한 번 사람들의 명단을 죽 읽어 내려갔다.

빨리빨리 읽어 내려가서 그런지 앨프리드는 아까보다는 다소 정신을 차린 것 같았다. 그래서 그런지 눈매도 아까처럼 초조해하거나 멍해 보이지 않았다. 서그덴이 다 읽자, 그는 맞다면서 고개를 끄덕였다.

"틀림없습니다."

"방문객들에 대해 얘기 좀 해주시겠습니까? 조지 리 부부와 데이비드 리 부부 등의 인적 사항을 알고 싶습니다만."

"양쪽 다 제 동생 부부입니다."

"그분들은 이 집에만 있었습니까?"

"그렇습니다. 크리스마스를 보내려고 왔지요."

"해리 리 씨도 형제간입니까?"

"예."

"그럼, 그 밖에 다른 손님들은? 에스트라바도스 양과 파르 씨말입니다."

"에스트라바도스 양은 제 조카입니다. 파르 씨는 제 아버님께서 남아프리카에서 사귀셨던 친구분의 아들입니다."

"아, 오랜 친구로군."

리디아가 끼어들었다.

"아니에요. 사실 어제까지만 해도 우리는 그 사람을 한 번도 본 적이 없었답니다."

"알겠습니다. 하지만, 어쨌든 그 사람을 크리스마스에 초대하지 않으셨습니까?"

앨프리드는 약간 망설이는 듯 자기 아내의 눈치를 살폈다.

그녀는 분명히 말했다.

"파르 씨는 어제 전혀 예상 밖으로 불쑥 나타났어요. 그는 우연히 아버님의 요청으로 우리 집에 묵게 된 것이에요. 아버님이 그가 자신의 옛 친구이자 동업자의 아들인 것을 아시고는 함께 크리스마스를 보내자고 하셨던 거예요."

존슨 대령이 말했다.

"알겠습니다. 인적 사항에 대해서는 이만 되었습니다. 그다음, 하인들에 대해서 좀 알아야 하겠는데. 리 부인, 그 사람들, 다들 믿을 만한 사람들이라고 생각하십니까?"

리디아는 대답하기 전에 잠깐 동안 깊이 생각했다.

"예, 제 생각으로는 다들 믿을 만한 사람인 것 같아요. 대부분이 저희와 수년 동안이나 함께 살았으니까요. 집사인 트레실리언은 제 남편이 어린아이일 때부터 같이 살았어요. 새로 온 사람이라고는 조안과 아버님의 간호 시중을 들었던 사람뿐이랍니다."

"그 사람들은 어떻습니까?"

"조안은 좀 모자라는 아이예요. 이런 말을 해서는 안 되겠지만, 하여간 그래요. 호버리에 대해서라면 저는 거의 몰라요. 그는 우리 집에 일 년 남짓 있었어요. 그는 자신이 맡은 일은 아주 잘해 냈기 때문에 아버님께서도 무척 만족해하시는 것 같았어요."

포와로가 날카롭게 물었다.

"하지만 부인, 혹시 만족해하지 않았을 수도 있지 않습니까?"

리디아는 어깨를 으쓱해 보였다.

"저와는 상관없는 일이에요."

"하지만, 부인은 일단 이 집의 안주인이십니다. 하인들은 부인의 소관이 아닙니까?"

"오, 그건 그래요. 하지만 호버리는 아버님의 개인 시종이었어요. 그는 제 간섭을 받지 않은 사람이었어요."

"알았습니다." 존슨 대령이 말했다.

"자, 오늘 저녁 사건에 대해서 이야기해봅시다. 괴로우시더라도, 리 씨, 당신의 이야기를 좀 들었으면 합니다."

"물론 대답해 드려야지요." 앨프리드는 조그맣게 말했다.

존슨 대령은 그에게 어떤 대답을 해야 할지를 일러주듯이 말했다.

"우선 아버님을 마지막으로 보신 게 언제입니까?"

고통스러운 듯 희미한 경련이 앨프리드의 얼굴을 스치고 지나갔다. 그는 착 가라앉은 음성으로 말했다.

"차를 마신 직후였습니다. 잠깐 동안 아버님과 함께 있었죠. 그러다가 주무시라는 인사를 하고는, 가만 보자……, 그때가 아마 6시 15분 전쯤 되었을 겁니다."

포와로가 끼어들었다.

"안녕히 주무시라고 말했다는 말씀입니까? 그렇다면, 저녁에 아버님을 다시 만나게 되지 않으리라고 생각했단 말입니까?"

"예, 아버지의 저녁식사는 7시쯤 갖다 드립니다. 그것을 드신 뒤에 가끔씩 일찍 잠자리에 드실 때도 있고, 아니면 의자에 앉아 계시기도 합니다. 하지만, 가족들을 다시 만나려고 하시지는 않습니다. 특별한 경우에는 사람을 보내 부르시지요."

"가족들을 자주 호출하셨나요?"

"가끔씩 기분이 내키실 때만 부르십니다."

"혹시 그게 통상적인 일상생활은 아니었겠지요?"

"물론입니다."

"계속해주십시오, 리 씨."

앨프리드는 말을 이었다.

"우리는 8시에 저녁식사를 했습니다. 식사를 끝내고 아내와 다른 여자들은 거실로 갔습니다."

그는 말을 약간 더듬고 있었다. 그의 눈이 다시 휘둥그레 커지기 시작했다.

"우리는 그냥 거기에 앉아 있었습니다. 식탁에……, 그런데 갑자기 깜짝 놀랄 만한 소리가 위층에서 들려왔습니다. 의자가 뒤집히고, 가구가 부서지고, 유리잔과 도자기들이 박살나는 소리. 그러고 나서, 오, 하느님!"

그는 전신을 부르르 떨었다.

"아직도 제 귀에 생생합니다, 아버지의 비명소리가! 길게 울렸다가 가라앉는 공포의 비명소리, 죽음의 고통에 몸부림치는 비명소리가!"

그는 부들부들 떨고 있는 두 손을 들어 자기의 얼굴을 감쌌다. 리디아가 손을 내밀어 그의 소매를 잡았다.

존슨 대령이 차분하게 물었다.

"그래서요?"

앨프리드는 갈라진 음성으로 말했다.

"저는 생각했습니다. '이 순간은 우리가 기절한 상태일 것이다.'라고요. 하지만, 우리는 자리에서 벌떡 일어나 문을 박차고 나가 2층 아버지 방으로 뛰어 올라갔습니다. 문이 잠겨 있더군요. 안으로 들어갈 수가 없었습니다. 문을 부숴야 했죠. 그리고 우리가 들어가니 눈앞에 펼쳐진 광경은……."

그는 더 이상 말을 잇지 못했다.

존슨은 재빨리 말했다.

"그 뒷부분은 얘기하실 필요 없습니다. 얘기를 약간 뒤로 돌려서 식당에 있었을 때의 얘기나 해보십시오. 그 비명소리가 난 순간 당신과 함께 있었던 사람은 누구입니까?"

"거기 있었던 사람이 누구냐고요? 글쎄요. 전부 있었던 것 같은데……. 아 참, 아닙니다. 제 동생이 있었습니다. 해리 말입니다."

"그 밖의 다른 사람은?"

"없었습니다."

"그럼, 다른 남자분들은 어디에 있었습니까?"

앨프리드는 크게 심호흡을 하더니 기억을 되살리려는 듯 인상을 찌푸렸다.

"잠깐, 생각을 해보겠습니다. 아득한 옛날 같아서, 그래요, 마치 몇 년 지난 까마득한 옛일 같군요. 뭐라 하셨죠? 오, 그렇지. 조지가 전화를 하러 간다고 방을 나갔습니다. 그때부터 우리는 집안문제로 이야기를 나누기 시작했습니다. 스티븐 파르는 우리끼리 이야기할 것이 있다는 걸 눈치 채고 나가 버리더군요. 눈치가 빠르고 센스 있는 사람이었습니다."

"그럼, 다른 동생이신 데이비드 씨는?"

앨프리드는 인상을 찌푸렸다.

"데이비드? 거기 없었던가? 아, 그렇습니다. 거기 없었습니다. 언제 빠져나갔는지도 모르겠군요."

포와로가 정중하게 말했다.

"집안 문제로 얘기를 나누었다고 하셨는데?"

"예, 그렇습니다."

"그렇다면, 가족 중 누구와 논쟁을 벌일 만큼 심각한 문젯거리라도 있었단 말입니까?"

리디아가 말했다.

"대체 무슨 뜻으로 그런 질문을 하시는 거죠, 포와로 씨?"

그는 재빨리 그녀 쪽을 쳐다보았다.

"부인, 댁의 남편께서는 파르 씨가 당신들이 집안문제로 얘기할 것이 있다는 것을 눈치 채고 밖으로 나갔다고 하셨습니다. 하지만, 그것은 엄밀히 말해 집안 문제도 아니었습니다. 왜냐하면, 거기엔 데이비드 씨도, 조지 씨도 없었기 때문이죠. 가족들 중 오직 두 사람만의 대화였습니다."

리디아가 말했다.

"제 시동생 해리는 수년 동안 외국에서 살았어요. 그와 제 남편이 이런저런 얘기를 나누는 건 당연한 일이죠!"

"아! 알겠습니다. 그랬었군요."

그녀는 그를 날카롭게 쏘아보더니 눈길을 딴 데로 돌렸다.

존슨이 말했다.

"됐습니다, 그만하면 충분히 알았습니다. 2층에 있는 아버님의 방으로 뛰어 올라갔을 때 누구 다른 사람이 있는 것 같지는 않던가요?"

"전, 정말 모르겠습니다. 도통 기억이 안 나요. 우린 전부 각자 다른 방향에서 올라갔습니다. 그러니 제가 못 봤을 수도 있겠지요. 워낙 놀란 상태였으니까. 어찌나 끔찍한 비명소리였는지 도통 경황이 없어 놔서……."

존슨 대령이 재빨리 다른 주제로 말머리를 돌렸다.

"얘기 잘 들었습니다. 그런데 또 한 가지 문제가 있습니다. 아버님께서는 상당한 값어치가 나가는 다이아몬드를 가지고 계셨다고 알고 있습니다만?"

앨프리드는 내심 매우 놀라는 눈치였다.

"예, 그렇습니다."

"아버님은 그것들을 어디다 보관하셨나요?"
"방에 있는 금고에 보관하셨죠."
"설명을 좀 해주실 수 있겠습니까?"
"가공하지 않은 다이아몬드, 다이아몬드 원석들입니다."
"아버님이 왜 그걸 굳이 금고에다 보관하셨을까요?"
"아버지의 추억이 담긴 물건이었습니다. 아버지께서 남아프리카에서 가지고 온 것이거든요. 절대로 가공하려고 하지 않으셨습니다. 단순히 가지고 계신 것만으로 즐거워하셨지요. 한마디로 말해 아버지의 추억이 깃든 물건입니다."
"알겠습니다." 서장이 말했다.
하지만, 그의 어조로 볼 때, 무언가 대답이 시원치 못하다고 생각하는 것이 분명했다.
"값진 것이었나요?"
"아버지께서 대략 1만 파운드 정도 나갈 것이라고 말씀하시더군요."
"실제로 그렇게 값진 돌인가요?"
"예."
"그런 돌을 침실 금고에다 넣어두니 참, 괴팍한 취미를 가지신 분이었군."
리디아가 끼어들었다.
"존슨 대령님, 사실 제 아버님은 다소 괴상한 구석이 있는 분이셨어요. 그 돌들을 보시면서 얼마나 기뻐하셨다고요."
"아마 옛 추억을 상기시켜 주는 물건이었겠지요?" 포와로가 말했다.
그녀는 고개를 끄덕끄덕하며 재빨리 공감하는 표정을 지었다.
"맞아요. 틀림없어요."
"보험에는 들어 있었나요?" 서장이 물었다.
"아마 안 들었을 겁니다."
존슨이 몸을 앞으로 굽혀 바짝 다가서며 착 가라앉은 음성으로 물었다.
"그 돌들이 없어졌다는 사실을 알고 있습니까, 리 씨?"
"뭐라고요?" 앨프리드는 눈이 휘둥그레져서 그를 쳐다보았다.
"다이아몬드가 없어진 일에 대해 아버님이 아무 말씀도 안 하시던가요?"

"그런 말씀은 전혀 없었는데요."
"그럼, 아버님이 서그덴 총경을 이 집으로 불러 신고한 사실도 모르고 있었단 말입니까?"
"이건 정말 아닌 밤중에 홍두깨 같은 소리로군요!"
서장은 시선을 리디아 쪽으로 옮겼다.
"부인께서는……."
"저도 금시초문이에요." 리디아가 말했다.
"그럼, 아직도 금고 안에 그 돌들이 있으리라 생각하시는가요!"
"물론이죠."
그녀는 약간 망설이는 듯하더니 이내 질문을 던졌다.
"아버님이 살해된 동긴가요? 그럼, 바로 그 돌 때문에?"
존슨 대령이 말했다.
"우리가 알아내고자 하는 것도 바로 그겁니다. 리 부인께서는 혹시 누가 그런 짓을 저질렀을지 짚이는 사람이 있습니까?"
그녀는 고개를 내저었다.
"아뇨, 전혀 짐작도 가지 않아요. 하인들도 다들 정직하다고 확신해요. 게다가, 그들이 금고에 접근하는 것은 사실상 불가능해요. 아버님이 항상 방 안에 계셨으니까요. 아래층으로 내려오시는 법이 없으셨어요."
"그럼, 그 방의 시중은 누가 듭니까?"
"호버리예요. 그가 침대도 정리하고 청소도 합니다. 2등 가정부가 매일 아침 벽난로 불을 챙기는 것 외에 다른 일은 전부 그 사람 혼자서 했어요."
포와로가 말했다.
"그럼, 기회는 호버리가 제일 많았다고 말할 수 있겠군요?"
"그야 그렇죠."
"그럼, 다이아몬드를 훔친 자가 그자일 거라는 생각은 안 듭니까?"
"혹시 그럴지도 모르죠. 기회야 그 사람이 제일 많으니까요. 오! 어떻게 생각해야 할지 저는 도저히 모르겠어요."
존슨 대령이 말했다.

"남편께서는 오늘 저녁에 있었던 일을 하나도 남김없이 얘기해주셨습니다. 부인께서도 해주시겠습니까? 아버님을 제일 마지막으로 본 게 언제였지요?"

"오늘 오후에 가족 전원이 아버님 방으로 올라갔었어요. 차를 마시기 전이었지요. 제가 아버님을 본 것은 그때가 마지막이었어요."

"나중에 취침 인사를 하러 가서 만나지는 않았습니까?"

"아뇨."

"평소에도 취침 인사를 하지 않습니까?" 포와로가 말했다.

"안 해요." 리디아가 잘라서 말했다.

서장이 질문을 계속했다.

"사건이 발생하던 시간에 부인은 어디 계셨습니까?"

"거실에 있었어요."

"싸우는 소리를 들었습니까?"

"뭐가 떨어지는 소리가 들리더군요. 물론 그 방이 거실이 아닌 식당 위에 있는 방이라서 그리 크게 들리지는 않았어요."

"그럼, 비명소리는 들었습니까?"

리디아는 불현듯 몸을 움츠렸다.

"예, 들리더군요. 소름끼치는 소리였어요. 마치, 지옥의 혼백이 울부짖는 것 같았어요. 순간 저는 무슨 일인가 끔찍한 일이 터졌다고 직감적으로 느꼈죠. 저는 밖으로 뛰쳐나가 남편과 해리의 뒤를 따라 2층으로 뛰어올라갔어요."

"그때 거실에 있었던 다른 사람은?"

리디아는 인상을 찌푸렸다.

"정확하게 기억은 안 나요. 데이비드가 바로 옆 음악실에서 멘델스존을 치고 있었어요. 힐다는 아마 그에게로 갔던 것 같아요."

"나머지 두 여자분은?"

리디아가 천천히 대답했다.

"맥덜린은 전화를 하러 간다고 나갔어요. 그녀가 되돌아왔는지 안 왔는지는 정확하게 기억나질 않는군요. 필라는 어디 있었는지 모르겠고요."

포와로가 정중하게 말했다.

"그럼, 부인은 사실상 거실에 혼자 계셨군요?"
"예, 그래요. 그러고 보니 혼자였던 것 같네요."
존슨 대령이 말했다.
"다이아몬드에 대해서인데, 그것들이 있는지 없는지 확인을 좀 해야겠습니다. 아버님의 금고 번호를 알고 계십니까, 리 씨? 제법 오래된 구식 금고 같던데요."
"아버지의 가운 호주머니 속에 있는 수첩에 적혀 있을 겁니다."
"좋습니다, 지금 당장 가서 확인해보도록 하지요. 만찬에 참석했던 다른 분들과도 얘기를 해야 하니까 그게 낫겠습니다. 여자분들은 몹시 피로하셔서 주무시고 싶을 겁니다."
리디아가 일어났다.
"자, 그럼, 앨프리드." 그녀는 그들의 눈치를 살폈다.
"제가 나가서 다른 사람들을 보내도 되겠지요?"
"가능하면 한 사람씩 차례로 보내주시면 고맙겠습니다, 부인."
"그렇게 하죠."
그녀는 문쪽으로 걸어갔다. 앨프리드 리가 그녀의 뒤를 따랐다. 그런데 마지막 순간, 그가 갑자기 돌아섰다.
"아, 참! 에르퀼 포와로 씨!" 그가 말했다.
그는 재빨리 포와로가 있는 곳으로 걸어왔다.
"제가 정신을 어디다 두고 다니는지 모르겠습니다! 아까 처음에 보고 알았으면서도……."
그는 비록 자그마했지만 빠르고 흥분된 음성으로 말했다.
"선생님이 저희 집에 오시다니 이것은 필경 하나님이 보내신 겁니다! 선생님이 반드시 진상을 밝혀주셔야겠습니다! 비용이 얼마가 들든 간에 꼭 밝혀주셔야 합니다! 비용은 얼마든지 대겠습니다. 하지만, 기필코 밝혀내셔야 합니다. 가련한 아버지, 누군지는 모르지만 그렇게도 비참하게 돌아가시게 하다니! 반드시 밝혀주십시오, 포와로 씨. 아버님의 원한을 풀어야만 합니다."
포와로는 차분한 음성으로 대답했다.

"최선을 다해 존슨 대령과 서그덴 총경을 돕도록 하겠습니다. 약속하지요."
앨프리드가 말했다.
"저를 위해 일해주세요. 아버지의 원한을 풀어 드려야겠습니다."
그는 전신을 격렬하게 떨기 시작했다. 리디아가 되돌아와서 그의 팔을 잡아 당겨 자기의 팔짱을 끼게 했다.
"이리 오세요, 앨프리드. 다른 사람들을 오게 해야죠."
그녀의 눈이 포와로와 마주쳤다. 서로 각자의 비밀을 간직한 시선들이었다. 서로 조금도 동요하지 않았다.
포와로가 점잖게 말했다.
"그 노인이 그렇게도 많은 피를……."
그녀가 그의 말을 가로막았다.
"그만! 제발 그만두세요!"
포와로가 나지막이 말했다.
"바로 부인이 한 말입니다."
그녀는 가볍게 숨을 몰아쉬었다.
"저도 알고 있어요. 생각나요. 너무나 끔찍해……." 그리고 그녀는 황급히 방을 뛰쳐나갔다. 남편이 그녀의 뒤를 따랐다.

9

조지 리는 근엄하고 꼼꼼한 인물이었다.
"무서운 일입니다." 그는 고개를 절레절레 내저었다.
"끔찍합니다, 정말 끔찍한 일입니다. 미치광이가 아닌 다음에야 어떻게 그런 짓을! 틀림없이 미치광이의 짓일 거요."
"그건 가정입니까?" 존슨 대령이 정중하게 물었다.
"예, 물론 가정입니다. 살인광. 이 부근 정신병원에서 탈주해 나온 살인마의 짓이겠지요."
서그덴 총경이 끼어들었다.

"그렇다면, 미치광이가 이 집에 뛰어들었단 말입니까? 그렇다면, 어떻게 빠져나갈 수 있었을까요?"

조지는 고개를 내저으며 냉담하게 말했다.

"그게 바로 경찰이 알아내야 할 일이지요."

서그덴이 말했다.

"우리는 이 집을 한번 죽 돌아보았습니다. 모든 창문은 닫힌 채 걸어 잠겨 있더군요. 옆문도, 정문도 잠겨 있었습니다. 부엌으로 통하는 길도 부엌에서 일하는 사람들을 피해서는 들어올 수가 없게 되어 있던데요."

조지가 냅다 소리를 질렀다.

"그건 말도 안 돼요! 그럼, 대체 우리 아버지가 지금 살아 계시기라도 하단 말이오!"

"물론 그분은 이미 살해되었습니다." 서그덴 총경이 말했다.

"그 점은 두말할 나위가 없습니다."

서장이 목청을 가다듬더니 질문을 던졌다.

"리 씨, 사건이 터지던 바로 그 시각에 어디 계셨습니까?"

"식당에 있었소이다. 저녁식사가 끝난 직후였지요. 아니야, 나는 이 방에 있었던 것 같습니다. 내가 막 전화를 끝낼 무렵이었던 것 같소."

"전화를 하고 있었다고 했습니까?"

"그렇소. 내 선거구인 웨스터링검의 보수당원에게 전화를 했었소. 급한 용건이 있어서."

"그럼, 바로 그 직후에 비명소리를 들었단 말씀입니까?"

조지 리는 가벼운 경련을 일으켰다.

"그렇소. 소름끼치는 소리였소. 뼛속까지 얼어붙는 기분이었소. 컥컥하는 숨막히는 소리와 함께 사라지더군요."

그는 손수건을 꺼내어 앞이마를 훔쳤다. 이마에 땀이 송골송골 배어나고 있었다.

"소름끼치는 일이었어요." 그는 중얼거렸다.

"그래서 재빨리 2층으로 올라갔습니까?"

"그렇소."

"형제들을 보았나요? 앨프리드 리 씨와 해리 리 씨말입니다."

"아뇨, 나보다 먼저 올라갔던 모양입니다."

"아버님을 마지막으로 본 게 언제입니까?"

"오늘 오후였습니다. 전 가족이 함께 아버지 방으로 올라갔었습니다."

"그 이후로는 아버님을 본 적이 없습니까?"

"그렇소."

서장은 잠시 멈추었다가 다시 말을 시작했다.

"아버님이 침실 금고 속에 굉장한 값어치의 다이아몬드 원석을 갖고 계시다는 사실을 알고 있습니까?"

조지는 고개를 끄덕였다.

"참으로 어리석은 짓이었지요." 그는 괜히 허세를 부리며 말했다.

"한두 번 말씀드린 게 아닙니다. 혹시 그 때문에 돌아가셨을지도 모르지요……."

존슨 대령이 그의 말을 가로막고 끼어들었다.

"그 다이아몬드들이 없어졌다는 사실을 알고 계신지요?"

조지의 턱이 떡 벌어졌다. 툭 튀어나온 그의 두 눈은 휘둥그레졌다.

"그럼, 아버지가 그것 때문에 살해되셨단 말이오?"

서장이 천천히 말했다.

"아버님께서는 그것이 없어진 것을 아시고, 돌아가시기 몇 시간 전에 경찰에 신고를 하셨습니다."

"그러셨다니, 나는 도무지 이해가 안 가……." 조지가 말했다.

에르퀼 포와로가 점잖은 음성으로 말했다.

"이해가 안 가기는 우리 역시 마찬가지입니다."

10

해리 리가 으쓱거리며 방으로 들어왔다. 순간 포와로는 양미간을 찌푸리며 그를 찬찬히 뜯어보았다. 전에 어디선가 많이 본 듯한 얼굴이라는 생각이 들었다. 그는 그 사내의 모습을 유심히 살펴보았다. 높고 오뚝한 콧날, 반반하니 균형 잡힌 얼굴, 그리고 뚜렷한 턱선, 커다란 덩치. 그의 아버지는 비록 중키의 왜소한 체격이었지만, 그래도 그런대로 부자지간에 제법 닮은 데가 많다는 생각이 들었다.

그는 또 다른 특이한 사실 하나를 포착했다. 그가 괜히 우쭐댔기 때문에 발견한 사실이었다. 해리 리는 초조해하고 있었다. 몸을 이리저리 흔들어대며 그런대로 잘 숨기고 있었지만, 내심으로 당황하는 눈치가 역력했다.

"글쎄요, 여러분. 제가 무슨 말을 해주길 원하십니까?" 그가 말했다.

존슨 대령이 말했다.

"오늘 저녁에 있었던 사건에 대해서 뭐 좀 물어보고 싶은 게 있어서 그럽니다."

"저는 아무것도 모릅니다. 너무 불시의 사건이라서 단지 끔찍했던 기억밖엔 없습니다."

"외국에서 최근에 귀국했다고 들었습니다만?" 포와로가 말했다.

해리 리는 그가 있는 쪽으로 몸을 홱 돌렸다.

"그렇습니다, 영국에는 1주일 전에 왔지요."

"오랫동안 나가 있었다면서요?" 포와로가 말했다.

해리 리는 턱을 치켜들면서 웃었다.

"그렇게 잘 알고 계신 걸 보니, 금세 누가 일러바친 모양이군! 저는 돌아온 탕아올시다! 이 집에 발을 들여놓은 지 근 20년 만이군요."

포와로가 물었다.

"하지만, 어쨌든 돌아오셨습니다. 자, 왜 그렇게 집을 나갔는지 그 사연을 좀 말씀해주시겠습니까?"

그는 솔직하게 털어놓았다.

"마치 옛날 우화(누가복음 15장에 나오는 이야기) 같은 이야기지요. 저는 옥수수 껍질만 먹는 데는 정말 지쳤습니다. 돼지도 그런 걸 먹는지 안 먹는지는 모르겠지만. 저는 두 눈 딱 감고 살찐 돼지가 됨으로써 아버지의 환영을 받으리란 생각이 들었지요. 때마침 아버지가 집으로 왔으면 어떻겠느냐는 편지를 보내셨더군요. 그래서, 저는 순순히 그 뜻을 받아들여 집으로 온 겁니다. 그게 전부입니다."

포와로가 말했다.

"잠깐 들르러 온 겁니까. 아니면, 아예 눌러앉을 요량으로?"

"이왕 왔으니, 푹 쉬어야지요!" 해리가 말했다.

"아버님이 괜찮다고 하시던가요?"

"노인께서 얼마나 기뻐했는지 모릅니다."

해리가 다시 웃음을 지어 보이자, 그의 미간이 심하게 실룩거렸다.

"노인이 이 집에서 앨프리드와 함께 살려니 오죽 답답했을까! 그 병신 같은 숙맥 같으니. 그런 병신 같은 면을 빼면 아무짝에도 쓸모가 없는 인물. 사람이 어디 재미있는 구석이 있어야지. 우리 아버지는 그래도 젊었을 땐 한가락 하시던 분이었지요. 아버지는 저와 함께 어울리고 싶으셨던 겁니다."

"형과 형수는 당신이 눌러앉는 걸 마다 하지 않던가요?"

포와로가 눈초리를 약간 치켜들면서 이 질문을 하자 그는 이렇게 대답했다.

"앨프리드 형이요? 앨프리드는 길길이 화를 내며 펄쩍 뛰었지요. 리디아는 어떻게 생각하는지 모르겠어요. 형수도 마지못해 앨프리드의 편을 들어주려니 짜증이 났을 겁니다. 사실 형수는 내심으로 제가 함께 있는 걸 환영할 겁니다. 저는 리디아를 좋아합니다. 형수는 상냥한 여자더군요. 리디아와는 사이좋게 지낼 겁니다. 하지만, 앨프리드는 짝이 틀린 신발과 같은 인물이죠."

그는 또다시 피식 웃었다.

"앨프리드는 제게 언제나 악귀처럼 짓궂게 대했지요. 장남이어서 그런지, 집에 붙어 있어야 한다는 사실에는 별 불만이 없어요. 하지만, 그렇게 함으로써 궁극적으로 얻으려고 하는 것이 무엇이겠습니까? 바로 선량하고 착한 자식이라는 평판을 아버지로부터 얻어내고자 하는 것이죠. 정말 한심한 노릇입니다. 여러분, 제 말은 거짓말이 아닙니다. 진정한 미덕이란 결과를 염두에 두고 행하는 것이 아니지요."

그는 세 사람을 이리저리 번갈아가며 쳐다보았다.

"제가 너무 솔직히 말했다고 놀라지는 마십시오. 그러나, 제 말은 어디까지나 사실입니다. 하지만 집안의 수치를 드러낸다는 점에서 결국 하늘 보고 침 뱉는 꼴이죠. 사실 저는 아버지의 죽음을 별로 슬프게 느끼지는 않습니다. 어릴 때부터 아버지의 얼굴도 안 보고 살아왔으니까요. 하지만, 어쨌든 그분은 제 친아버지이시고, 또 살해되셨습니다. 그 살인자에 대한 복수에는 최선을 다할 생각입니다."

그는 그들을 쳐다보며 자기의 턱을 만지작거렸다.

"우리 가족 전원은 그 살인범에 대한 복수심에 불타고 있습니다. 리 가문의 사람이라면 누구도 쉽게 잊을 수는 없겠죠. 아버지의 살해범은 반드시 체포되어 교수형에 처해지고 말 것이라고 저는 확신합니다."

"우리도 최선을 다하도록 하겠습니다, 리 씨." 서그덴이 말했다.

"여러분이 해결하지 못하면 제 손으로라도 꼭 그자를 잡아 처단하고 말겠습니다." 해리가 말했다.

순간 서장이 날카롭게 물었다.

"살인범의 정체에 대해 알고 있는 것이 있단 말입니까, 리 씨?"

해리는 고개를 내저었다.

"아닙니다." 그는 천천히 말했다.

"아닙니다. 전혀 아는 바가 없습니다. 그저 기분이 그렇다는 거죠. 이 사건에 대해서 줄곧 생각해보았지만, 반드시 외부 인물이 그런 짓을 저질렀다고만은 볼 수 없을 것 같은데……."

"아!" 서그덴이 고개를 끄덕이며 말했다.

해리가 말했다.

"그렇다면, 정말로 누군가 집안사람이 아버지를……. 하지만, 대체 누가 그런 짓을 할 수 있었을까? 하인들은 그럴 수가 없습니다. 트레실리언은 줄곧 우리 집에만 있었던 사람이고. 그럼, 그 바보 같은 하인이? 아냐, 말도 안 돼. 그럼, 호버리? 냉정한 사람이긴 하지만 트레실리언의 말에 의하면 그자는 현장에 있지도 않았어. 하지만, 그렇다면, 대체 누굴까? 스티븐 파르를 제외하면 가족들밖에 안 남는데……. 우리 가족 중에 누가 그런 짓을 했으리라고는 생각도 할 수 없는 일이야. 앨프리드? 앨프리드는 아버지한테 꼼짝도 못하는 사람인데. 조지? 조지는 그럴 만한 배짱이 없고. 데이비드? 데이비드는 언제나 비실비실하는 몽상가일 뿐이지. 제 손가락의 피만 봐도 현기증을 일으킬 인물이야. 그럼, 여자들이? 여자들이 섬뜩한 피가 철철 흐르도록 남자의 목을 찌를 수는 없지. 그럼, 도대체 누구란 말인가? 이런 제기랄, 도저히 짐작이 안 가는군. 도대체 오리무중이야."

존슨 대령이 목청을 가다듬었다. 관리들에게서 흔히 찾아볼 수 있는 습관 같은 것이었다.

"오늘 저녁 아버님을 마지막으로 본 것이 언제입니까?"

"차를 마신 직후였습니다. 아버지가 앨프리드와 말다툼을 한 뒤였지요. 변변찮은 하인 한 명 때문에 비롯된 말다툼이었습니다. 노인네의 기세가 얼마나 높았는지 모릅니다. 항상 분쟁 일으키길 좋아하셨으니까요. 제가 온 것을 비밀로 하라고 시켰던 것도 다 그런 이유 때문이었지요. 제가 불쑥 나타남으로써 야단법석이 일어나는 것을 보고 싶으셨던 겁니다. 유언장 변경에 대해 말씀하신 것도 다 그런 이유 때문입니다."

포와로는 흠칫 놀라는 눈치였다. 그는 자그마한 음성으로 물었다.

"아버님이 유언장에 대해 말씀하셨다고 했던가?"

"예. 가족 전원이 있는 앞에서였습니다. 우리가 어떤 반응을 일으키는지를 알려고 고양이 같은 눈초리로 우리를 쳐다보면서 말입니다. 변호사라는 작자에게 크리스마스가 지난 뒤끝에 와서 자기와 함께 그 건에 대해 상의해보자고 말하더군요."

"유언장을 수정하실 작정이던가요?" 포와로가 물었다.

해리 리는 인상을 찡그렸다.

"우리에겐 한 마디 상의도 없었습니다! 정말 여우같은 노인네 같으니라고! 그놈의 하인 녀석 배부르게 해줄 심사가 아니고 무엇이었담! 옛날 유언장에서 제 몫이 삭제되어 있을 겁니다. 젠장, 지금에야 옛날로 되돌아갔군. 다른 가족들에게는 비열하기 이를 데 없는 일격이었지요. 아버지는 필라를 좋아했습니다. 그 아가씨는 어딘가 매력이 있는 아가씨였습니다. 아직 그 아가씨를 보지 못했죠? 제 스페인 조카랍니다. 참, 예쁜 아가씨지요. 필라에겐 남쪽의 훈훈한 애교 같은 것이 깃들어 있어요. 그게 또한 그녀의 가시지요. 차라리 그 아가씨의 삼촌이 아니었더라면 더 좋았을걸!"

"아버님이 그녀를 불렀습니까?"

해리는 고개를 끄덕였다.

"그녀는 늙은이의 환심을 사는 비결을 알고 있었습니다. 슬슬 비위를 맞추어 주는 것이죠. 틀림없이 무슨 꿍꿍이가 있었을 겁니다. 하지만 아버지는 돌아가셔버렸지요. 어떤 경우에도 필라가 마음먹은 대로 유언장이 변경될 수는 없습니다. 제 경우도 마찬가지죠. 이건 정말 불운입니다!"

그는 잠깐 동안 인상을 쓰며 말을 멈추었다. 그러더니 톤을 바꾸어 다시 말을 이었다.

"그동안 제가 엉뚱한 얘기만 잔뜩 늘어놓고 있었군요. 제가 아버지를 마지막으로 본 게 언제인지 그게 알고 싶다고 하셨던가요? 말씀드렸다시피 차를 마신 직후, 그러니까 6시 조금 지났을 무렵일 겁니다. 그때 노인네의 기분은 제법 좋은 상태였지요. 약간 피로한 것을 제외하곤. 저는 호버리와 함께 아버지 방에서 나왔습니다. 그 이후로 아버지를 만난 적이 없습니다."

"아버님이 살해되던 그 시각에는 어디 있었습니까?"

"앨프리드와 함께 식당에 있었습니다. 식사 분위기가 그렇게 화기애애한 것은 아니었습니다. 우리는 제법 격하게 논쟁을 벌이고 있었는데, 그때 2층에서 소리가 들리더군요. 돼지 목을 따는 소리와 흡사했습니다. 앨프리드도 똑같이 그 소리를 들었습니다. 형은 턱을 늘어뜨린 채 가만히 앉아 있었죠. 저는 재빨리 형을 흔들어 함께 2층으로 달려 올라갔습니다. 문은 잠겨 있더군요. 그래서, 부수고 들어가야 했습니다. 간신히 문을 열었습니다. 망할 놈의 문이 도대체 어떻게 해서 잠길 수 있었는지 도대체 이해가 안 가는군요. 방 안엔 아버지밖엔 아무도 없었습니다. 누군가 창문을 통해 빠져나갔으리라고는 생각조차 할 수 없는 일이고요."

"문은 바깥에서 잠근 겁니다." 서그덴 총경이 말했다.

"뭐라고요?" 해리의 눈이 휘둥그레졌다.

"문은 분명히 안에서 잠겨 있었는데."

포와로가 나지막이 말했다.

"그걸 어떻게 장담할 수 있지요?"

해리 리가 핀잔을 주듯 말했다.

"제 눈은 못 속입니다."

그는 날카로운 눈초리로 사람들을 이리저리 번갈아 쳐다보았다.

"뭐 또 알고 싶은 것이 있습니까, 여러분?"

존슨이 고개를 내저었다.

"이렇게 시간을 내주어서 고맙습니다, 리 씨. 다른 분께 오시라고 전해 주시겠습니까?"

"그렇게 하지요."

그는 뒤도 돌아보지 않고 문쪽으로 터벅터벅 걸어갔다.

세 사내는 서로 멀쑥하니 쳐다보았다.

"어떻게 생각하나, 서그덴?" 존슨 대령이 말했다.

서그덴 총경은 도무지 이해가 가지 않는다는 듯 고개를 갸우뚱하며 말했다.

"뭔가를 두려워하는 눈친데 대체 왜 그러는지 모르겠어요."

11

맥덜린 리는 문 앞에서 문득 멈추어 섰다. 가냘프고 길쭉하게 생긴 손을 들어 백금색으로 반들거리는 머리칼을 매만졌다. 푸른색 나뭇잎이 그려진 벨벳 드레스가 몸에 착 달라붙어 육감적인 몸매를 드러내고 있었다. 그녀는 나이에 비해 몹시 젊어 보였으며, 약간 겁을 먹은 표정이었다.

세 사나이도 순간적으로 흠칫 그녀를 쳐다보았다. 존슨의 두 눈엔 순간적으로 몹시 놀라는 듯한 감탄의 기색이 감돌았다. 하지만, 서그덴의 표정에서는 전혀 그런 기색을 찾아볼 수 없었다. 단순히 일이 잘 해결되지 못하는 데서 오는 짜증스런 표정일 뿐이었다. 에르퀼 포와로는 두 눈을 이리저리 굴리며 그녀를 유심히 관찰하고 있었다(그때 그녀와 두 눈이 마주쳤다). 하지만, 그의 시선은 그녀의 아름다움에 대한 감상이 아니라, 그런 차림새를 하게 된 실제적인 이유를 알고 싶어하는 그런 시선이었다. 그녀는 그가 이런 생각을 하는 줄은 까마득히 모르는 것 같았다.

'예쁜 마네킹 같은 여자군. 잘 어울리는데, 눈매가 무척 매서워.'

존슨 대령은 이렇게 생각하고 있었다.

'참으로 아름다운 여자야. 조지 리도 정신 단단히 차리지 않으면 속깨나 썩겠어. 사내라면 다들 첫눈에 반하겠는걸.'

서그덴 총경은 이렇게 생각하고 있었다.

'머릿속은 텅 빈 게 겉은 번지르르하군. 어서 빨리 조사하고 내보내야겠어.'

존슨 대령이 자리에서 일어났다.

"앉으시겠습니까, 리 부인? 부인께선……."

"조지 리 부인이에요."

존슨이 의자를 권하자 그녀는 부드러운 미소로 답례했다.

"하기야……." 그녀의 눈빛은 무언가를 말하고 싶은 눈치였다.

"다들 남자분들이고 경찰관들이시니 그렇게 무섭지는 않았을 거예요."

포와로는 그녀의 미소의 여운을 놓치지 않았다. 이방인들이란 여자들의 웃음에 민감한 법이다. 그녀는 서그덴 총경을 귀찮게 하지 않았다. 그녀는 약간 괴로운 듯 양손을 한데 꼬아 만지작거리며 조그맣게 말했다.

"너무나 끔찍한 일이에요. 얼마나 무서웠는지 몰라요."

"자, 자, 이젠 괜찮습니다, 부인."

존슨 대령이 친절하면서도 자신만만한 투로 말했다.

"정말 충격이 컸겠지요. 하지만, 이젠 다 지나간 일입니다. 부인께 몇 가지 물어볼 것이 있어서 이렇게 오시라고 했습니다."

그녀가 울먹이는 듯한 음성으로 말했다.

"하지만 저는 아는 게 하나도 없는 걸요. 정말 아무것도 모른다고요."

순간 서장의 두 눈이 가느스름해졌다. 그가 점잖게 말했다.

"물론이지요, 당연히 그러실 테죠."

"우린 어제야 도착한 사람들이에요. 조지가 크리스마스랍시고 저더러 이곳으로 오자고 하더군요. 저는 왠지 오고 싶지가 않았어요. 이런 일은 정말이지 난생처음 겪어 보는 일이에요."

"그 심정이야 저도 알 만합니다."

"이미 짐작하고 계시겠지만, 저는 조지의 가족들에 대해선 전혀 문외한이에요. 아버님을 한두 번 뵌 것이 전부에요. 결혼식 때와 그 뒤 어디선가 한 번 뵈었죠. 물론 앨프리드와 리디아는 몇 번 만났지요. 하지만, 그들도 제겐 생소한 사람이긴 마찬가지예요."

또다시 그 커다란 눈이 놀란 어린아이처럼 휘둥그레졌다. 에르퀼 포와로는 여전히 그 눈의 변화를 놓치지 않고 관찰하고 있었다. 그는 이번에는 이런 생각을 하고 있었다.

'이 여자 정말 코미디언 소질이 있군.'

"알았습니다. 잘 알겠습니다." 존슨 대령이 말했다.

"자, 그럼 아버님을 마지막으로 본 것이 언제였는지 말씀을 해주시면……, 그분이 살아 계실 때 말입니다."

"오, 그건! 바로 오늘 오후였어요. 너무나 무서웠어요!"

존슨이 재빨리 물었다.

"무섭다니? 그게 무슨 말씀입니까?"

"다들 화가 난 상태였어요."

"화를 낸 사람이 누굽니까?"

"오! 다들……, 조지는 아니었어요. 아버님이 그 사람에게는 아무 말도 안 하시더군요. 하지만 다른 사람들에겐 전부……."

"무슨 일이 있었는지 정확하게 말씀해주시겠습니까?"

"글쎄, 우리가 그 방에 가니까, 아버님은 전화를 하시고 계셨어요. 변호사에게 유언장에 대해 말씀하고 계셨어요. 그러고 나서 아버님이 앨프리드 아주버님께 뭐라고 말씀하시자 아주버님은 매우 불끈해 하는 것 같았어요. 해리 서방님이 이 집에 와서 사는 문제 때문인 것 같더군요. 아주버님은 그 문제로 화를 벌컥 냈던 것 같아요. 해리 서방님이 옛날에 어마어마한 일을 저지른 건 아마 여러분도 알고 계실 거예요. 그리고, 아버님은 돌아가신 시어머니에 대해서도 무슨 말씀을 하셨어요. 아버님 말에 따르면 시어머니는 머리가 텅 빈 여자였다고요. 아버님이 그 말을 하시자 데이비드 서방님이 벌떡 일어나 아버님을 노려보는데, 마치 죽이기라도 할 듯한 눈초리였어요, 오!"

그녀는 갑자기 입을 다물었다. 그녀의 두 눈은 뭔가 조심스레 경계하는 듯했다.

"이놈의 입! 꼭 그런 뜻으로 한 말은 아니에요!"

존슨 대령이 안심하라는 듯이 말했다.

"물론, 잘 압니다. 말이 그렇다는 거죠."

"힐다, 그러니까 데이비드 서방님의 아내가 그를 달래서 아래층으로 데리고 갔어요. 글쎄, 그게 전부예요. 아버님은 오늘 저녁엔 두 번 다시 아무도 만나고 싶지 않다고 하셨어요. 그래서, 우린 전부 나왔죠."

"그럼, 그때가 부인이 아버님을 마지막으로 보셨을 때입니까?"

"예. 그 뒤엔, 그다음엔……." 그녀는 부르르 떨었다.

존슨 대령이 말했다.

"예, 잘 알겠습니다. 그럼, 사건이 터지던 순간 부인은 어디에 계셨습니까?"

"음, 가만 생각 좀 해보고요. 저는 응접실에 있었던 것 같아요."

"분명합니까?"

맥덜린의 양미간이 실룩거렸다. 그녀는 눈꺼풀을 내리깔았다.

"물론이에요. 저를 마치 바보로 여기시는군요. 전화를 하러 갔었어요. 약간 헷갈리기는 하지만 확실해요."

"전화를 하고 있었단 말입니까? 바로 이 방에서?"

"그래요. 2층 아버님 방에 있는 전화를 제외하면 이 집에 전화라곤 한 대밖에 없으니까요."

서그덴 총경이 말했다.

"이 방에서 부인과 함께 있었던 사람은 없습니까?"

그녀의 두 눈이 갑자기 휘둥그레졌다.

"오, 아뇨. 저 혼자뿐이었어요."

"이 방에서 오래 계셨던가요?"

"글쎄요, 얼마 있지 않았어요. 오늘 저녁엔 전화를 그리 길게 하지 않았어요."
"장거리 전화였나요?"
"예, 웨스터링검에다 했어요."
"알겠습니다."
"그러고 나서는?"
"그러고 나서 곧장 끔찍한 비명소리가 들려왔어요. 다들 뛰었죠. 문이 잠겨 있어서 부숴야 했어요. 오! 정말 '악몽' 같은 일이었답니다. 언제까지고 잊히지 않을 것만 같아요!"
"저런, 저런." 존슨의 음성은 완전히 기계적이었다. 그는 계속 물었다
"아버님이 금고에 엄청나게 비싼 다이아몬드를 보관하고 계셨다는 사실을 알고 있습니까?"
"아뇨, 아버님이 그런 걸 갖고 계셨던가요?"
그녀의 목소리는 몹시 흔들리고 있었다.
"진품 다이아몬드예요?"
에르퀼 포와로가 말했다.
"다이아몬드가 거의 1만 파운드어치나 됩니다."
"오! 듣기만 해도 가슴이 설레이는데요. 여자들이란 다이아몬드라면 사족을 못 쓴 답니다."
"됐습니다. 현재로선 일단 들을 말은 다 들은 것 같습니다. 앞으로 괜히 성가시게 부인을 괴롭히는 일은 없을 겁니다."
"오, 천만에요."
그녀가 일어섰다. 존슨과 포와로를 번갈아가며 보고 미소를 보냈다. 조그마한 여인의 감사 표시였다. 그녀는 고개를 꼿꼿하게 들고 양손바닥을 옆으로 살짝 돌린 채 밖으로 걸어나갔다.
그때, 존슨 대령이 나가는 그녀를 불러 세웠다.
"데이비드 리 씨께 이리로 오시라고 전해 주시겠습니까?"
그는 그녀가 나가자 문을 닫고 다시 테이블로 돌아왔다.
"자네 생각은 어때? 이제야 뭔가 슬슬 풀리기 시작하는 것 같군! 한 가지는

알아낸 셈이야. 조지는 전화를 끝내면서 비명소리를 들었다? 그의 아내도 통화 중에 비명소리를 들었다? 앞뒤가 맞질 않아, 뭔가 맞질 않는다고."

그는 덧붙여 말했다.

"서그덴, 자네는 어떻게 생각하나?"

총경이 천천히 대답했다.

"영감의 유산 상속 서열에서 저 여자가 비록 1순위 축에 끼긴 해도, 시아버지의 목을 찌를 만한 여자로 보이지는 않습니다. 쉽사리 저 여자를 왈가왈부 몰아붙이는 말은 하고 싶지 않습니다. 아무리 봐도 그럴 여자 같지는 않은데요."

"아, 하지만 열 길 물속은 알아도 한 길 사람 속은 알 수 없는 일이라오."

포와로가 중얼거렸다.

서장이 그를 보며 돌아섰다.

"그럼, 포와로, 자네 생각은 어떻단 말인가?"

에르큘 포와로는 앞으로 몸을 약간 굽히더니 수첩을 펼쳐 촛대에 묻은 먼지 비슷한 것을 툭툭 털어냈다.

"죽은 사이먼 리 영감의 성격이 서서히 드러나는 것 같네. 아무래도 이번 사건의 열쇠는 거기에 있는 것 같아. 죽은 사람의 성격 말일세."

서그덴 총경은 이해가 안 간다는 듯한 표정을 지으며 그를 빤히 쳐다보았다.

"무슨 말씀이신지 이해하지 못하겠습니다, 포와로 씨. 고인의 성격과 살인사건 사이에 대체 무슨 연관성이 있다는 겁니까?"

포와로는 뭔가를 골똘히 생각하며 입을 열었다.

"피해자의 성격이란 살인사건에서 약방의 감초격이지요. 데스데모나(셰익스피어의 <오셀로>에 나오는 여주인공, 오셀로의 젊은 아내)의 솔직하고 숨김없는 성격이 그녀의 죽음에 직접적인 원인이 되었답니다. 의심 많은 여자의 예가 이아고(<오셀로>에 나오는 간악한 인물)의 음모 사건에서 나오는데, 그녀는 바로 그 의심 잘 품는 성격 때문에 일찌감치 참화를 모면할 수 있었죠. 마라트 사건에서도 마라(프랑스 대혁명 때 혁명당 수령 중 한 사람. 목욕 중 샤롯 코르데에게 암살됨)는 그 음험한 성격 때문에 욕조 속에서 죽고 말았고요. 머큐시오(<로미오와 줄리엣> 중의 인물. 로미오의 친구로 티볼트에게 살해됨)는 그 격한 성품 때문에 칼

끝을 피할 수가 없었지."

존슨 대령은 턱을 삐죽 내밀었다.

"그래, 좀더 정확하게 이야기해보겠나, 포와로?"

"사이먼 리는 강경한 성격의 소유자였네. 그래서, 행동 또한 강경했겠지. 바로 그 강경한 성격이 자신의 죽음을 불러일으켰을 거라는 얘길세."

"그럼, 다이아몬드와 피해자의 성격 간에 무슨 관련이 있을까?"

포와로는 고개를 갸우뚱하고서 역력히 변하는 그의 표정을 지켜보며 웃었다.

"이보게, 서장." 그가 말했다.

"사이먼 리의 성격이 유달리 옹고집이었기 때문에 금고에다 수천 파운드나 나가는 값진 다이아몬드를 숨겨놓고 있었던 게 아닌가! 보통 사람들에게선 찾아볼 수도 없는 행동이네."

"그 말은 맞습니다, 포와로 씨."

서그덴 총경은 이제야 알았다는 듯 고개를 끄덕이며 말했다.

"리 영감은 좀 특이한 인물이었습니다. 그 돌덩이들을 금고에다 넣어 놓고 끄집어내 보면서 옛 추억을 회상했던 모양입니다. 영감이 원석을 가공하지 않은 이유도 바로 거기에 있습니다."

포와로가 연방 고개를 끄덕였다.

"맞았소. 맞는 말이오. 정말 통찰력이 대단한 분이오, 총경."

총경은 이 갑작스런 칭찬의 말에 약간 어리둥절한 모양이었다. 하지만, 이내 존슨 대령이 끼어들었다.

"또 다른 의문이 있네, 포와로. 대체 어떻게 그런 생각을 하게 되었나?"

"아, 그거!" 포와로가 말했다.

"무슨 말인지 알았네. 조지 리 부인이 자신도 모르는 사이 엄청나게 많은 비밀을 털어놓고 말았다네! 그녀는 그 마지막 가족회의에 대해 우리에게 너무나도 많은 것을 가르쳐주었어. 오! 순진한 여자 같으니. 그녀의 입을 통해 우리는 앨프리드가 자기 아버지에게 심하게 반발했다는 사실과 데이비드가 자기 아버지를 마치 죽일 듯한 기세로 노려보았다는 사실을 알았네. 적어도 이 두 가지 사실은 틀림없는 진실이라고 생각하네. 그러므로, 우리는 이 사실들로부터 우리 나름대로 추측을 해볼 수가 있지. 도대체 사이먼 리가 자기 가족 전원을 불러 모은 목적이 무엇이었을까. 가족들이 자기 방으로 들어오는 순간 변호사와의 전화 내용을 듣게 한 이유는 무엇일까? 분명히 말하지만, 그것은 실수가 아니었네. 영감은 가족들이 전화 내용을 엿듣길 원했던 거야!

가련한 영감 같으니……, 가만히 틀어박혀 의자에만 앉아 있으려니 옛날의 그 팔팔했던 재밋거리를 몽땅 잃어버렸을 테지. 그래서, 영감은 새로운 재밋거리를 만들어낸 것이네. 인간의 본성 속에 내재된 탐욕과 욕망을 꺼내어 그걸 보고 즐기려 한 거지. 물욕에 눈이 멀어 버린 인간의 감정과 정열을 구경하고 싶었던 거야! 하지만, 그 때문에 엉뚱한 결과를 당하고 만 것이지. 철부지 같은 욕심과 탐욕을 끄집어내는 게임을 하는 데 있어, 그는 누구 하나 빠뜨리질 않았네. 두말할 것도 없이 그게 조지 리를 자극했을 게 틀림없어! 물론 다른 사람들도 마찬가지였겠지만. 조지의 아내는 그 부분에 대해서는 유독 입 조심을 하고 있었네. 그녀에 대해서도 영감의 독화살이 퍼부어졌음은 두말할 나위도 없겠지. 다른 사람의 말을 들어 보면 사이먼 리 영감이 조지 리와 그의 아내에게 무슨 말을 했는지 훤히 알 수 있을 걸세."

그는 갑자기 말을 뚝 멈추었다. 문이 열리고 데이비드 리가 들어왔기 때문이다.

12

데이비드 리는 자신의 감정을 억제할 줄 아는 차분한 인물이었다. 그의 태도는 침착했다. 오히려 부자연스러워 보일 정도였다. 그는 그들 앞으로 다가오더니 의자를 끌어당겨 앉았다. 그러고는 뭔가를 경계하는 눈으로 존슨 대령을 쳐다보았다.

전등의 불빛이 앞이마를 뒤덮은 그의 머리칼 끝에 부딪쳐 금발로 빛나고 있었다. 볼 뼈의 질량감(質量感)이 두드러져 보였다. 그가 2층에 죽어 드러누워 있는 쭈글쭈글한 늙은이의 아들이라고 하기에는 이상할 정도로 젊어 보였다.

"자, 여러분." 그가 먼저 운을 뗐다.

"무엇을 알고 싶으신가요?"
존슨 대령이 말했다.
"오늘 오후 당신 아버님의 방에서 가족회의 같은 것이 있었다고 들었는데요?"
"있었지요. 하지만, 비정상적인 것이었습니다. 굳이 가족회의라고 할 수도 없는 것이었지요."
"거기서 무슨 일이 있었습니까?"
데이비드는 차분하게 대답했다.
"제 아버지는 몸이 불편한 상태였습니다. 노약하신데다가 병치레까지 하고 있었습니다. 아버지가 우리를 그리로 오라고 한 이유는……, 글쎄요. 우리에게 화풀이나 해보실 작정이었던 것 같습니다."
"아버님이 무슨 말씀을 하셨는지 기억납니까?"
데이비드는 착 가라앉은 목소리로 대답했다.
"원 참, 정말 기가 막히는 말씀을 하시더군요. 우리는 전부 아무 쓸모가 없는 자식들이라는 겁니다. 자식들 중에 사내다운 녀석이 한 명도 없다나요! 필라(제 스페인 조카입니다)가 우리 형제 두 명 합친 것보다 훨씬 낫다는 거예요."
"그리곤 뭐라고 하셨는지?" 포와로가 말했다.
데이비드는 마지못해 하는 듯 억지로 말을 이었다.
"버럭 고함을 치시더군요. 자기는 이 세상 어딘가에 있을 더 나은 아들을 원한다나요. 비록 사생아로 태어난 자식이라도 말이죠."
그의 민감하게 생긴 얼굴에는 자신이 내뱉은 말들에 대한 불쾌감이 역력히 드러났다. 그 순간 서그덴 총경이 바짝 긴장하는 것 같았다.
서그덴이 슬며시 몸을 앞으로 구부리며 말했다.
"당신의 형, 그러니까 조지 씨에 대해서 무슨 특별한 말씀을 하시지는 않던가요?"
"조지 형에게? 기억나지 않는데요. 오, 그래요, 앞으로 지출액을 좀 줄이도록 하라고 하시는 것 같았습니다. 따라서, 유산 상속 액수를 줄이겠다고도 하시더군요. 조지 형은 펄쩍 뛰었습니다. 칠면조처럼 얼굴이 새빨개졌지요. 그러고는 언성을 높여 가며 그렇게는 못하겠다고 했습니다. 그렇게 해서는 생활을 꾸려 나가지 못한다나요. 하지만, 아버지는 냉정하게 딱 잘라 그렇게 할 수밖에 없다고 했습니다. 한 푼이라도 아끼려고 애쓰던 옛날의 조지 형이 아니라고 말씀하시더군요. 이건 어디까지나 제 생각입니다만, 맥덜린 형수의 씀씀이가 좀 헤픈 것 같습니다. 사치가 너무 심해요."

포와로가 말했다.

"그래, 그런 말을 듣고 그녀도 덩달아 화를 내던가요?"

"물론입니다. 게다가, 아버지는 거기서 끝내지 않았습니다. 더 잔인한 말을 하셨죠. 형수가 해군 장교와 같이 살았었다는 사실에 대해 언급하셨습니다. 물론 형수의 아버지에 대해 직접적으로 언급하시지는 않았지만, 썩 기분 좋은 소리로 들리지는 않더군요. 맥덜린도 얼굴이 새빨개졌습니다. 그녀를 탓할 일만은 아니죠."

포와로가 말했다.

"아버님이 돌아가신 당신 어머니에 대해서도 언급하셨다던데?"

데이비드는 얼굴이 시뻘게져서 핏줄이 욱실욱실하는 게 보였다. 그는 앞에 있는 테이블 위로 양손을 모아 잡고 부들부들 떨었다.

그는 목이 메인 듯 낮은 음성으로 말했다.

"예, 했습니다. 아버지는 어머니를 모욕했습니다."

"무슨 말씀을 하셨기에?" 존슨 대령이 말했다.

데이비드는 별안간 이렇게 말했다.

"기억이 나지 않습니다. 대수로운 일도 아니었습니다."

포와로가 부드러운 어조로 말했다.

"어머니가 돌아가신 지 벌써 제법 된다고요?"

"어머니는 제가 어릴 때 돌아가셨습니다." 데이비드는 짤막하게 대답했다.

"어머니의 이곳 생활이 그리 행복하지는 않았나 보군요?"

데이비드는 냉소적인 웃음을 터뜨렸다.

"아버지 같은 남자하고라면 이 세상 어느 여자가 행복하겠습니까? 제 어머니는 차라리 성녀(聖女)였습니다. 어머니는 가슴에 한을 품은 채 돌아가셨죠."

포와로는 계속해서 물었다.

"아버님도 어머니가 돌아가셨을 때 몹시 상심하셨을 것 같은데?"

데이비드가 쏘아붙이듯 대답했다.

"저는 모릅니다. 아예 집을 나가 버렸으니까요."

그는 문득 말을 멈추었다가 다시 입을 열었다.

"이번에 오기 전까지 제가 아버지와 거의 20년 동안 만나지 않고 살았다는 것을 잘 모르시는 모양이군요. 그래서, 사실 저는 아버지의 습관이나 적들, 그리고 이곳 일이 어찌 돌아가는지에 대해서는 잘 모릅니다."

존슨 대령이 물었다.

"아버님이 금고에다 엄청난 값어치의 다이아몬드를 갖고 계셨다는 사실을 알고 계셨습니까?"

데이비드는 전혀 무관심한 표정으로 말했다.

"그랬던가요? 정말 바보 같은 짓이로군요."

"당신의 행적에 대해 간략히 말해주겠습니까?" 존슨이 말했다.

"제 행적이요? 오, 저는 저녁 식탁에서 잽싸게 빠져나갔습니다. 주르륵 둘러앉아 있는 게 귀찮았거든요. 게다가 언성을 높여 다투는 앨프리드 형과 해리의 꼬락서니도 보기 싫었고요. 전 말다툼이라면 딱 질색입니다. 저는 방을 나가 음악실로 가서 피아노를 쳤습니다."

"음악실이라면 거실 바로 다음 방을 말합니까?" 포와로가 물었다.

"그렇습니다. 거기서 제법 오랫동안 피아노를 쳤습니다. 일이 벌어질 때까지."

"정확하게 어떤 소리를 들었습니까?"

"오! 2층 어딘가 멀리에서 가구 뒤집히는 소리가 들려왔습니다. 그리고 곧 이어 소름이 끼치는 비명소리가 들려왔지요."

그는 또다시 두 손을 꼭 움켜잡았다.

"마치 지옥의 악귀들이 지르는 비명소리 같았습니다. 맙소사, 얼마나 무시무시했던지!"

"음악실에선 혼자였습니까?" 존슨이 물었다.

"예? 아뇨. 아내 힐다와 함께 있었습니다. 아내는 거실에 있다가 왔더군요.

우린……, 우린 다른 사람들과 함께 2층으로 뛰어올라갔습니다."
그는 초조한 듯 재빨리 한 마디 더 덧붙였다.
"제게 제발……, 그곳에서 본 장면을 다시 설명해 보라는 말은 않으시겠죠?"
존슨 대령이 말했다.
"예, 그럴 필요는 없습니다. 고맙습니다, 데이비드 씨. 이제 다 되었습니다. 그런데, 혹시 아버님을 누가 살해했는지 짐작 가는 사람은 없습니까?"
데이비드 리는 아무 거리낌 없이 말했다.
"제 생각엔, 제법 많은 사람이 그랬을 것 같군요! 누군지 정확하게 알 수는 없지만."
그는 총총히 밖으로 나갔다. 문 닫히는 소리가 나지막하니 들려왔다.

13

존슨 대령이 목청을 한번 가다듬을 여유도 없이 또다시 문이 열렸다. 힐다였다.
에르퀼 포와로는 그녀를 유심히 살펴보았다. 그는 리 가문의 며느리들을 관찰하는 일이 매우 흥미롭다는 사실을 내심 인정하지 않을 수 없었다. 사냥개처럼 날씬하게 빠진 몸매에다 눈에는 날카로운 지성이 번들거리는 리디아. 아름답긴 하지만 너무 요란하게 차려입어 어딘가 약간 야하게 보이는 맥덜린. 야무지고 풍만한 인상의 힐다. 하지만, 그녀는 촌스러운 헤어스타일과 유행에 뒤떨어진 옷차림에도 무척이나 젊어 보였다. 그녀의 회백색 머리칼은 매끈하게 윤기가 났으며, 지긋한 적갈색 눈동자는 오동통한 얼굴과 어울려 친절한 신호등 같은 빛을 발하고 있었다. 그녀는 확실히 괜찮은 여자라는 생각이 들었다.
존슨 대령이 여태까지 대했던 사람들 중 가장 다정한 어조로 그녀에게 말을 걸었다.
"심려가 이만저만이 아니겠습니다만. 고스턴 홀 저택에는 처음이라고 남편

분께 들었습니다만?"

그녀는 살짝 고개를 숙였다.

"전부터 시아버님을 알고 계셨는지?"

힐다는 쾌활한 음성으로 대답했다.

"몰랐어요. 데이비드가 집에서 나온 뒤 우린 결혼했으니까요. 그이는 자기 가족들과는 아무런 관계도 맺지 않고 살기를 원했어요. 오늘 처음으로 가족들과 대면했답니다."

"그렇다면, 이번 방문은 어떻게 이루어졌습니까?"

"아버님이 데이비드에게 편지를 보내셨더군요. 아버님은 이제는 나이도 고령이고 하니 이번 크리스마스엔 자식들을 모두 한자리에서 만나보고 싶다고 하셨습니다."

"남편께서 아버님의 요청을 받아들였나요?"

힐다가 말했다.

"그이가 아버님의 요청을 받아들인 건 순전히 제가 졸랐기 때문이에요. 제가 상황을 정확하게 모르고 그런 셈이지요."

포와로가 끼어들었다.

"부인이 왜 그랬는지 설명을 좀 해주시겠습니까? 부인의 진술이 우리에겐 상당한 도움이 될 것 같은데."

그녀는 그를 흘끔 쳐다보았다. 그러고는 입을 열었다.

"사실 그때까지 저는 아버님을 한 번도 뵌 적이 없는 상태였거든요. 저는 아버님이 우리를 오라고 하신 진짜 이유가 무엇인지 전혀 몰랐어요. 단순히 늙고 외로워서 자식들을 불러 다시 화해하고 싶은 줄로만 알았죠."

"그럼, 아버님의 진짜 이유가 무엇이었다고 생각하십니까, 부인?"

힐다는 잠시 망설이더니 천천히 입을 열었다.

"정말 기가 막혀요. 아버님의 목적은 가족의 화해가 아니라, 오히려 불화에 부채질하려던 것이 틀림없었던 것 같아요."

"어떻게?"

힐다는 착 가라앉은 음성으로 대답했다.

"그게 재미있었나 봐요. 인간의 본성 속에 숨겨진 사악한 본능을 들추어내는 일이 말이에요. 뭐랄까, 말하자면 짓궂은 장난을 한번 해보고 싶은 악마적인 습성이라고 할까요. 온 가족이 서로 싸우길 기대하셨던 겁니다."

"그래서 성공했다고 생각합니까?" 존슨이 날카롭게 물었다.

"오, 물론 성공했죠." 힐다는 말했다.

"아버님은 성공했어요."

포와로가 말했다.

"오늘 저녁에 벌어진 광경에 대해선 들어서 알고 있습니다. 정말 소름끼치는 장면이었던 것 같습니다."

그녀는 고개를 끄덕거렸다.

"실례의 말씀입니다만, 가능하면 솔직하게 말씀해주시겠습니까?"

그녀는 그 순간 무엇인가 곰곰이 생각하는 눈치였다.

"우리가 아버님의 방으로 들어섰을 때 아버님은 전화 통화를 하고 계셨어요."

"변호사에게 한 걸로 알고 있는데?"

"그래요. 찰턴 씨라고 하든가……, 정확히 기억은 안 나요. 하여간 그 사람에게 유언장을 다시 작성해야겠다는 말을 하고 있었어요. 옛날 것은 필요없게 되었다고 하시더군요."

포와로가 말했다.

"한번 잘 생각해보십시오, 부인. 아버님이 일부러 엿들을 수 있게 했기 때문에 그 대화를 엿듣게 된 것 같습니까? 아니면, 그야말로 우연히 그 대화를 엿듣게 된 것 같습니까?"

"아무래도 고의로 우리더러 엿듣도록 꾸미신 것 같아요." 힐다가 말했다.

"그럼, 가족들도 아버님이 일부러 그런 행동을 하셨을 것이라는 의심과 의혹을 하고 있었단 말입니까?"

"예."

"그렇다면, 아버님은 실제로 유언장을 바꿀 의사가 없었을지도 모르겠군요?"

그녀는 반대를 했다.

"아니에요. 저는 그중 일부는 사실일 것이라고 생각해요. 새로운 유언장을 작성하시려고 했는지도 모르죠. 단지 그 사실을 유달리 강조하심으로써 가족들의 반응을 즐기려 했던 거예요."

"부인." 포와로가 말했다.

"저는 아무런 공식 직함도 없는 사람입니다. 아울러 제 질문의 성격은 영국의 법률 집행관들과는 다르다고 할 수 있습니다. 새로운 유언장의 내용에 대한 부인의 견해를 듣고 싶습니다. 그러니까, 부인이 알고 계신 내용을 묻는 것이 아니라, 부인의 견해를 듣고 싶은 겁니다. 대개 여자들은 그런 계산엔 민감하기 때문이죠."

힐다는 순간 살짝 미소를 머금었다.

"좋아요, 제 추측을 솔직히 털어놓겠어요. 제 남편의 여동생 제니퍼는 후안 에스트라바도스라는 스페인 남자와 결혼했습니다. 그녀의 딸이 바로 필라라는 아가씨예요. 아주 예쁜 아가씨지요. 거기다, 그녀는 이 집안의 유일한 손녀이기도 합니다. 연로하신 아버님은 그 아가씨를 보고는 무척 기뻐하셨어요. 사실 그녀를 끔찍이도 좋아하셨답니다. 틀림없이 아버님은 새 유언장에서 그녀에게 상당한 재산을 물려주실 의향이었을 거예요. 아마 옛날에 작성된 유언장에는 그녀에게 남기는 재산이 하나도 없든가, 혹시 있었다 하더라도 조금밖에 없었을 테니까요."

"시누이를 잘 알고 있나요?"

"아니에요. 한 번도 만난 적이 없는 여자예요. 그녀의 스페인 남편은 결혼 직후 아주 비참하게 살다가 죽었다고 들었어요. 제니퍼도 죽은 지 일 년밖에 안 돼요. 필라는 외톨이 고아가 되었지요. 바로 그 때문에 아버님이 그녀를 영국으로 불러 같이 살자고 하신 거예요."

"가족들은 그녀가 오게 된 걸 다들 환영하던가요?"

힐다는 차분하게 대답했다.

"다들 좋아하는 것 같았어요. 젊고 아름다운 여자가 한 집에서 같이 산다는 건 즐거운 일이잖아요."

"그럼, 그녀는 이 집을 맘에 들어 하던가요?"

힐다는 천천히 대답했다.

"저로선 알 수 없는 노릇이에요. 하지만, 스페인에서 자란 아가씨에겐 집안 분위기가 다소 냉랭하고 이질적으로 느껴졌을 거예요."

존슨이 말했다.

"하지만 스페인에 있었다면 그리 썩 행복하지는 못했을 겁니다. 자, 그런데, 부인, 오늘 저녁에 있었던 일에 대해서 좀 들었으면 합니다만."

포와로가 머뭇거리며 말했다.

"정말 미안하게 됐네. 내가 엉뚱한 걸 자꾸 묻는 바람에 시간을 빼앗고 말았군."

힐다 리가 말했다.

"아버님은 전화를 끝내시고 나서 우릴 보며 껄껄 웃으셨어요. 그리고 말씀하시더군요. 다들 너무 침울해 보인다고. 그리고, 자기는 너무 피곤해서 일찍 잠자리에 들어야겠다고 말씀하시면서, 오늘 저녁에는 아무도 올라와서 자기를 만날 생각을 하지 말라고 했어요. 기분 좋은 크리스마스를 맞고 싶다고 하시면서요. 대충 그런 얘기들이었어요. 그러고는……."

그녀는 기억을 되살리려는 듯 눈썹을 움찔거렸다.

"대가족에겐 크리스마스가 꼭 필요하다는 둥 그런 말씀을 하시다가 곧장 돈 얘기를 꺼내기 시작했어요. 앞으로 이 집을 관리하는 데 더 많은 돈이 들어가겠다고 하시더군요. 조지와 맥덜린에게 좀더 절약해야 한다고 하셨어요. 그녀에게 옷을 직접 만들어 입으라고까지 하시더군요. 너무 시대에 뒤떨어진 말씀이 아니었나 싶어요. 그녀가 화를 낼 건 뻔한 일이었죠. 아버님은 돌아가신 시어머니께서는 바느질 솜씨가 좋았다는 말씀도 하시더군요."

"시어머니에 대해 말씀하신 건 그게 전부입니까?" 포와로가 점잖게 물었다.

힐다의 얼굴이 붉어졌다.

"시어머니의 머리가 어떻다는 둥 몇 마디 더 하셨어요. 제 남편은 어머니에 대해선 아주 헌신적인 사람이에요. 그래서, 그 말에 그만 그이가 화를 벌컥 내더군요. 그런데, 그때 갑자기 아버님이 우리 전부를 몰아붙이기 시작했어요. 아버님은 제풀에 화를 버럭 내셨죠. 저로서는 아버님의 기분을 도저히 이해하지 못하겠더군요."

"아버님의 기분이라면?" 포와로가 점잖게 그녀의 말에 끼어들었다.
그녀는 몸을 돌려 그를 물끄러미 쳐다보았다.
"아버님은 실망하셨던 거예요." 그녀는 말했다.
"손자가 한 명도 없었던 거지요. 사내아이. 리 가문을 이어갈 사내아이 말이에요. 오랫동안 속으로 벼르고 있었던 게 틀림없어요. 죽 참고 있다가 더는 참을 수가 없자, 아들들에게 그냥 퍼부어 버린 거예요. 아들들이라고 있는 게 한결같이 연약한 여자들보다 못하다는 말씀이었지요. 저도 공감이 가더군요. 얼마나 자존심이 상했겠는가를 생각하면 이해가 가기도 해요."
"그래서, 그다음엔?"
"그래서, 그다음엔, 다들 슬금슬금 나갔어요."
"그때가 아버님을 마지막으로 봤을 때입니까?"
그녀는 고개를 끄덕였다.
"사건이 일어나던 순간에는 어디 계셨습니까?"
"남편과 함께 음악실에 있었어요. 그이가 제게 피아노를 쳐주고 있었어요."
"그리곤?"
"위층에서 테이블과 의자가 뒤집히고 도자기 부서지는 소리가 들리더군요. 무시무시하게 싸우는 소리도 들렸고요. 곧이어 전신이 얼어붙는 듯한 비명소리가 들려왔어요. 목을 잘릴 때 내는……."
포와로가 물었다.
"그렇게도 무시무시한 비명이었나요? 그게 마치……."
그는 문득 말을 멈추었다.
"마치 지옥의 악귀들이 울부짖는 소리?"
"그것보다 더 끔찍했어요!" 힐다 리가 말했다.
"그게 무슨 말이죠, 부인?"
"영혼이 없는 자의 소리, 마치 맹수가 울부짖는 듯한……."
"그래, 그런 생각이 드셨다고요, 부인?" 포와로가 심각한 어조로 물었다.
그녀는 갑자기 진저리가 쳐진다는 듯 한 손을 들었다. 그녀는 눈을 내리깐 채 마룻바닥을 뚫어지게 쳐다보았다.

14

필라는 마치 덫을 경계하는 짐승처럼 조심스럽게 방 안으로 들어왔다. 그녀의 두 눈동자가 이리저리 방 안 동정을 살폈다. 잔뜩 긴장한 듯하기는 했지만, 그리 두려워하는 눈치는 아니었다.

존슨 대령이 자리에서 일어나 그녀에게 의자를 건넸다. 그러고는 물었다.

"영어를 할 줄 압니까, 에스트라바도스 양?"

필라의 두 눈이 휘둥그레졌다.

"물론 할 줄 알아요, 어머니가 영국인이었으니까요. 영어라면 자신 있어요."

희미한 웃음이 존슨 대령의 입가를 스치고 지나갔다. 그의 두 눈이 그녀의 윤기나는 검은 머리칼에 가 머물렀다. 자신만만한 검은 눈동자와 오동통한 붉은 입술. 너무나 영국적이다! 필라 에스트라바도스라는 아가씨에게는 너무나 어울리지 않는 말이었다.

"리 씨가 아가씨의 할아버지였습니다. 그분은 아가씨께 스페인에서 영국으로 건너오라는 편지를 보냈습니다. 그래서, 아가씨는 엊그제 이리로 왔습니다. 맞습니까?"

필라는 고개를 끄덕였다.

"맞아요. 오! 스페인에서 빠져나오느라고 얼마나 고생했는지 몰라요. 공습으로 버스기사마저 죽었거든요. 머리가 온통 피투성이였어요. 하지만, 저는 운전을 할 줄 몰랐죠. 그래서, 하는 수 없이 먼 길을 걸어야만 했어요. 그렇게 먼 거리를 걸어서 오다니 생각만 해도 끔찍해요. 한 걸음도 못 움직이겠더군요. 다리가 얼마나 아팠던지, 이젠 정말 죽으면 죽었지 걷는 일은 못하겠어요."

존슨 대령이 싱긋 웃으며 말했다.

"하여간 이곳까지 왔으니 다행입니다. 어머니가 할아버지에 대해 말씀해주시던가요?"

필라는 상냥하게 고개를 끄덕였다.

"오, 해주시고말고요. 어머닌 할아버지를 늙은 악마라고 하셨어요."

에르퀼 포와로가 웃었다.
"처음 이곳에 와서 할아버지를 보는 순간 무슨 생각이 들던가요, 아가씨?"
필라가 대답했다.
"생각했던 대로 매우, 무지무지하게 늙은 분이었어요. 의자에 앉아 계셔야만 할 정도였으니까. 게다가 얼굴도 바싹 말라 비틀어져 있었죠. 하지만, 저는 할아버지가 맘에 들었어요. 그래도 젊었을 땐 아주 멋진 분이었을 거예요, 마치 아저씨처럼."
필라는 서그덴 총경을 보고 얘기했다. 그녀의 아양에 그의 잘생긴 얼굴이 빨간 벽돌처럼 붉어지자, 그녀의 눈가엔 천진한 웃음이 넘쳐흘렀다.
존슨 대령은 터져 나오려는 웃음을 겨우 참았다. 숙맥 같은 총경이 당황하는 꼴을 보기도 여간 오랜만의 일이 아니었기 때문이었다.
"하지만 말이에요." 필라가 정색을 하며 말을 이었다.
"할아버지는 아저씨처럼 그렇게 몸집이 크지는 않았을 거예요."
에르퀼 포와로도 더 이상 참지 못하고 웃고 말았다.
"그럼, 아가씨는 덩치 큰 남자들을 좋아하는군요?" 그가 물었다.
필라가 박장대소하며 동의를 표했다.
"오, 그럼요. 저는 덩치도 크고, 키도 크고, 어깨도 딱 벌어진 건장한 남자가 좋아요."
"할아버지와 함께 시간을 보낸 적이 있었습니까?" 존슨 대령이 물었다.
필라가 대답했다.
"오, 물론이죠. 늘상 할아버지와 함께 있었어요. 제게 그러시더군요. 자기는 몹시 나쁜 사람이었다고. 그리고, 남아프리카에서 저지른 짓이 아주 많다고 하셨어요."
"방 안 금고에 다이아몬드를 갖고 있다는 얘기도 해주시던가요?"
"예, 제게 보여주시기도 했어요. 하지만, 다이아몬드 같지는 않던걸요. 오히려 자갈 같았어요. 보잘것없는……, 보잘것없는 자갈 같았어요."
"그래, 정말 아가씨한테 보여주던가요?" 서그덴 총경이 짤막하게 물었다.
"그렇다니까요."

"몇 개 주지는 않던가요?"

필라는 고개를 내저었다.

"아뇨, 주시지는 않았어요. 하지만, 언젠간 주실지도 몰랐죠. 제가 할아버지 눈에 귀엽게 보여 더 자주 함께 있기라도 했다면. 나이 드신 분들은 원래 젊은 아가씨를 좋아하니까요."

존슨 대령이 물었다.

"그 다이아몬드들이 도둑맞았단 사실을 알고 있습니까?"

필라의 두 눈이 휘둥그레졌다.

"도둑을 맞았다고요?"

"그렇습니다. 혹시 훔쳐갔을 만한 사람이 떠오르지는 않습니까?"

필라는 고개를 끄덕였다.

"아, 그래. 호버리일 거예요."

"호버리? 바로 그 시중꾼을 두고 하시는 말입니까?"

"예."

"어떤 근거에서?"

"얼굴이 도둑처럼 생겼기 때문이죠. 눈알을 이리저리 번들거리며……, 살금살금 걸어 다니며 문 앞에서 엿듣는다고요. 마치 고양이 같은 사람이에요. 게다가, 고양이란 원래 도둑기질이 있잖아요."

존슨 대령이 말했다.

"음, 참고하도록 하지요. 그런데, 오늘 저녁 가족 전원이 할아버지 방으로 올라갔을 때 험한 말이 몇 차례 오갔다고 하던데?"

필라는 고개를 끄덕거리며 살짝 웃어 보였다.

"사실이에요." 그녀가 말했다.

"한바탕 장난이었죠, 뭐. 할아버지의 장난이었어요. 오! 얼마나 화를 내시던지!"

"아니, 그럼 아가씨는 그걸 재미있게 구경했단 말입니까?"

"그래요. 사람들이 핏대를 올리며 싸우는 걸 보면 재미있잖아요. 저는 그런 구경거리를 좋아한답니다. 하지만, 이곳 영국에선 스페인처럼 그렇게 열을 올리며 싸우지 않는 모양이에요. 스페인에선 칼을 뽑아들고 욕설을 퍼부으며 찔러 버려요. 그런데, 영국에선 아무 짓도 안 하더군요. 얼굴만 시뻘게졌지 입을 꽉 다물어 버리시던걸요."

"거기서 무슨 말이 오갔는지 기억납니까?"

필라는 기억이 잘 나지 않는 모양이었다.

"확실히는 기억나지 않아요. 할아버지는 다들 맘에 들지 않는다고 하시는 것 같았어요. 손자 하나도 없다고 투덜대셨죠. 외삼촌들보다 제가 더 낫다고 하시더군요. 할아버지는 제가 무척 맘에 드셨던 모양이에요."

"혹시 금전 문제나 유언장에 대해 말씀하시지는 않던가요?"

"유언장이라뇨? 없었어요. 생각 안 나요. 통 기억에 없는걸요."

"그래, 그다음엔 무슨 일이 벌어졌지요?"

"그냥 다들 나갔어요. 힐다를 제외하고. 데이비드 외삼촌의 아내, 그 뚱뚱한 여자만 뒤에 남아 있었어요."

"아니, 그 여자가 남아 있었나요?"

"예, 남아 있는 것 같았어요. 데이비드 외삼촌은 정말 우스꽝스럽더군요. 온몸을 부들부들 떨고 있었어요. 오! 안색도 하얗게 질려 있었고요. 마치 병자 같았어요."

"그리고, 그다음엔?"

"그다음에 저는 나갔지요. 나가니까 스티븐이 있기에 축음기를 틀어놓고 함께 춤을 추었어요."

"스티븐 파르?"

"예, 남아프리카 출신이래요. 할아버지 동업자의 아들이래요. 그분도 역시 멋진 남자예요. 짙은 갈색 머리칼에다 덩치도 커요. 눈이 특히 아름답고요."

"사건이 일어나던 순간에는 어디 있었나요?" 존슨이 물었다.

"제가 어디에 있었느냐고요?"

"그래요."

"리디아와 함께 거실에 있었어요. 그리고 곧장 제 방으로 올라가 화장을 했죠. 다시 스티븐과 함께 춤을 출 작정이었거든요. 그런데, 바로 그때 멀리서 비명소리가 나고 사람들이 뛰어가는 소리가 들리더군요. 그래서, 저도 가봤어요. 할아버지 방의 문을 막 부수려는 순간이더군요. 해리 외삼촌이 스티븐과 함께 문을 부쉈어요. 둘 다 덩치가 크고 건장한 남자들이죠."

"그래서?"

"그래서, 문을 부숴 넘어뜨리고 다들 안을 들여다보았죠. 그런데, 오! 그럴 수가……. 모든 게 박살이 나고 엉망진창이었어요. 그리고, 저만치 할아버지가 피투성이가 된 채 누워 있었는데 목이 '이렇게' 잘려 있더군요."

그녀는 자기 목에다 손으로 생생하고 실감나는 몸짓을 해보였다.

"귀밑으로 바짝 붙여서 이렇게……."

그녀는 자기 이야기에 스스로 도취해 있었다는 것을 깨달은 듯 문득 말을 멈추었다.

"피가 이상하다고 느껴지진 않던가요?" 존슨이 물었다.

그녀는 그를 멀뚱멀뚱 쳐다보았다.

"아뇨, 뭐가 이상하죠? 피란 사람이 죽는데 으레 따르기 마련 아닌가요? 오! 하여간 이곳저곳 피투성이 아닌 곳이 없었답니다."

"무엇인가 말을 하는 사람은 없었습니까?" 포와로가 물었다.

필라가 말했다.

"데이비드 외삼촌이 무척 재미있는 말을 하더군요. 뭐라더라? 오, 그래. '하나님의 맷돌은…….'이라는 것 같았는데."

그녀는 한 단어 한 단어 힘을 주어 다시 반복해 보았다.

"'하나님의 맷돌은…….' 도대체 무슨 뜻일까요? 맷돌은 밀가루를 만드는 것이잖아요?"

존슨 대령이 말했다.

"글쎄요. 그것 말고 다른 뜻이 있는지도 모르겠습니다, 에스트라바도스 양."

필라는 얌전히 일어났다. 언뜻 그녀의 얼굴에 홍조가 일었다. 세 사내를 번갈아 쳐다보는 미소가 무척이나 매력적이었다.

"전 이제 가봐야겠어요." 그녀는 밖으로 나갔다.

존슨 대령이 말했다.

"'하나님의 맷돌은 더디지만 곱게 갈린다.' 바로 데이비드 리가 한 말일세!"

15

또다시 문이 열렸다. 존슨 대령은 고개를 들고 올려다보았다. 그는 순간적으로 들어오는 사람이 해리인 줄로만 생각했다. 하지만, 스티븐 파르가 방 안으로 성큼 들어서고 나서야 자기가 잘못 보았음을 깨달았다.

"앉으십시오, 파르 씨." 그는 말했다.

스티븐이 앉았다. 차갑고 이지적인 그의 두 눈이 세 명의 사나이를 이리저리 번갈아가며 쳐다보았다. 그가 말했다.

"아무 도움이 되지 못할지도 모르겠습니다. 하지만, 아무거나 도움이 될 만한 것이면 서슴지 말고 물어보십시오. 우선 제 소개부터 정확히 해 드리는 게 좋겠군요. 제 아버지 에브네저 파르는 옛날 남아프리카에서 사이먼 리 씨와 함께 일한 동업자였습니다. 벌써 오래전의 일이죠."

그는 잠시 말을 멈추었다.

"저는 아버지에게서 사이먼 리 씨의 이야기를 많이 들었습니다. 그분의 인간성에 대해서 말입니다. 그분과 제 아버지는 함께 많은 돈을 벌었지요. 사이먼 리 씨는 번 돈을 가지고 고향으로 돌아가셨습니다만, 제 아버님은 불행하게도 그렇게 하시지를 못했습니다. 제가 이 나라에 올 기회가 있으면 그분을 꼭 찾아가 보라고 언제나 입버릇처럼 말씀하셨습니다. 언젠가 제가 아버님께 그분과 아버님과의 동업관계는 너무 오래전의 일이라, 제가 그분을 찾아간다 해도 그분은 저를 알아보지 못할 것이라고 말씀드렸더니, 아버님은 그런 저의 생각을 꾸짖으시더군요. '사이먼과 내가 겪은 일을 그 사람은 결코 잊지 못할 게다.'라고 말씀하시더군요. 그러던 중 아버님은 2년 전에 돌아가셨습니다. 올해야 저는 난생처음 영국에 와보게 되었습니다. 그래서 아버님의 말씀대로 리 씨를 찾아뵙기로 작정한 거지요."

그는 가벼운 웃음을 짓더니 다시 말을 이었다.

"처음 저 혼자 이 집에 왔을 때는 사실 좀 서먹서먹했습니다. 하지만, 전혀 그렇게 느낄 필요가 없었던 것 같습니다. 리 씨는 저를 따뜻하게 맞아주시고, 가족들과 함께 크리스마스를 지내고 가라고 간곡히 말씀하셨거든요. 저는 공연히 폐를 끼치지나 않을까 하여 거절했습니다만, 리 씨는 막무가내였습니다."

그는 약간 미안해하는 듯한 기색으로 덧붙였다.

"다들 제게 잘 해주셨습니다만, 앨프리드 리 씨 부부는 그럴 수가 없었던 모양입니다. 그러던 차에 이런 일이 터지고 보니, 모든 가족들에게 미안해서 고개를 못들 지경입니다."

"이 집에 오신 지는 얼마나 됩니까, 파르 씨?"

"어제 왔습니다."

"오늘 리 씨를 만나셨던가요?"

"예. 그분과 아침나절에 얘기를 나누었습니다. 정신이 맑을 때 각양 각지의 많은 사람에 대한 이야기를 듣고 싶어하시더군요."

"그때가 그분을 마지막으로 보신 때입니까?"

"예."

"자신의 금고에 다량의 다이아몬드 원석을 갖고 계시다는 말씀은 안 하시던가요?"

"아뇨."

그는 남들이 채 말을 꺼낼 틈도 주지 않고 한 마디 더 덧붙였다.

"그럼, 이 사건은 강도 살인사건?"

"오늘 저녁에 있었던 일이라 아직 확신을 내리진 못하고 있습니다."

존슨이 말했다.

"당신의 행적에 관해 듣고 싶습니다."

"말씀드리지요. 여자들이 식당을 나간 뒤 저는 거기 남아 포트와인 잔을 비우고 있었습니다. 그러던 중 리 씨 집안의 가정문제로 자기들끼리 이야기할 것이 있다는 걸 눈치 챘고, 제가 계속해서 있으면 방해밖에 안 된다 싶어 양해를 구하고 방에서 나왔습니다."

"그다음엔 무얼 하셨습니까?"

스티븐 파르는 의자에 몸을 푹 기대었다. 그는 자기 엄지손가락으로 턱을 쓰다듬었다. 그는 아예 무표정한 얼굴로 대답했다.

"저는, 음, 나무 마루, 마치 무도장 같은 나무 마루가 있는 큰 방을 따라 걸어갔습니다. 거기 가니 축음기와 춤곡 레코드판이 있더군요. 레코드판 몇 장을 틀어 보았습니다."

"거기서 누구와 만났을 것 같은데요?" 포와로가 물었다.

아주 희미한 웃음이 파르의 입가에 번졌다. 그가 대답했다.

"물론, 그랬을 수도 있죠. 사람은 누구나 그런 곳에서는 사람을 한 명쯤 만나게 되었으면 좋겠다고 기대하지요." 그러고는 싱긋 웃었다.

"에스트라바도스 양은 정말 미인이지요." 포와로가 말했다.

스티븐이 대답했다.

"그녀는 제가 영국에 와서 본 여자 중 최고로 미인이었습니다."

"에스트라바도스 양을 만났나요?" 존슨 대령이 물었다.

스티븐은 고개를 흔들었다.

"그 비명소리가 들려올 때까지 저는 거기 있었습니다. 저는 홀로 뛰어나와 대체 무슨 일인가 싶어 발에 불이 나도록 뛰어갔지요. 그리고, 해리 리 씨가 문을 부수는 일을 도왔습니다."

"더 이상 뭐 별 달리 해주고 싶은 말은 없습니까?"

"죄송합니다만 이게 전부입니다."

에르퀼 포와로가 몸을 살짝 앞으로 기울이면서 점잖게 말했다.

"하지만 파르 씨, 마음만 먹는다면 우리에게 해줄 말이 아주 많을 것 같은데요?"

"대체 무슨 말이죠?" 파르 씨가 날카롭게 내뱉었다.

"당신은 이번 사건에 있어서 우리에게 아주 중요한 사실을 말해줄 수 있다는 소리입니다. 바로 리 씨의 성격에 대해서 듣고 싶습니다. 당신 아버님이 그 사람에 대해 많은 얘기를 해주셨다고 했습니다. 아버님은 그가 도대체 어떤 인물이라고 하시던가요?"

스티븐 파르가 천천히 대답했다.

"무슨 뜻인지 알겠습니다. 사이먼 리 씨의 젊은 시절이 어땠느냐는 말씀이지요? 글쎄요. 제가 솔직히 말씀드리기를 원하십니까?"

"말해주시지요."

"사실 저는 사이먼 리 씨가 사회적 도덕관념을 준수한 사람이라고는 생각하지 않습니다. 그렇다고 해서 그가 악인이라는 소리도 아닙니다. 정확히 말해 시류(時流)를 잘 타는 약삭빠른 인물이라는 것이지요. 도덕에 관한 한 그는 내세울 게 하나도 없는 사람입니다. 하지만, 제법 매력이 있는 인물입니다. 게다가, 굉장히 관대한 인물이기도 하지요. 또한 운도 좋은 사람입니다. 어지간한 행운을 얻은 사람은 그에게 명함도 못 내밀 정도니까요. 술도 조금씩만 마시며 결코 과음하는 법이 없습니다. 그리고 유머 감각이 뛰어나서 여자들의 인기를 독차지하는 인물입니다. 하지만, 그런 장점에도 그의 가슴속에는 괴상한 복수의 섬광 같은 게 도사리고 있습니다. 코끼리가 기억력이 유달리 좋다는 전설이 있듯, 사이먼 리 씨도 무엇이든지 잊어버리지 않는 사람이었습니다. 자신에게 해코지한 사람에게 복수하기 위해 몇 년간이나 벼르고 있었다는 얘기를 아버님에게서 한두 번 들은 것이 아닙니다."

서그덴 총경이 말했다.

"그 게임의 주인공은 두 사람이겠군. 물론 파르 씨 당신은 사이먼 리 씨가 복수한 그 인물에 대해서는 전혀 모르실 테죠? 과연 오늘 밤의 사건이 리의 과거와 전혀 관련이 없다고 할 수 있을까요?"

스티븐 파르는 고개를 내저었다.

"그의 인간성으로 미루어 보아 그에게 적이 많은 건 당연합니다. 하지만, 저로서는 특별히 아는 것이 하나도 없습니다. 게다가……."

말꼬리를 흐리는 순간 그의 두 눈이 가느스름해졌다.

"제가 알기론 오늘 저녁 이 집 안이나 부근에 낯선 사람이라고는 전혀 없었습니다(사실 저는 트레실리언을 의심해 왔습니다만)."

"파르 씨, 당신은 제외하고 말이지요?" 에르퀼 포와로가 물었다.

스티븐 파르가 그를 멀뚱멀뚱 쳐다보았다.

"오, 그런가요? 이 집 안의 수상쩍은 외국인! 글쎄요, 수상한 점이라곤 전혀 발견할 수 없으실 텐데요. 지난날 사이먼 리가 에브네저 파르에게 해코지한 일이 전혀 없는데도 에브의 아들이 아버지의 복수를 하기 위해 왔다! 천만의 말씀!"

그는 고개를 내저었다.

"사이먼과 에브네저는 서로 반목한 적이 한 번도 없었습니다. 이미 말했다시피 제가 이곳에 온 이유는 순전히 호기심 때문이었습니다. 게다가, 축음기가 제 알리바이를 무엇보다도 잘 증명해주고 있다고 생각합니다. 저는 계속 레코드판을 갈아 끼워 가며 음악을 듣고 있었거든요. 틀림없이 누군가가 그 소리를 들었을 겁니다. 레코드판 한 장이 돌아갈 시간에 제가 2층으로 달려갔다가 되돌아올 수는 없거든요. 이 저택의 복도만 해도 1마일은 될 겁니다. 다른 사람들이 들이닥치기 전에 노인의 목을 베고 피까지 씻고 되돌아올 수는 없는 노릇입니다. 말도 안 되는 소린 집어치우십시오!"

존슨 대령이 말했다.

"우리가 지금 당신에게 의도적으로 혐의를 뒤집어씌우는 것은 아닙니다, 파르 씨."

스티븐 파르가 말했다.

"저도 사실 에르큘 포와로 씨의 말을 염두에 두고 이러는 것은 아닙니다."

"정말 유감스럽게 됐소!" 포와로가 말했다.

그는 다른 사람들을 보면서 특유의 멋쩍은 표정을 지어 보였다.

존슨 대령이 다른 말을 해서 분위기를 환기시켰다.

"고맙습니다, 파르 씨. 지금 현재로선 물을 건 다 물어본 것 같습니다. 하지만, 당신은 이 집을 떠나서는 안 됩니다."

스티븐 파르는 고개를 끄덕였다. 그는 일어서더니 허우적허우적 헤엄을 치듯 성큼성큼 큰 걸음으로 방을 나갔다.

그가 나가고 문이 닫히자 존슨이 입을 열었다.

"역시 미지수 X야. 저 사람 이야기는 꽤 솔직한 것 같아. 하지만, 어쨌든 저 사람은 다크호스야. 저 자가 다이아몬드를 훔쳐 갔는지도 모르지. 여기 와서 잔뜩 거짓말만 늘어놓고는, 그걸 인정받으려고 수작을 부렸는지도 알 수 없는 노릇이야. 이것 봐, 서그덴, 자네가 저 친구의 지문을 채취해서 전과 조회를 해보는 게 좋겠네."

"벌써 채취해 두었습니다." 총경은 피식 웃음을 띤 얼굴로 말했다.

"자넨 역시 훌륭한 수사관일세. 대충대충 넘어가는 법이 없거든. 확실한 지문은 모두 채취했겠지?"

서그덴은 자기 손바닥을 뒤집어 보이는 제스처를 했다.

"수화기를 비롯해서 타임스, 신문 등 여러 곳에서 채취했습니다. 호버리도 조사해봐야겠습니다. 그가 나간 시간과 목격자, 그리고 이 집의 모든 출입사항도 체크해야 하고요. 이 집안사람 전부를 체크해야지요. 가족 개개인의 경제 상태도 알아봐야겠습니다. 변호사를 불러 유언장에 대해서도 알아보고요. 집안 수색도 샅샅이 해야 합니다. 혹시 흉기나 피묻은 옷가지, 그리고 다이아몬드가 어딘가 숨겨져 있을지도 모르니까요."

"그쯤 하면 충분할 것 같네." 존슨 대령이 만족스럽다는 듯 말했다.

"또 달리 할 일이 있겠나, 포와로?"

포와로는 고개를 내저으며 말했다.

"총경 혼자서도 충분하겠네."

서그덴이 걱정스러운 듯한 어조로 말했다.

"그놈의 없어진 다이아몬드를 찾으려면 속깨나 썩겠는데요. 이렇게 장신구와 골동품이 많은 집은 생전 처음입니다."

"숨겨놓을 만한 장소가 무궁무진할 게요." 포와로가 맞장구를 쳤다.

"어디 좀 짚이는 데라도 없는가, 포와로?"

서장도 약간 걱정된다는 듯한 눈치다. 재주부리기를 거부하는 개의 주인 같은 표정이었다.

"나만의 독자 노선을 취하는 걸 허락하겠나?" 포와로가 말했다.

"물론이지, 허락하네." 존슨이 말했다.

그와 동시에 서그덴 총경의 의문에 찬 질문이 터져 나왔다.

"무슨 노선 말입니까?"

"나는 말이오." 포와로가 말했다.

"가족들과 수시로, 틈만 나면 대화를 나누고 싶군요."

"그렇다면, 그들에게 질문하는 와중에 불시의 일격을 가하겠다는 소린가?"
존슨 대령이 말했다. 자기도 이해가 가지 않는다는 표정이었다.
"그게 아닐세. 질문은 안 할 걸세. 대화를 하는 거지!"
"왜요?" 서그덴이 물었다.
에르큘 포와로는 손을 슬슬 내저으며 말했다.
"대화 속에서 문제점이 떠오르죠! 사람이 많은 말을 하다 보면 진실을 은폐할 수 없는 법!"
"그럼, 누군가가 거짓말을 하고 있다는 겁니까?" 서그덴이 물었다.
포와로는 한숨을 내쉬었다.
"총경, 적당한 거짓말은 누구나 하는 법이오—영국에 '목사의 달걀(옥석혼효(玉石混淆: 선악이 뒤섞였다는 뜻)의 의미를 지닌 말로서, 어떤 신자에게서 목사에게 달걀이 보내져 왔는데 반은 상해 있었다는 이야기에서 유래되었다)' 같은 것 말입니다. 진짜 거짓말과 악의없는 거짓말은 구분해야 합니다."
존슨 대령이 불쑥 끼어들었다.
"하여간 정말 믿을 수가 없어. 너무나 적나라하고 끔찍한 살인사건이 바로 이 집에서 벌어졌다니. 게다가, 우리가 용의자로 지목해야 할 사람들이 누군가? 바로 가족들일세. 앨프리드 리와 그의 아내는 둘 다 번듯하게 교양도 있고 차분한 사람들일세. 조지 리는 어떤가? 국회의원일세. 명사(名士) 중 명사야. 그의 아내는? 그녀는 요즘 흔히 볼 수 있는 평범하고 예쁘장한 여자일 뿐이야. 데이비드 리도 아주 순진한 사람 같았네. 자기 동생인 해리 리의 말에 의하면, 그는 유혈의 현장에는 서 있지도 못할 인물이야. 그의 아내도 센스 있고 현명한, 요즘 흔히 볼 수 있는 평범한 여자야. 남은 사람은 그 스페인 조카 아가씨와 남아프리카에서 왔다는 남자밖엔 없지. 스페인 아가씨의 기질은 화끈한 면모가 있어. 하지만, 그렇다고 해서 그 아름다운 아가씨가 늙은 할아버지의 목을 잘라 전신을 피투성이로 만들었다고 보기는 어렵고. 더구나, 그 아가씨는 영감이 더 오래 살아 줘야 이득을 볼 입장이 아닌가? 최소한 새 유언장에 서명할 때까지는 살아 줘야 하는 입장이라고. 그러니, 아무래도 수상한 사람은 스티븐 파르라는 그 사람뿐인 것 같네. 혹시 그자가 다이아몬드를 노리고 이 집으로 온 전문적인 도둑일지도 모른다는 말일세. 영감이 다이아몬드가 없어진 것을 눈치 챘다는 사실을 알고, 그가 영감의 목을 베어 조용히 만들어 버렸을지도 모른다는 말이야. 얘기가 그렇게 된다면, 그 축음기 알리바이는 전혀 앞뒤가 맞질 않아."

포와로는 고개를 내젓고 말했다.

"이보게. 스티븐 파르와 리 영감의 체격을 비교해보게. 만일 파르가 영감을 죽이려 작정했다면, 단 1분 만에 해치울 수 있었을 걸세. 사이먼 리는 그 사람에게 반항할 엄두조차 내지 못했을 거야. 그렇게 허약한 늙은이와 스티븐 파르같이 덩치 큰 사람이 몇 분 동안 엉겨붙어, 그것도 의자와 도자기들을 뒤집고 깨 가며 싸웠다면 대체 누가 믿겠나? 한마디로 말이 안 되는 소릴세!"

존슨 대령의 눈이 가느스름해졌다.

"그렇다면, 자네 말은 사이먼 리를 살해한 범인이 '허약한' 사람이란 말인가?"

"아니면, 여자!" 총경이 말했다.

16

존슨 대령은 자신의 손목시계를 내려다보았다.

"나는 이제부터 한 걸음 물러나 있겠네. 자네가 알아서 잘 해보게. 그리고 또 하나, 집사라는 친구를 철저히 조사해야 하네. 자네가 그를 수상쩍게 여기는 건 나도 잘 알고 있어. 하지만, 지금부터는 더욱 더 정확하게 조사해야 하네. 살인이 벌어지던 시각에 어디 있었는지 모든 사람을 통해 확인하는 걸 잊어서는 안 되네."

트레실리언이 천천히 들어왔다. 서장이 그에게 앉으라고 했다.

"감사합니다. 기분이 영 개운치 못하군요. 이건 정말 미칠 것 같은 심정입니다. 다리도 쑤시고 골치도 띵하니 아파 죽겠습니다."

"물론 충격이 이만저만 아닐 겁니다." 포와로가 점잖게 말했다.

집사는 몸을 부르르 떨었다.

"그런, 그런 끔찍한 일이 일어나다니. 그것도 바로 이 집에서! 언제나 평온하게 그럭저럭 잘 돌아가는 집이었는데."

포와로가 물었다.

"대체로 큰 문제는 없는 집이었지만, 그래도 행복하지는 못했지요?"

"굳이 그렇다고 말씀드릴 수도 없습니다."

"그럼, 옛날에 가족들이 모두 함께 살았을 때는 행복했었나요?"

트레실리언은 천천히 대답했다.

"그때도 굳이 행복하고 화기애애한 가정이었다고는 말할 수 없습니다."

"아마 돌아가신 이 집 부인도 병을 앓으셨다던 것 같은데?"

"예, 정말 가련한 분이셨죠."

"자식들은 어머니를 좋아했습니까?"

"데이비드 서방님은 정말 효자였지요. 마님은 아들보다 딸을 더 좋아하셨어요. 마님이 돌아가시자 마음이 상한 데이비드는 이곳에서 더는 살 수가 없었습니다."

"그럼, 해리 씨는 어떤 사람입니까?" 포와로가 물었다.

"젊은 야성의 사나이라고 할까요? 하지만 마음씨는 착했어요. 문득 그가 제게 한 말이 생각나는군요. 초인종이 울리더니 못 참겠다는 듯 금세 또다시 울리더군요. 그래서 저는 문을 열었지요. 그러자 거기엔 낯선 사내가 서 있었습니다. 곧이어 해리 도련님의 음성이 들려오더군요. '오, 트레실리언. 아직도 여기 있군요? 옛날과 똑같아.'"

포와로는 공감이 간다는 듯 말했다.

"정말 이상한 느낌이 들긴 들었겠군요."

트레실리언이 말했다. 그의 뺨이 약간 발그스름해졌다.

"이따금 저는 마치 과거가, 과거가 아닌 것처럼 느껴집니다! 런던에서 공연되는 연극 중에도 간혹 그런 것이 있는 줄로 압니다. 가끔씩 그 연극 속에 있는 것이 진짜인 경우도 있지요. 과거에 다 겪어 본 듯한 기분은 선생님도 가끔 느낄 때가 있을 겁니다. 지금이라도 초인종이 울려 나가보면 해리 도련님이 서 있을 것만 같습니다. 그게 설령 파르 씨나 또 다른 사람일지라도, 저는 제 자신에게 말하고 있을 겁니다. 전에 겪어 본 일만 같구나."

"참, 재미있는 말을 하시는군요, 정말 재미있어요." 포와로가 말했다.

트레실리언은 비탄에 빠진 듯한 눈초리로 그를 쳐다보았다.

존슨이 답답한 듯 대화에 끼어들었다.

"시간별로 정확한 조사가 필요합니다." 그가 말했다.

"2층에서 큰 소리가 나기 시작했을 때 앨프리드 씨와 해리 씨만 식당에 있었다고 하던데, 그게 사실입니까?"

"저로서는 확실히 말씀드릴 수가 없군요. 제가 커피를 갖다 드렸을 무렵 남자분들은 모두 거기에 계셨으니까요. 그때가 대략 소리가 나기 15분 전쯤일 겁니다."

"조지 리씨는 전화를 하고 있었다는데, 그걸 보증해줄 수 있겠습니까?"

"누군가가 전화를 하고 있었던 것 같기는 합니다. 제 대기실에서 전화벨 울리는 소리를 들었거든요. 누군가 수화기를 들고 전화번호를 불렀을 때 희미한 벨 소리가 나긴 했습니다. 듣긴 들었습니다만, 그렇게 주위를 기울여 듣진 않았습니다."

"그 소리에 대해서 정확하게는 모르시는군요?"

"그럴 수밖에 없지요. 그때 저는 남자분들에게 커피를 갖다 드리고 온 직후라서 약간 경황이 없었거든요."

"바로 그 시간에 여자들은 어디 있었는지 기억납니까?"

"제가 커피를 들고 가니 앨프리드 부인이 거실에 있더군요. 그때가 2층에서 비명소리가 들려오기 약 1~2분 전이었을 겁니다."

"그녀가 뭘 하고 있던가요?" 포와로가 물었다.

"그냥 저편 창가에 서 있었습니다. 그녀는 커튼을 약간 뒤로 젖힌 채 창 밖을 바라보고 있었습니다."

"방 안에 다른 여자들은 없었습니까?"

"그렇습니다."

"그 여자들이 어디 있었는지 알고 있습니까?"

"모르겠는걸요."

"한 명이라도 기억나지 않습니까?"

"데이비드 서방님은 거실 바로 옆에 있는 음악실에서 피아노를 치고 계셨습니다."

"무슨 곡을?"

"음." 그는 또다시 온몸을 부르르 떨었다.

"나중에 곰곰이 생각해보니 무슨 징조 같기도 했습니다. 그가 치던 곡은 '장송곡'이었거든요. 그 순간에도 섬뜩한 느낌이 들었죠."

"거 참, 희한한 일이군." 포와로가 말했다.

"자, 그럼 지금부터 호버리에 대해서 물어보도록 하겠습니다. 그는 분명히 8시쯤 집을 나갔다고 맹세할 수 있습니까?" 서장이 말했다.

"오, 물론입니다. 서그덴 씨가 도착한 직후였으니까요. 제가 뚜렷하게 기억하는 이유는 그가 커피잔을 깨뜨렸기 때문입니다."

"호버리가 커피잔을 깨뜨렸다고요?" 포와로가 물었다.

"예, 그렇습니다. 그는 커피잔을 다루어 본 일이 없었거든요. 그는 잔 하나를 집어들고 맘에 든다고 감탄을 하던 중이었습니다. 그때 서그덴 씨가 왔다는 얘기를 했더니 잔을 그냥 떨어뜨리고 말더군요."

"서그덴 씨라고 했습니까? 아니면, 경찰이라고 했습니까?"

포와로가 물었다.

트레실리언은 약간 놀라는 눈치였다.

"글쎄요. 곰곰이 생각해보니 경찰이라고 했던 것 같습니다."

"그래서, 호버리가 커피잔을 떨어뜨렸다?" 포와로는 혼잣말로 중얼거렸다.

"암시적이군." 서장이 말했다.

"호버리가 총경이 왜 왔느냐고 묻진 않았소?"

"예, 집에 왜 찾아왔는지 묻더군요. 저는 경찰 자선 기금을 모금하러 왔다고 말해주고는 2층으로 올라갔습니다."

"그렇게 말하니 호버리가 안심하는 것 같던가요?"

"이제야 제가 이런 말을 하는 이유를 눈치 채신 것 같군요. 분명히 그런 것 같았습니다. 태도가 돌변하더군요. 그러고는 주인님이 좋은 사람이고 돈 문제에 관한 한은 관대한 사람이라고 하더군요. 하지만, 뭔가 비꼬는 듯한 태도였습니다. 그리곤 나가 버렸지요."

"어느 문으로?"

"하인 숙소에 딸린 거실 문으로 나갔습니다."

서그덴이 끼어들었다.

"만사 오케이인걸요. 그는 부엌으로 나갔습니다. 요리사와 하녀가 그를 보았답니다. 그는 뒷문으로 나간 겁니다."

"자, 트레실리언. 잘 들어 보십시오. 호버리가 누구의 눈에도 띄지 않게 집으로 되돌아올 수는 없었겠소?"

늙은 트레실리언은 고개를 내저었다.

"그건 불가능합니다. 모든 문은 안으로 잠겨 있거든요."

"그가 열쇠를 갖고 있을 수도 있지 않소?"

"빗장까지 채워져 있는데요."

"그럼, 들어올 때는 어떻게 들어오지요?"

"그는 뒷문 열쇠를 갖고 다닙니다. 하인들은 모두 그 문을 사용하거든요."

"그럼, 그 문을 통해서 살짝 되돌아올 수는 없었겠소?"

"부엌을 통과하지 않을 수가 없습니다. 9시 30분에서 10시 15분 전까지는 부엌에 사람이 있습니다."

"일리가 있는 말이군. 고맙소, 트레실리언." 존슨 대령이 말했다.

늙은 사내는 일어났다. 그러고는 허리를 굽혀 절을 하더니 방을 나갔다.

그런데 1~2분 정도 지났을까, 그가 되돌아왔다.

"방금 호버리가 돌아왔습니다. 지금 그를 만나시겠습니까?"

"그렇게 하겠소. 그를 즉시 보내주시오."

17

시드니 호버리는 얼굴은 잘생겼지만 아주 괴기스러운 분위기를 풍기는 인물이었다. 그는 방으로 들어와 두 손을 함께 모아 하나씩 만지작거리며 서 있었다. 세 명의 사내를 하나씩 차례대로 흘끔흘끔 쳐다보았다. 태도가 다소 유들유들했다.

"당신이 시드니 호버리요?" 존슨이 물었다.

"예. 그렇습니다."

"리 씨의 시중꾼이라면서요?"

"예. 너무나 소름끼치는 사건 아니겠습니까? 글래디스에게서 얘기를 듣고 놀라 까무러칠 뻔했습니다. 불쌍한 영감님……."

존슨이 그의 말을 가로채고 나섰다.

"내 물음에 대답이나 해주시오."

"예, 그렇게 하지요."

"오늘 밤 몇 시에 나가서 여태껏 어디에 있다가 오는 길입니까?"

"8시 조금 전에 나갔습니다. '슈퍼브' 극장에 갔었습니다. 걸어서 정확하게 5분 거리죠. 거기서 '늙은 세빌리의 사랑'이라는 영화를 봤습니다."

"거기서 당신을 본 사람이 있습니까?"

"매표구 아가씨가 저를 압니다. 그리고 출구 안내원도 저를 알고요. 저어, 사실 저는 젊은 아가씨와 함께 있었습니다. 미리 그녀와 약속을 하고 거기서 만났지요."

"정말이오? 그 여자 이름이 뭡니까?"

"도리스 버클이라고 합니다. 그녀는 마컴가(街) 23번지에 있는 유제품(乳製品) 협동조합에서 일합니다."

"좋습니다. 조사해보면 알겠지. 거기서 곧장 집으로 돌아오는 길입니까?"

"그 아가씨를 집까지 바래다주고 곧장 돌아왔습니다. 모두 틀림없는 사실입니다. 저는 이번 사건과 전혀 관계가 없습니다. 저는……."

존슨이 퉁명스럽게 말했다.

"당신이 이번 사건과 관련되었다고 몰아세우는 사람은 아무도 없소."

"물론이죠. 하지만, 집 안에서 살인사건이 일어나다니 여간 찜찜하지가 않군요."

"그런 말을 하긴 당신이 처음이오. 그런데, 리 씨의 시중을 든 지는 얼마나 되었소?"

"이제 겨우 일 년이 넘었습니다."

"이 집의 당신 일자리가 맘에 들었습니까?"

"예, 대단히 만족스러웠습니다. 보수도 괜찮았고. 리 씨의 성격이 괴팍스러워질 때도 있었지만, 저는 환자 시중드는 데는 익숙해진 사람이라 괜찮았습니다."

"이전에 다른 직업을 가졌던 적은?"

"메이저 웨스트 석유회사와 호너러블 제스퍼 핀치 사(社)에서 근무했었습니다."

"나중에 서그덴 총경에게 상세히 알려주시오. 그럼, 오늘 저녁 리 씨를 마지막으로 본 게 언제인지 말해주겠소?"

"7시 30분이 지날 무렵이었습니다. 리 씨는 매일 저녁 7시면 연한 수프를 가져오라고 시킵니다. 그러면, 저는 그때 잠자리 준비를 합니다. 그 이후 영감님은 잠옷으로 갈아입고 잠이 올 때까지 난로 앞에 앉아 계시곤 했지요."

"그때가 대개 몇 시쯤이오?"

"대중없습니다. 가끔 피로하실 때면 8시 정도에 일찍 잠자리에 들기도 하고, 간혹 11시 이후까지 앉아 있기도 합니다."

"잠자리에 들고 싶으면 어떻게 하지요?"

"대개는 벨로 저를 부르시지요."

"그러면 당신이 영감님을 침대까지 부축해줍니까?"

"예."

"하지만, 오늘 저녁은 당신이 밖에 나갔는데, 금요일엔 항상 그렇습니까?"

"예, 금요일엔 항상 외출합니다."

"그럼, 오늘 같은 날 리 씨가 잠자리에 들고 싶으면 어떻게 합니까?"

"역시 벨을 울리지요. 그럼 트레실리언이나 월터 중 아무나 올라갑니다."

"그는 몸이 부자연스럽지 않았습니까? 약간씩 움직일 수 있었나요?"

"움직일 수는 있었겠지요. 하지만, 그렇게 하기가 보통 어려운 일이 아니죠. 관절염 때문에 몹시 아프거든요. 요즘 며칠 동안은 평상시보다 훨씬 몸 상태가 안 좋았습니다."

"낮에 다른 방에 들어가는 일은 없었소?"

"전혀 없었습니다. 영감님은 그 방에만 있고 싶어하셨습니다. 리 씨는 사치스러운 것을 좋아하는 성격이 아니었거든요. 넓고 환한 방 하나면 충분했습니다."

"리 씨가 수프를 드신 시각이 7시라고 했소?"

"예. 제가 쟁반을 치우고 나서 테이블 위에다 셰리주와 잔 두 개를 갖다 드렸습니다."

"왜 그렇게 했소?"

"리 씨의 지시가 있었습니다."

"보통 때도 그렇게 합니까?"

"가끔씩 그랬습니다. 영감님께서 부르시지 않은 다음에야 가족 누구도 저녁에 그 방에 가지 않는 것이 이 집안의 철칙이었지요. 대개 저녁에는 혼자 있고 싶어하셨지만, 간혹 앨프리드 씨나 앨프리드 부인을 부를 때도 있었습니다. 어떨 때는 두 분을 함께 오라고 하신 적도 있었고요."

"그럼, 이번에도 영감님이 누군가를 불렀다고 생각하시오? 오늘 저녁엔 가족 누구에게도 올라오라는 전갈을 보내지 않았잖소?"

"'저'를 통해서 전갈을 보낸 일은 없습니다."

"그렇다면, 가족들 중 누구를 기다린 것은 아니란 말이군?"

"누군가에게 개인적으로 직접 말씀하셨는지도 모르지요."

"알았소."

호버리는 혼잣말로 중얼거렸다.

"하지만, 오늘 저녁도 보통 때와 똑같았는데. 영감님에게 잘 자라고 인사까지 하고 나왔는데……."

"나오기 전에 당신이 난롯불을 살폈습니까?" 포와로가 물었다.

호버리는 순간적으로 움찔하는 것 같았다.

"그럴 필요도 없었습니다. 활활 잘 타고 있었는걸요."

"리 씨 혼자 힘으로 난롯불을 살필 수 있었을까요?"

"그건 불가능합니다. 해리 씨가 했겠죠."

"영감님이 수프를 들기 전 당신이 왔을 때 해리 씨가 함께 있던가요?"

"제가 들어가니 나가시더군요."
"당신이 보기에 그 두 사람의 분위기는 어떻던가요?"
"해리 씨는 퍽 선량한 사람 같았습니다. 머리가 뒤로 젖혀질 정도로 크게 한참을 웃더군요."
"리 씨는?"
"영감님은 조용히 계셨습니다. 뭔가를 곰곰이 생각하시는 것 알았습니다."
"알겠소. 그런데, 한 가지 더 알고 싶은 게 있소만, 금고에 있던 다이아몬드 이야기를 좀 해주겠소?"
"다이아몬드? 금시초문인데요."
"리 씨는 상당히 많은 다이아몬드를 가지고 있었습니다. 당신이라면 그분이 그것을 만지는 것을 보았을 텐데?"
"그 보잘것없는 작은 돌멩이들을 말씀하시나 보죠? 예, 그분이 갖고 있는 걸 한두 번 본 적은 있습니다. 하지만, 저는 설마 그게 다이아몬드인 줄은 몰랐습니다. 영감님께선 그것들을 바로 그 외국인 아가씨에게 보여주시는 것 같던데. 어제던가, 그제던가?"
"그 돌들을 도둑맞았소." 존슨 대령이 불쑥 말했다.
호버리의 놀란 듯한 음성이 터져 나왔다.
"제가 그것과 관계있으리라고 오해하진 마십시오!"
"당신에게 혐의를 덮어씌우고자 하는 것이 아니오." 존슨 대령이 말했다.
"이번 사건에 당신과 조금이라도 관련이 있는 것은 모두 다 말해주겠소?"
"다이아몬드와 관련된 것 말씀입니까? 아니면 살인과?"
"둘 다."
호버리는 골똘히 생각하는 것 같았다. 그는 혀로 창백해진 자기 입술을 핥았다. 드디어 그가 고개를 들었다. 눈가에 알 수 없는 그림자가 스치고 지나갔다.
"정말 아무것도 없습니다."
포와로가 점잖게 말했다.
"시중을 드는 와중에 엿들은 것도 없단 말이오? 분명히 있을 텐데……."
호버리의 눈꺼풀이 조금씩 실룩거리기 시작했다.

"저어, 사실 말씀드리기 뭣하지만, 리 씨와 일부 가족 간에 불화가 좀 있었습니다."

"누구와?"

"해리 씨의 귀향 문제로 불화가 약간 있었다고 들었습니다. 앨프리드 씨가 해리 씨의 귀향에 대해 불쾌하게 생각했거든요. 제가 알기엔 그와 그의 아버지는 그 문제로 불과 몇 마디밖에 나누지 않았습니다. 그걸로 끝이었어요. 리 씨가 그에게 다이아몬드가 없어졌다느니 하는 말은 하지 않은 것 같았습니다. 앨프리드 씨가 그런 짓을 하지 않을 분이라는 건 제가 보증합니다."

포와로가 재빨리 말을 받았다.

"그럼, 리 씨가 앨프리드와 얘기를 나눈 것은 다이아몬드가 없어진 사실을 알고 난 이후라는 말이군?"

"예, 그렇습니다."

"잠깐만, 호버리." 그는 천천히 말했다.

"당신은 방금 우리가 도둑맞았다는 얘길 해주기 전에는 다이아몬드에 대해서 전혀 모른다고 하지 않았소. 그런데, 어떻게 리 씨가 아들과 이야기를 나누기 전에 다이아몬드가 없어진 사실을 알게 되었다는 것을 알고 있는 게요?"

호버리의 얼굴이 새빨개졌다.

"거짓말해도 소용없어. 털어놓으시지." 서그덴이 말했다.

"언제 알았소?"

호버리는 시무룩하니 대답했다.

"그분이 다이아몬드 사건으로 누군가에게 전화하는 것을 엿들었습니다."

"당신은 방 안에 있지도 않았다면서요?"

"사실 저는 문 바깥에 있었습니다. 한두 마디 정도는 충분히 엿들을 수 있지요."

"정확하게 무슨 소릴 들었소?" 포와로가 물었다.

"강도와 다이아몬드라는 말밖에 못 들었습니다. '용의자가 누구인지는 모릅니다.' 그 밖에 오늘 저녁 8시에 대해서 영감님이 뭐라고 하는 소리를 들었을 뿐입니다."

서그덴 총경이 고개를 끄덕거렸다.

"이봐요, 리 씨와 통화하던 사람은 바로 나였소. 그때가 5시 10분쯤이 아니었소?"

"맞습니다, 총경님."

"그리고, 그 뒤엔 언제 리 씨의 방에 갔었소? 기분이 나쁜 것 같이 보이진 않았소?"

"약간 언짢은 것 같았습니다. 멍하니 앉아서 무언가 걱정을 하는 것 같더군요."

"그래, 당신 가슴이 쿵쿵 뛸 만큼 걱정을 하고 있던가?"

"아니, 총경님. 사람을 어찌 보고 이럽니까? 저는 다이아몬드라곤 손에 대보지도 않았습니다. 증거도 없잖습니까. 저는 도둑이 아니란 말입니다."

호버리의 말은 아랑곳하지도 않고 서그덴 총경이 말했다.

"두고 보면 알 일이지."

그러더니 그는 미심쩍은 눈초리로 서장 쪽을 흘끔 쳐다보았다. 서장이 고개를 끄덕이자, 그는 다시 입을 열었다.

"당신은 이제 됐소. 오늘 밤에 또다시 당신을 만나게 되지는 말았으면 좋겠구먼."

호버리는 침울한 표정으로 서둘러 방을 나갔다.

서그덴이 뭔가를 깨달은 듯이 말했다.

"정말 기가 막히게 눈치가 빠르시군요, 포와로 씨. 어찌 그리 교묘하게 그를 함정에다 빠뜨릴 수 있었습니까? 저로선 상상도 못할 일입니다. 저자가 도둑인지 아닌지는 모르겠지만, 하여간 거짓말을 밥 먹듯이 잘하는 인물임은 틀림없어요!"

"왠지 인상이 좋지 않은 친구군요."

"몹시 음흉한 친구 같네." 존슨도 맞장구를 쳤다.

"문제는 저자가 얘기한 자기의 알리바이를 우리가 어떻게 생각하느냐 하는 것이네."

서그덴이 상황을 간략하게 요약했다.

"제가 보기엔 세 가지의 가능성이 있는 것 같습니다. 첫째, 호버리가 도둑이면서 동시에 살인자인 경우. 둘째, 호버리가 도둑이긴 하지만, 살인자는 아닌 경우. 셋째, 호버리는 완전히 결백한 경우. 첫 번째 가능성에 대한 증거는 너무나 많습니다. 그는 전화 거는 소리도 들었고, 다이아몬드를 도둑맞았다는 사실도 알고 있습니다. 영감이 자신을 의심하고 있다는 사실을 알고는, 거기에 맞추어 계획을 짰다고 볼 수도 있는 경우입니다. 일부러 8시에 나가서 알리바이를 꾸며놓은 거지요. 극장을 빠져나와 남의 눈에 띄지 않게 되돌아가는 일쯤이야 마음만 먹으면 충분히 가능한 일 아니겠습니까. 게다가, 저자가 젊은 아가씨를 구워삶아 버렸다면, 그 아가씨가 순순히 저자를 배신하려 들지 않을 것은 뻔한 일이죠. 제가 내일 그 아가씨를 한 번 심문해보겠습니다."

"하지만, 당신 말대로라면 저자가 어떻게 이 집으로 다시 들어올 수 있었겠소?" 포와로가 물었다.

"사실 저도 그 점이 잘 이해되지 않습니다." 서그덴은 인정했다.

"하지만, 분명히 어딘가 통로가 있을 겁니다. 혹시 하녀 한 명이 저자를 위해 쪽문 하나쯤 걸어 잠그지 않았을지도 모르는 일이죠."

포와로는 의아한 듯 눈썹을 치켜들었다.

"저 치 같은 인간이 두 여자의 자비심에 자기의 목숨을 걸 인물같이 보입니까? 여자 한 명만 해도 큰 모험인데, 더구나 두 명씩이나 된다면. 내가 보기에도 그건 미친 짓이오!"

"어찌어찌 해서 대충 넘어가려는 얼빠진 범죄자들도 있습니다!"

서그덴이 말했다.

"두 번째 가능성에 대해 생각해보겠습니다. 호버리가 그 다이아몬드를 훔쳤을 경우입니다. 다이아몬드를 훔쳤기 때문에 오늘 저녁 외출해서 그것들을 공범들에게 넘겨주었을 수도 있지요. 그것 또한 간단한 일이니, 그랬을 가능성도 충분히 있습니다. 이런 상황에서 오늘 밤 누군가가 리 씨를 살해할 마음을 먹었다고 생각해보십시오. 그 정체불명의 인물은 다이아몬드 사건이 얽히게 될 줄은 꿈에도 몰랐겠죠. 이 경우도 가능성은 있습니다. 하지만, 이건 어디까지나 우연의 일치가 일어나야만 하는 경우죠. 세 번째 가능성은 호버리가 결백한 경우입니다. 누군가 제3의 인물이 다이아몬드도 훔치고, 영감도 살해한 경우이지요. 어쨌든 우리가 진실을 밝혀내야겠죠."

존슨 대령이 하품을 했다. 그는 또다시 손목시계를 들여다보더니 자리에서 일어났다.

"글쎄." 그가 말했다.

"어쨌든 직접 확인해보는 게 어떻겠나? 가기 전에 금고 안을 조사해보는 게 낫겠네. 의외로 그놈의 다이아몬드가 고스란히 그대로 있을지도 모르는 일이니까."

하지만, 금고 속엔 다이아몬드라곤 하나도 없었다. 그들은 죽은 사람의 잠옷 호주머니에서 나온 조그마한 수첩에서 앨프리드 리가 말한 대로 금고 번호를 찾아냈다.

금고 속에는 텅 빈 섀미가죽 가방이 하나 있었다. 금고 속에 있던 서류 중 한 장 흥미 있는 게 있었다.

그것은 대략 15년 전쯤에 쓰인 유언장이었다.

다양한 유산과 유증, 그리고 동산 따위가 엄청나게 많았다.

사이먼 리의 재산 절반은 앨프리드 리에게 가게 되어 있었다. 나머지 절반은 그의 자식들 전부, 그러니까 해리, 조지, 데이비드, 그리고 제니퍼에게 공평하게 분배되도록 되어 있었다.

제4부

12월 25일

1

크리스마스 정오의 따사로운 햇살을 받으며 포와로는 고스턴 홀의 정원을 거닐고 있었다. 저택 자체는 특별한 건축적 기교를 가미하지 않고, 단단하고 거대하게만 지어진 집이었다.

이곳 남쪽은 측면으로 잘 다듬어진 주목나무 울타리가 딸린 평평한 테라스였다. 판석(板石)과 소형 정원처럼 정돈된 석단 사이에 있는 테라스를 따라 군데군데 있는 틈새로 키가 작은 식물들이 자라고 있었다.

포와로는 가끔씩 고개를 끄덕거리기도 해가며 그것들을 조사하고 있었다. 그는 혼잣말로 중얼거렸다.

"정말 기발한 착상이군!"

멀리 300야드(약 274m) 정도 떨어진 곳에 있는 장식용 수판(水板) 쪽으로 두 사람이 걸어가는 게 보였다. 그중 한 명이 필라라는 것은 쉽게 알 수 있었다. 하지만, 또 한 명은 그렇지 않았다. 처음에 그는 스티븐 파르라고 생각했으나, 나중에 알고 보니 필라와 함께 가는 사람은 해리 리였다. 해리 리는 자신의 예쁜 조카에게 아주 정중히 대하는 것 같았다. 걸어가던 도중 그는 갑자기 고개가 뒤로 젖혀질 정도로 크게 웃었다. 그러더니 이내 정중하게 그녀에게 허리를 숙이는 것이었다.

"전혀 슬퍼하지 않는 인물도 있군!" 포와로는 혼자 중얼거렸다.

뒤에서 인기척이 나기에 그는 뒤를 돌아보았다. 거기엔 맥덜린 리가 서 있었다. 그녀 역시 멀찌감치 멀어져 가는 남녀의 모습을 바라보고 있었다.

그녀는 고개를 포와로 쪽으로 돌리더니 매혹적인 미소를 지으며 말했다.

"날씨 한번 좋군요! 이렇게 좋은 날씨에 어젯밤 그런 끔찍한 일이 있었다고 하면 누가 믿겠어요?"

"하긴 그럴 만도 합니다, 부인."

맥덜린은 한숨을 내쉬었다.

"그런 비극은 제 생애를 통틀어 이번이 처음이에요. 전 너무 곱게 자란 편이거든요. 어른이 되어서도 마치 어린아이처럼……, 오히려 안 좋아요."

그녀는 또다시 한숨을 내쉬고는 말했다.

"그런데, 지금 보니 필라는 아주 냉정한 아가씨인 것 같아요. 스페인계의 피가 섞여서 그런가? 하여간 너무 이상해요. 그런 것 같지 않으세요?"

"이상하다니요, 부인?"

"여기서 보니 슬픈 기색이라곤 전혀 없어 보이니까요!"

포와로가 말했다.

"리 씨가 꽤 오랫동안 그녀를 찾았다고 들었습니다. 그는 마드리드에 있는 영사관과 그녀의 생모가 죽은 알리쿠아라의 부영사와 긴밀한 연락을 맺었더군요."

"아버님은 그 일에 대해선 일언반구도 하지 않으셨어요." 맥덜린이 말했다.

"앨프리드 아주버님도 그 일에 대해선 아무것도 모르신대요. 리디아 형님도 마찬가지고요."

"아하!" 포와로가 말했다.

맥덜린이 그에게로 약간 더 바짝 다가왔다. 그녀가 익히 사용하던 향기로운 향수 냄새가 났다.

"사실 말이에요, 포와로 씨. 제니퍼의 남편 에스트라바도스에게는 무슨 사연이 있어요. 결혼 직후 죽었는데, 거기엔 아직 미스터리가 남아 있다고요. 앨프리드와 리디아는 알고 있어요. 뭔가 분명히 있을 거라고요. 이건 정말 남부끄러운 일이야."

"그것참 유감이로군요." 포와로가 말했다.

맥덜린이 말했다.

"제 남편은, 저도 동감이지만, 가족들이 저 아가씨의 핏줄에 대해 좀더 거론해봐야 한다고 생각을 하고 있더군요. 혹시 저 아가씨의 아버지가 '범죄자'였을지도 모른다나요……."

그녀는 말을 멈추었다. 하지만, 에르큘 포와로는 아무 말도 하지 않았다. 그는 고스턴 홀의 뜰에 펼쳐진 겨울 풍경의 아름다움에 넋을 잃고 있는 듯했다.

맥덜린이 말했다.

"아무래도 아버님의 죽음에는 뭔가 의미가 숨겨진 것 같아요. 아무리 생각해도 사건의 수법이 너무나 비영국적이거든요."

에르큘 포와로는 천천히 몸을 돌렸다. 그의 심각한 눈초리가 소박한 의문에 젖어 있는 그녀의 눈동자와 마주쳤다.

"아, 사건에서 스페인의 냄새가 난다는 말씀입니까?" 그가 물었다.

"글쎄요. 스페인 사람이 원래 잔인하잖아요, 안 그래요?"

맥덜린은 마치 어린아이가 떼를 쓰듯 자기주장을 폈다.

"투우를 비롯한 만사가 다 그렇잖아요!"

에르큘 포와로는 우습다는 듯이 말했다.

"그럼, 에스트라바도스 양이 할아버지의 목을 잘랐다는 말입니까?"

"오, 제 말은 그게 아니에요, 포와로 씨!"

맥덜린은 완강하게 말했다. 그녀는 포와로의 말에 몹시 충격을 받은 듯했다.

"제 말은 그런 뜻으로 한 게 아니란 말이에요! 정말이지 절대 그런 뜻으로 한 말은 아니에요!"

"글쎄요. 부인의 말뜻이야 물론 그러실 테지요." 포와로는 말했다.

"그래도 저는, 아무래도 그녀가 수상하다는 생각을 떨쳐 버릴 수가 없습니다. 예를 들어, 어젯밤 방바닥에서 무엇인가를 집어들었다는 행동만 해도 그렇습니다."

다음 말을 하는 에르큘 포와로의 음성에는 유달리 힘이 들어가 있었다. 그는 날카롭게 물었다.

"어젯밤 그녀가 방바닥에서 무엇인가를 분명히 줍기는 주웠나요?"

맥덜린은 고개를 끄덕거렸다. 그녀의 어린아이처럼 생긴 입술 곡선이 앙증스럽게 움츠러졌다.

"그래요, 우리가 막 방 안으로 들어간 직후였어요. 혹시 보는 사람이나 없을까 해서 사방을 두리번거리더니 눈 깜짝할 순간 그것을 줍더군요. 하지만, 총경의 눈에 띄고 말았죠. 총경이 그녀더러 그것을 내놓으라고 하더군요."

"그녀가 집어든 게 무엇이었죠, 부인? 혹시 알고 계십니까?"

"모르겠어요, 저는 바로 옆에 있질 않아서 못 봤어요."

맥덜린의 음성에는 그것을 꼭 봤어야 하는데 못 봐서 애통하다는 기색이 역력했다.

"아주 조그만 물건이었어요."

포와로의 표정이 약간 일그러졌다.

"그것참 흥미 있는 일이군." 그는 혼잣말로 낮게 중얼거렸다.

맥덜린이 재빨리 말했다.

"선생님도 그것이 무엇인지 꼭 아셔야 해요. 하여간 우리는 필라가 어떻게 자라고, 어떤 생활을 해왔는지는 전혀 몰라요. 앨프리드는 사람이 너무 의심이 없고 리디아도 좀 그런 편이에요."

그녀는 조그맣게 덧붙여 말했다.

"전 이만 가서 리디아를 좀 도와줘야겠어요. 편지 쓸 일도 있고 해서요."

그녀는 입가에 야릇한 미소를 흘리더니 가버렸다.

포와로는 뭔가 깊은 사색에 젖어 혼자 테라스에 서 있었다.

2

그에게로 다가온 사람은 서그덴 총경이었다. 총경은 뭔가 침울한 인상이었다. 그가 말했다.

"안녕히 주무셨습니까, 포와로 씨? '메리 크리스마스'라고 말하는 게 오히려 잘못된 일이 아닐까요?"

"총경, 당신 얼굴만 봐도 그렇군요. 그 얼굴로는 '메리 크리스마스' 하고 말한들 누구 하나 곧이 받아들이지 않을게요."

"사실 다른 사람이 그렇게 인사해주길 바라지도 않습니다." 서그덴이 말했다.

"그래, 진전은 좀 있었소?"

"여러 가지를 검토해보았습니다. 호버리의 알리바이는 빈틈이 없더군요. 극장

안내원이 호버리가 어떤 아가씨와 함께 있는 걸 보았답니다. 영화가 끝나자 그 아가씨와 함께 나왔다고 하더군요. 상연 도중에 자리를 빠져나갔다가 되돌아갔으리라는 추측은 이해가 어려울 것 같습니다. 중간에 자리를 떠난 적이 없다고 합니다. 그 아가씨가 줄곧 극장에서 그와 함께 있었다고 다짐까지 하던걸요."

포와로의 눈썹이 치켜 올라갔다.

"잘 알겠소. 뭐 달리 할 말은 없소?"

시무룩한 표정으로 서그덴이 말했다.

"글쎄요. 알 수 없는 게 여자의 마음이라더니! 남자를 위해선 입에 침도 바르지 않고 거짓말을 해대는 게 여자라니까요."

"가슴으로 믿어 버리는 게 여자지." 에르퀼 포와로가 말했다.

"세상 말세로군. 정의의 종말이 다가온 겁니다." 서그덴이 투덜댔다.

에르퀼 포와로가 말했다.

"정의란 아주 괴상한 것이지요. 정의에 관해서 곰곰이 생각해본 적이 있소?"

서그덴이 그를 멀뚱멀뚱 쳐다보면서 말했다.

"당신은 정말 속을 알 수 없는 분이십니다, 포와로 씨."

"천만에, 전혀 그렇지 않소. 나는 일련의 논리적인 생각들에 따르죠. 지금 이 자리에서 그 문제를 두고 장황한 논쟁을 벌이고 싶지는 않소. 그럼, 당신은 아직까지 그 우유 가게 아가씨가 거짓말을 했다고 생각하고 있소?"

서그덴은 고개를 저었다.

"아닙니다. 결코 그런 것은 아닙니다. 사실 그녀가 거짓말을 하고 있으리라고는 생각지 않습니다. 하지만, 그녀는 단순한 여자거든요. 그래서, 혹시 백에 하나 정도 제게 엉뚱한 거짓말을 늘어놓았는지도 모른다는 생각이 든다는 것이죠."

"당신은 경험이 풍부한 분이군요." 포와로가 말했다.

"물론이지요, 포와로 씨. 어떤 사람이 거짓말을 했느냐 안 했느냐 하는 것은 일생을 적어둔 기록을 보지 않는 다음에야 알 수 없는 것입니다. 하지만, 글쎄요, 그 아가씨의 증언은 사실인 것 같습니다. 그러나, 만일 호버리가 노인을 살해하지 않았다면 그것은 곧 우리가 이 집안 식구들을 조사해야 한다는 것을 의미하지요."

그는 크게 심호흡을 했다.

"가족들 중 누군가가 했습니다, 포와로 씨. 그들 중 누군가가 분명히 했습니다. 그러나, 과연 누굴까요?"

"새로 발견된 단서 같은 건 없소?"

"예. 전화 통화에서 상당한 것이 발견되었습니다. 조지 리 씨는 9시 2분에 웨스터링검에 전화를 했더군요. 그 통화는 6분 동안 계속되었습니다."

"아하!"

"바로 그거죠! 실제로 그 사람을 제외하곤 웨스터링검은 물론 어느 곳에도 전화한 사람은 아무도 없었습니다."

"흥미 있는 사실이군." 포와로도 동의했다.

"조지 리의 진술대로라면 자기가 막 전화를 끝낼 무렵 2층에서 소리가 들렸다고 했소. 하지만, 실제로 그가 전화를 끝낸 시각은 '그보다 10분이나 빠른' 시각이었소. 그 10분 동안 그는 어디에 있었을까? 게다가, 조지 리의 부인도 전화를 걸었다고 했지. 하지만, 그녀는 전화를 건 일조차 없어요. 그녀는 어디에 있었을까?"

"방금 그녀와 이야기를 하던 것 같던데요, 포와로 씨?"

서그덴이 말했다. 그의 음성은 의구심으로 가득 차 있었다.

"당신이 잘못 봤소!" 포와로가 대답했다.

"예?"

"내가 그녀에게 말하고 있었던 게 아니오. 그녀가 내게 이야기를 했지!"

"오!"

서그덴은 이거나 저거나 뭐가 다르냐는 표정이었다. 하지만, 뭔가 의미가 있어서 그러려니 하는 생각이 들었는지 재차 물었다.

"그녀가 당신에게 이야기를 하고 있었다고요?"

"그렇다오. 그녀는 무엇인가 목적을 가지고 이리로 나왔던 거지요."

"무슨 말을 하려고 했는데요?"

"그녀는 몇 가지 강조하고 싶었던 게 있었던 게요." 포와로가 말했다.

"범죄의 성격이 비영국적이라는 점. 에스트라바도스 양의 아버지 쪽 혈통에 문제점이 있다는 것. 어젯밤 에스트라바도스 양이 수상쩍게도 방바닥에서 무엇인가 물건을 주웠다는 점 등등."

"정말 그녀가 그런 말을 하던가요?" 서그덴이 귀가 솔깃해지는지 물었다.

"그렇다오. 그런데, 도대체 그 아가씨가 주운 게 뭐요?"

서그덴이 한숨을 내쉬었다.

"사실 그것을 두고 저는 별의별 추측을 다 해보았습니다. 그걸 보여 드리죠. 이 오리무중의 미스터리를 한꺼번에 풀 수 있는 그런 물건입니다. 만일 당신이 그것에서 무엇인가 실마리라도 찾아낸다면 저는 정말이지 경찰에서 은퇴하고 말겠습니다!"

"그걸 내게 보여주시지요."

서그덴은 호주머니에서 봉투 하나를 끄집어냈다. 그리고 그 내용물을 자기 손바닥 위에다 올려놓았다. 그의 양미간이 조금 실룩거렸다.

"이겁니다. 도대체 이것이 무엇을 의미할까요?"

총경의 넓적한 손바닥 위에 놓인 물건은 삼각형의 연분홍색 고무조각과 조그마한 나무못이었다.

포와로는 그것을 집어 고개를 숙이고 열심히 들여다보았다. 그의 찡그린 얼굴이 점점 더 심각하게 굳어졌다.

"대체 어디서 떨어져 나온 것 같습니까, 포와로 씨?"

"혹시 세면도구 주머니에서 떨어져 나온 게 아닐까요?"

"맞습니다, 리 씨 방에 있던 세면도구 주머니에서 떨어져 나온 게 틀림없습니다. 누군가가 잘 드는 가위로 삼각형 조각을 잘라낸 것일 겁니다. 혹시 리 씨가 직접 그랬을지도 모르지요. 하지만, 도대체 무슨 이유로 그랬는지 모르겠군요. 이것에 대해선 호버리도 도통 모르겠답니다. 그리고, 그 나무못은 크리베이지(카드놀이의 일종)할 때 쓰는 못과 크기가 비슷합니다. 하지만, 그건 대개 상아로 만들지요. 이건 투박한 나무로 만들어져 있습니다. 제법 많이 깎아낸 것 같은데요."

"눈여겨봐 둘 일이군." 포와로가 중얼거렸다.

"원하신다면 당신이 보관하십시오." 서그덴이 친절하게 말했다.
"제겐 필요가 없습니다."
"이보시오, 난 괜히 당신 것을 빼앗고 싶지는 않소!"
"이것들이 아무 의미도 없다는 말씀입니까?"
"이까짓 것 무슨 의미가 있겠소?"
"거 참!"
서그덴은 허탈한 탄식을 하더니 그것들을 도로 자기 호주머니에 집어넣었다.
"어쨌든 수사는 계속 진행되고 있으니까 언젠간 쓸모가 있겠죠!"
포와로가 말했다.
"조지 리 부인 말이오, 에스트라바도스 양이 허리를 굽히고 이따위 하찮은 물건을 집는 걸 보고 그녀가 아무래도 수상하다고 자꾸 강조하는데, 당신은 그 말에 신빙성이 있다고 생각하시오?"
서그덴은 그 문제를 두고 곰곰이 생각해보았다.
"천만……, 에요." 그는 약간 망설이는 듯하더니 말을 이었다.
"저는 곧이곧대로 받아들이고 싶지 않습니다. 그 아가씨는 절대로 범죄를 저지를 만한 사람으로는 보이지 않았습니다. 그런 짓을 할 여자가 아닙니다. 그런데도 그 아가씨는 웬일인지 재빠르고 은밀하게 그것을 집더군요. '게다가, 그녀는 제가 자기를 지켜보는 줄도 모를 정도였다니까요.' 글쎄, 제가 그녀를 붙들자, 움찔 놀라기까지 하는 겁니다."
포와로는 잠깐 동안 뭔가를 곰곰이 생각하더니 심각한 어조로 말했다.
"당신 말이 무슨 뜻인지 알겠소. 맞아, 거기엔 이유가 있겠지. 하지만, 그럴 만한 이유가 무엇이었을까? 저 조그마한 고무조각은 너무나도 말끔해. 전혀 사용한 흔적도 없이 매끈해. 그래서, 더더욱 의미가 없단 말씀이야……."
서그덴이 답답하다는 듯이 말했다.
"포와로 씨께서나 그것에 대해 좀더 자세히 생각해보십시오. 저는 다른 것들 생각에도 바쁩니다."
"이 사건의 지금 상황에 대한 당신의 견해는 어떻소?" 포와로가 물었다.
서그덴은 자기 수첩을 끄집어냈다.

"사건을 원점에서부터 차근차근 정리해보도록 하시지요. 우선 살인을 할 수 없었던 사람들이 있습니다. 그 사람들은 일단 제외하도록 하겠습니다."

"그 사람들이 누구요?"

"앨프리드와 해리 리입니다. 그들의 알리바이는 완벽합니다. 앨프리드 리 부인도 마찬가지입니다. 트레실리언이 위층에서 우당탕하는 소리가 나기 약 1분 전에 그녀가 침실에 있는 것을 목격했답니다. 이 세 사람은 결백합니다. 그럼, 다른 사람들을 따져 보겠습니다. 여기 그 명단이 있습니다. 잘 알아볼 수 있도록 이렇게 정리를 해보았습니다."

그는 수첩을 포와로에게 건네주었다.

[사건 당시 상황]

조지 리 : ?

맥덜린 리 : ?

데이비드 리 : 음악실에서 피아노를 치고 있었음(자기 아내에 의해 확인되었음).

힐다 리 : 음악실에 있었음(남편에 의해 확인됨).

에스트라바도스 양 : 자기 침실에 있었음(확인 안 됨).

스티븐 파르 : 무도장에서 축음기를 틀어놓고 있었음(하인 전용 대기실에 있던 세 명의 하인이 그 소리를 들었다고 확인함).

그 명단을 뒤로 넘기면서 포와로가 말했다.

"그래서요?"

"그래서 말입니다." 서그덴이 말했다.

"영감을 죽일 수 있었던 사람은 조지 리입니다. 그리고, 조지 리 부인도 마찬가지입니다. 필라 에스트라바도스 양도 영감을 죽일 수 있었고요. 게다가, 데이비드 리 부부도 살인을 할 수 있었습니다."

"당신은 데이비드 리 부부의 알리바이를 믿지 못하겠다는 말이오?"

서그덴 총경은 고개를 끄덕였다.

"물론이지요. 남편과 아내는 언제나 한통속 아닙니까? 그들이 함께 범행을 저질렀을 수도 있고, 아니면 둘 중 하나가 범행을 하고 나머지 한 사람은 알리바이를 증명해줄 수도 있습니다. 저는 이렇게 봅니다. 누군가 한 사람은 반드시 음악실에서 피아노를 치고 있었습니다. 그건 데이비드 리였을 겁니다. 왜냐하면, 그는 제법 유명한 음악가니까요. 그리고 그의 아내가 함께 있었다는 사실을 증명할 사람은 자기 부부밖엔 아무도 없었습니다. 그런데, 사실 데이비드 리가 위층으로 올라가 자기 아버지를 살해할 동안 힐다 리가 피아노를 치고 있었을 수도 있단 말입니다! 그리고, 그 두 형제가 함께 식당에 있었다는 사실 또한 기이한 일이 아닐 수 없습니다. 앨프리드 리와 해리 리는 서로 굉장히 반목하는 사이이지요. 두 명 모두 상대를 위해 위증해주려고 하지는 않을 텐데, 그러니 이건 정말 오리무중입니다."

"스티븐 파르에 대해서는 어떻게 생각하시오?"

"그도 용의점이 있다고 봅니다. 축음기 알리바이가 어딘지 석연찮습니다. 어찌 보면 십중팔구 미리 짜인 완벽한 알리바이보다 더욱 기가 막힌 그런 알리바이인 듯도 하고요!"

포와로는 심각한 생각에 젖어 고개를 푹 숙였다.

"당신 말뜻은 알았소. '스스로 그런 혐의를 받게 되리라고는 꿈에도 생각 못할 그런 사람의 알리바이지.'"

"맞습니다! 하여간 저는 이번 사건에 전혀 생소한 인물이 관련되었다고는 생각지 않습니다."

포와로가 재빨리 말을 받았다.

"나도 동감이오. 이번 사건은 집안 문제지. 핏줄이 원수요. 핏줄 깊숙이 자리 잡고 있는 내부 문제, 원한에 사무친 면식범의 소행이야."

그는 양손을 내저으며 말했다.

"너무 어려워, 도무지 알 수가 없어!"

서그덴은 아무 말도 않고 묵묵히 포와로의 말을 듣고 있었으나, 표정으로 보아 포와로보다 그리 심각한 것 같지는 않았다. 그가 말했다.

“사실 어렵긴 합니다, 포와로 씨. 하지만, 하나하나 논리적으로 추려 가다 보면 해결이 될 겁니다. 지레 겁먹을 필요는 없지요. 지금 우리는 용의점을 추려냈습니다. 범행의 기회가 있었던 사람들을 추려낸 것이지요. 조지 리, 맥덜린, 데이비드 리, 힐다, 필라 에스트라바도스, 거기다 저는 스티븐 파르까지 추가하고자 합니다. 그럼, 지금부터는 범행 동기에 대해 따져 보도록 할까요. 리 씨를 그 지경으로까지 만들 만한 동기를 가진 사람이 누구일까요? 여기서도 우리는 몇 사람을 추려낼 수 있습니다. 예를 들어 에스트라바도스 양에 대해 생각해봅시다. 지금 현재의 유언장대로라면 그녀는 단 한 푼도 상속받을 수 없습니다. 만일 사이먼 리가 그녀의 어머니보다 일찍 죽었더라면 그녀는 자기 어머니의 몫을 상속받을 수 있었을 겁니다(혹시 그녀의 어머니가 그것을 다른 사람에게 주지만 않는다면). 하지만, 제니퍼 에스트라바도스가 사이먼 리보다 먼저 사망해 버리는 바람에 그녀가 받을 뻔한 몫은 전부 다른 가족들 몫으로 돌아가 버린 겁니다. 상황이 이러하므로 에스트라바도스 양은 영감이 살아 있기만을 바라야 할 입장이지요. 영감은 그녀를 무척 좋아했습니다. 영감은 새 유언장에서 그녀에게 상당한 유산을 남길 작정이었을 겁니다. 하지만, 영감이 죽어 버림으로써 그녀는 모든 것을 잃어버리고, 얻은 것은 단 한 가지도 없습니다. 제 말에 동의하십니까?”

“다 옳은 말이오.”

“물론 그녀가 할아버지와 언쟁을 벌이다가 홧김에 영감의 목을 잘라 버렸을 가능성도 있습니다만, 제가 보기엔 도무지 그럴 수는 없을 것 같습니다. 처음 만났을 때부터 그 두 사람은 사이가 좋았거든요. 그리고, 혹시 그녀가 할아버지에게 무슨 원한 같은 걸 갖고 있었다면 여기 그리 오래 머물고 있지도 않았을 겁니다. 그러므로, 에스트라바도스 양이 이번 사건과 관련 있다고 보기는 어려울 것 같습니다. 굳이 당신의 친구 조지 부인이 말한 대로 사람의 목을 자르는 행위가 아무래도 너무나 비영국적이라고 당신이 우기신다면야 어쩔 수 없는 노릇이지만…….”

“그녀를 나의 친구라고 부르지 마시오.” 포와로는 재빨리 말했다.

“내가 에스트라바도스 양을 당신 친구라고 불러도 좋겠소? 그 여자 말고 당신을 멋진 남자라고 불러준 여자가 어디 있겠소!"
그는 총경이 당황해서 엉거주춤한 모습에 터져 나오려는 웃음을 참지 않을 수 없었다. 총경의 얼굴이 시뻘게졌다. 포와로는 개구쟁이처럼 짓궂은 표정으로 그를 쳐다보았다.
그가 말했다. 음성엔 뭔가 말하고 싶어 못 참겠다는 기색이 역력했다.
"콧수염 한 번 멋지군요. 무슨 특수한 포마드라도 바르시오?"
"포마드라고요? 맙소사, 안 바릅니다!"
"무엇을 사용하는 겁니까?"
"무엇을? 전혀, 그냥 자라기에……."
포와로가 '후유' 하고 숨을 내쉬었다.
"당신은 천부적으로 매력을 타고 태어났소."
그는 자신의 잘 다듬어진 검은 콧수염을 매만졌다. 그러고는 한숨을 내쉬었다.
"원래의 색깔을 회복시키려고 아무리 값비싼 치장을 해도." 그는 중얼거렸다.
"털은 점점 윤기를 잃어만 간다오."
그까짓 수염 다듬는 문제 따위야 안중에도 없다는 듯 서그덴 총경은 시무룩하니 하던 말을 계속했다.
"사건 동기를 생각하면 스티븐 파르도 추려져야 할 인물이라고 생각합니다. 물론 스티븐 파르의 아버지와 리 씨 사이에 뭔가 좋지 않은 일이나 원한이 있었을 수도 있습니다. 하지만, 도무지 그럴 것 같지는 않습니다. 그 문제를 두고 말하는 스티븐 파르의 태도는 너무나 여유 있고 자신만만하거든요. 그는 아주 떳떳했습니다. 그가 일을 저질렀다면 그렇게 행동할 수는 없는 노릇이지요. 그를 털어본들 먼지 하나 나오지 않을 것이 뻔합니다."
"나도 당신과 동감이오." 포와로가 말했다.
"그리고 리 씨를 죽게 해서는 안 될 동기를 가진 사람이 또 한 사람 있습니다. 바로 막내아들 해리 씨입니다. 그 유언장에 따르면 그가 이득을 보는데, 저는 '그가 그 사실을 알고 있었다.'고 보지는 않습니다. 그는 그 사실을 절대로 알 수 없었지요! 그가 가출했을 때 그의 유산 상속 몫이 줄어든 것만은 틀림없는 사실이었던 것 같습니다. 하지만, 이 시점에서 그는 더 좋은 위치에 서게 되었지요! 아버지가 새 유언장을 만드는 것이 자신에게는 더 이익이 된다는 소리입니다. 그런데도, 그가 바보처럼 아버지를 살해할 리는 없지요. 아무리 따져 봐도 그가 범행할 이유가 없었습니다. 그러니, 차라리 다른 사람들을 차근차근 조사해보는 것이 낫습니다."

"다 옳은 말이오. 그러다가 얼마 안 있어 용의선상에 남는 사람은 하나도 없겠소!"

서그덴은 인상을 찡그렸다.

"그 지경까지 갈 리야 없죠! 조지 리와 그의 아내, 데이비드와 데이비드 부인이 있습니다. 이 사람들은 모두 영감이 죽음으로써 이득을 보는 사람들입니다. 그리고, 제가 조사한 바로는 조지 리는 특히 돈에 눈독을 들이고 있었던 사람입니다. 게다가, 영감이 그동안 대주던 돈을 더 줄이겠다고 으름장까지 놓았다고 합니다. 그래서 하는 말인데, 동기도 있고 살해의 기회도 있었던 인물은 조지 리인 것 같습니다!"

"계속해봐요." 포와로가 말했다.

"그리고 또 한 명 조지 부인! 고양이가 우유를 좋아하듯 돈이라면 사족을 못 쓰는 여자입니다. 그녀는 요즘 시시각각으로 빚 독촉에 시달리고 있었답니다! 또 스페인 아가씨를 질투했지요. 그녀는 그 아가씨가 영감에게 무척 잘 보였다는 사실을 재빨리 간파했습니다. 그리고 영감이 변호사를 호출하는 소리도 들었습니다. 그래서, 뭔가 뜨끔했던 거죠. 곰곰이 생각을 해보십시오."

"그것도 가능한 얘기요."

"그럼, 이번에는 데이비드 리와 그의 아내에 대해서 생각해보시지요. 그들도 현재의 유언장대로 상속을 받습니다. 하지만, 그들의 금전적 동기가 이번 사건을 일으킬 만큼 그렇게 강하지는 않은 것 같습니다."

"강하지 않다고?"

"예. 어찌 보면 데이비드 리 씨는 몽상가입니다. 돈만 바라는 그런 유형의 인간이 아닙니다. 하지만……, 글쎄요. 그는 좀 괴팍스런 인물입니다. 제가 보기에 그에게도 살인을 할 만한 세 가지 동기가 있습니다. 다이아몬드, 유언장, 그리고, 명백한 증오."

"아, 당신 생각이 정말 그렇소?"

서그덴이 말했다.

"당연하지요. 저는 줄곧 그런 생각을 해왔는걸요. 만일 데이비드 리가 자기 아버지를 살해했다면, 그건 돈 문제 때문이 아닐 겁니다. 그의 범죄 가능성을 가장 잘 설명해주는 것은 방이 온통 피바다였다는 사실입니다!"

포와로는 무슨 뜻인지 알겠다는 듯 그를 빤히 쳐다보았다.

"그래요, 나도 당신이 그런 생각을 하리라고 대충 짐작은 했었소. '그렇게도 많은 피.' 이 말은 앨프리드 부인이 한 말이지. 옛날 제식(祭式) 같은 걸 떠올리게 하는군요. 희생의 피, 희생의 피를 들이붓는 성별식(聖別式) 같은 것……."

서그덴이 인상을 찌푸리며 말했다.

"그럼, 누군가 미치광이가 그 짓을 했다고 생각한단 말입니까?"

"총경, 인간의 심성 깊숙한 곳에는 자신도 알 수 없는 본능이 감추어져 있소. 피를 보고 싶은 갈망……, 그건 곧 희생을 요구하지!"

서그덴이 이해가 안 된다는 듯 말했다.

"데이비드 리는 정말이지 법 없이도 살 수 있는 인물 같아 보이던데요?"

포와로가 말했다.

"심리학에 대해서 전혀 모르시는군. 데이비드는 과거 속에서 사는 인물이오. 기억 속에선 자기 어머니가 아직도 생생하게 살아 있는 인물이지. 자기 아버지가 어머니에게 저지른 짓을 용서할 수 없어 수십 년 동안 아버지의 곁을 떠나 있었던 사람이란 말이오. 그랬던 그가 아버지를 용서하기 위해 이곳에 왔다? 이건 우리로 하여금 뭔가 곰곰이 생각하게 하는 사실이라오. '그는 분명히 용서할 수가 없었을 게요.' 우리는 분명히 알고 있습니다. 데이비드 리가 자기 아버지의 시체 옆에 서 있을 때의 모습을……. 그건 오랫동안 삭혀 왔던 문제가 해결된 듯한, 아주 후련한 표정이었지. '하나님의 맷돌은 더디지만 잘게 갈린다.', '복수! 응보! 인과응보!'"

서그덴이 부르르 몸을 움츠렸다. 그가 말했다.

"속단하진 마십시오. 제 생각과는 영 딴판이군요. 물론 당신이 말한 대로일 수도 있습니다. 만일 그렇다면 데이비드의 아내는 알고 있을 겁니다. 그녀의 능력이 닿는 한 그를 도울 방법을……. 하지만, 그녀가 그렇게 하리라고 상상도 할 수 없습니다. 그녀를 살인자라고는 도무지 상상도 못하겠습니다. 그녀는 편안하고 상냥한 평범한 여자인걸요."

포와로는 의아한 눈초리로 그를 쳐다보았다.

"그녀를 보니 그런 생각이 들던가요?" 그가 나지막이 말했다.

"글쎄요. 수수하게 생긴 몸매만 봐도 그렇습니다. 제 눈이 틀림없을 겁니다!"

"그래, 당신 생각도 충분히 알 만해!"

서그덴은 그를 멀뚱멀뚱 쳐다보았다.

"자, 그럼, 포와로 씨. 이번엔 이 사건에 대한 당신의 견해는 어떠신지 좀 들어 볼까요?"

포와로는 천천히 말했다.

"나도 나 나름대로 생각을 해보았소. 하지만, 아직까지는 도무지 오리무중이라오. 그전에 우선 이 사건에 대한 당신의 간추린 설명부터 들어 봤으면 합니다."

"글쎄요. 이미 말씀드린 대로입니다. 가능한 동기는 세 가지죠. 원한, 금전, 그리고 다이아몬드. 사건을 시간대별로 정리해보도록 합시다. 3시 30분, 가족들이 모였습니다. 전 가족이 들을 수 있는 상태에서 변호사와 전화 통화를 합니다. 그리고 영감은 전원에게 나가라고 말했습니다. 그들은 겁먹은 토끼 떼처럼 슬금슬금 그 방에서 빠져나갔습니다."

"힐다 리가 뒤에 남았었소." 포와로가 말했다.

"물론 그녀가 뒤에 남았죠. 하지만, 그리 긴 시간은 아니었습니다. 그리고, 6시쯤 되어서 앨프리드가 자기 아버지와 이야기를 나누었습니다. 별로 유쾌하지 않은 대화였습니다. 해리가 다시 집으로 들어오게 되었기 때문에 앨프리드는 기분이 좋지 않은 거죠. 물론 앨프리드가 우리의 주요 용의자란 사실에는 아직 변함이 없습니다. 그는 비교적 강한 동기가 있습니다. 하여간, 얘기를 계속 연결시켜 봅시다. 그다음 인물은 해립니다. 그는 좀 들쭉날쭉한 인물입니다. 영감은 자기가 원하는 장소로 곧장 그를 불렀습니다. 하지만, 이 두 사람과의 대화 '이전에' 이미 사이먼 리는 다이아몬드가 없어진 사실을 알고서 저에게 전화를 했었습니다. 하지만, 그는 그 도난 사건을 그의 두 아들과 연관시켜 이야기하지는 않았습니다. 왜 그랬을까요? 제 소견으로는, 그는 두 아들 모두 도난사건과는 무관하다고 확신하고 있었던 것 같습니다. 그들 두 사람 중 어느 누구도 영감의 의심 대상은 아니었던 겁니다. 지금까지 제가 말씀드린 것을 듣고 대충 짐작은 하셨겠지만, 제 생각에 영감은 호버리와 '또 다른 어떤 인물'을 의심하고 있었던 것 같습니다.

그리고, 저 역시 영감이 품었던 생각에 전적으로 동감입니다. 그날 저녁은 누구라도 올라와서 자기와 함께 있는 것을 원치 않는다고 한 리 씨의 말을 기억해보십시오. 왜 그랬을까요? 그는 두 가지 일에 대비하고 있었기 때문입니다. 첫 번째는 저의 방문이었고, 두 번째는 '바로 그 용의자의 방문'이었던 겁니다. 그는 누군가에게 저녁식사가 끝난 즉시 올라와서 자기를 만나라고 했을 겁니다. 그렇다면, 문제의 그 인물은 과연 누구일까요? 아마 조지 리였을지도 모릅니다. 혹, 그의 아내였을 수도 있지요. 그리고, 이곳에 등장한 또 다른 인물일 수도 있습니다. 필라 에스트라바도스. 그는 그녀에게 다이아몬드를 보여줬습니다. 그 값어치에 대해서도 얘기해주었겠지요. 어떻게 우리가 그녀는 도둑이 아니라고 장담할 수 있지요? 우리는 그녀에 대한 이런 미심쩍은 의심을 그녀 아버지의 탐탁지 못했던 행적에서 끌어낼 수 있습니다. 그자는 십중팔구 전문 절도범이었을 것이고, 그걸로 감옥살이를 했을 인물입니다."

포와로가 천천히 말했다.

"당신 말대로라면 필라 에스트라바도스가 이곳에 나타난 이유는……."

"예, 도둑질을 하기 위해서였다고 볼 수 있죠. 다른 의도는 없었을 겁니다. 다이아몬드를 보는 순간 눈이 왈칵 뒤집혀 버렸는지도 모르고요. 그녀가 자기 할아버지를 덮쳐 공격했을지도 모르는 일입니다."

"그래요. 그랬을 가능성도 있지……." 포와로가 천천히 말했다.

서그덴 총경이 순간적으로 그를 뚫어질 듯 쳐다보았다.

"당신의 생각도 이게 아니었던가요? 대체 당신 생각은 무엇입니까?"

포와로가 말했다.

"나는 오직 한 가지 생각뿐이오. '죽은 사람의 성격.' 사이먼 리의 인간적인 태도는 어땠소?"

"그 점에 관해서라면 별로 의문스러운 점이 많진 않습니다."

서그덴이 눈에 힘을 주고 대답했다.

"말해보시오. 이 지방 사람들의 영감에 대한 인간적인 평판에 대해 듣고 싶소."

서그덴 총경은 그게 사건과 무슨 관련이 있는지 도무지 모르겠다는 표정을 지으며 자기의 턱을 만지작거렸다. 황당한 모양이었다. 그가 말했다.

"저 역시도 이 지방 사람은 아닙니다. 리브셔 출신입니다. 군(郡) 경계를 넘는 지역이지요. 이다음 군 말입니다. 하지만, 리 씨는 이 지역에선 널리 알려진 인물입니다. 저도 소문으로 들어 그에 대해 어느 정도 알고 있지요."

"그래요? 그래, 소문은 어떻던가요?"

"그는 탁월한 인물이었습니다. 그를 능가할 인물은 많지 않습니다. 게다가, 그는 돈 문제에 관한 한 관대했지요. 아낌없이 선심을 쓰는 인물이었습니다. 문득 아들 조지 리와는 정반대의 인물이라는 생각이 드는군요."

"아! 하지만, 이 가문에는 두 가지 서로 다른 기질이 흐르고 있다오. 앨프리드, 조지, 그리고 데이비드는 너무나도 흡사하게 어머니의 혈통을 빼닮았지. 나는 오늘 아침 화랑에서 초상화 몇 점을 보았소."

"그는 성격이 불 같았습니다." 서그덴 총경은 하던 말을 계속했다.

"그리고 여자 문제가 복잡했다는 평판도 받았죠. 물론 젊었을 때의 얘깁니다. 그는 지금까지 몇 년 동안 병상에 누워 있었습니다. 하지만, 그 와중에도 그는 언제나 관대했지요. 단점이 있었다면 너무 관대하게 돈을 지불한다는 것과 여자들과 지나치게 많은 염문을 뿌리고 다녔다는 것이죠. 그에게 부과되는 세금도 많았지만, 그는 전혀 개의치 않았습니다. 하지만, 그는 아내에겐 지독했었어요. 아예 다른 여자들과 놀아나면서 아내는 깡그리 무시했지요. 그래서, 그녀는 화병으로 죽었다고들 하더군요. 말이야 쉬운 말이지, 그녀만큼 불행한 여자도 없었을 겁니다. 정말 가련한 여자였죠. 그녀는 항상 병을 앓고 있었기 때문에 밖으로 잘 나돌아다니지도 못했다고 하더군요. 이런저런 일들로 미루어 볼 때, 리 씨가 괴상한 인물이었다는 데는 두말할 나위가 없습니다. 그리고 또 하나, 그에게는 복수의 기질 같은 게 있었습니다. 누구든 자기에게 해코지하면 반드시 보복을 하고야 말았다고 하더군요. 아무리 오랜 시간이 흐른 다음에라도 반드시 보복을 하고야 만다고 하더군요."

"하나님의 맷돌은 더디지만 잘게 갈리지." 포와로가 중얼거렸다.

서그덴 총경이 침통한 어조로 말했다.

"악마의 맷돌, 그것과 흡사하군! 사이먼 리에게 성인(聖人)같은 구석이라곤 한 군데도 없었습니다. 당신이 보기에 그는 자신의 영혼을 헐값으로 악마에게 팔아넘기고 그것을 즐기려는 인물 정도겠지요. 사실 그는 거만했습니다. 마치 루시퍼(마왕, 하늘에서 떨어진 교만한 대천사)처럼."

"루시퍼처럼 교만하다!" 포와로가 말했다.

"당신 말이 뜻하는 바가 너무나 많군요."

서그덴 총경이 어리둥절한 표정으로 말했다.

"설마 그가 너무 교만해서 살해되었다는 말은 아니겠지요?"

"내 말은 말이오." 포와로가 말했다.

"유산과 같은 것이 있다는 것이라오. 사이먼 리는 그 거만함을 자기 아들들에게 물려주었소."

그는 갑자기 말을 멈추었다. 힐다 리가 저택에서 나와 테라스 쪽을 지켜보며 서 있었기 때문이다.

3

힐다 리가 괜히 능청을 떨며 말했다.

"안 그래도 찾고 있었어요, 포와로 씨."

서그덴 총경은 이만 실례하겠다면서 저택 안으로 들어갔다. 그의 뒷모습을 바라보며 힐다가 말했다.

"저분과 함께 계신 줄은 몰랐어요. 전 필라와 함께 계신 줄 알았죠. 멋진 분 같아요. 이해심도 많아 보이고."

그녀의 목소리는 활달했다. 나지막한 음성에는 애교가 넘쳤다.

"저를 찾고 있었나요?" 포와로가 물었다.

그녀는 고개를 축 늘어뜨렸다.

"예. 저를 좀 도와주셨으면 해서요."

"물론이죠. 기꺼이 도와 드리겠습니다."

"선생님은 매우 지적인 분이세요. 어젯밤에 알았죠. 선생님이라면 쉽게 알아차리실 일들이 있어요. 제 남편을 이해해주셨으면 해요."

"그게 무슨 말씀이신지?"

"서그덴 총경이라면 제가 이런 말을 하지도 않을 거예요. 그분은 이해 못 하실 거예요. 하지만, 선생님은 이해해주실 것 같아요."

"영광입니다, 부인." 포와로는 허리를 굽혔다.

힐다는 차분한 음성으로 하던 말을 계속했다.

"벌써 그이와 결혼한 지 몇 년째 되지만, 제가 그이를 두고 할 수 있는 말이란 그이가 정신장애자란 말뿐이에요."

"아!"

"사람이 정신적으로 커다란 타격을 받게 되면 그것은 충격과 고통을 유발하게 됩니다. 하지만, 그것은 육체적 상처나 뼈가 아물 듯 아주 천천히 낫는 법이랍니다. 게다가, 낫더라도 조그만 흉터와 흔적은 남지요. 포와로 씨, 제 남편은 가장 감수성이 예민한 나이에 어마어마한 정신적 타격을 받았습니다. 사랑하는 어머니의 죽음을 목격하고 말았던 거예요. 그는 아버지가 어머니의 죽음에 대한 도덕적 책임을 져야 한다고 믿고 있었어요. 그 이후로 한 번도 어머니의 죽음으로 인한 충격으로부터 회복된 적이 없었지요. 아버지에 대한 적개심은 사라지지 않았습니다.

데이비드를 설득해서 이번 크리스마스 때 이리로 오게 한 건 바로 저였어요. 아버님과 화해시키기 위해서였지요. 저는 두 분이 화해하기를 원했습니다. 바로 그이 자신을 위해서. 저는 그이의 정신적 상처가 아물기를 원했습니다. 하지만, 지금에야 저는 그이를 이곳으로 오게 한 게 실수였다는 사실을 깨달았습니다. 아버님은 그 오래된 상처를 다시 들추어냄으로써 오히려 즐거워했거든요. 그건 정말……, 너무나 위험한 일이었어요."

"그럼, 남편이 아버님을 살해했다는 말씀입니까?" 포와로가 물었다.

"포와로 씨, 제 말은 그이라면 능히 그런 짓을 저지를 만하다는 뜻이지, 결코 그이가 그런 짓을 했다는 소리가 아니에요. 그이는 절대로 그런 짓을 하지 않았어요! 아버님이 살해되던 그 시각에 데이비드는 '장송곡'을 쳤어요. 살의(殺意)가 그의 가슴속에 있었던 거예요. 그것은 그의 손가락 끝을 통해서 나와 소리의 물결 속으로 사라져 버렸던 거예요. 이건 정말 숨김없는 사실이에요."

포와로는 잠깐 동안 아무 말도 없었다. 드디어 그가 입을 열었다.

"그럼, 부인, 과거의 그 드라마에 대한 부인의 결론은 무엇입니까?"

"제 시어머니의 죽음을 의미하는 건가요?"

"그렇소."

힐다는 천천히 말했다.

"저도 인생을 제법 살아왔어요. 선생님이 사람의 외양만으로 이번 사건을 판단하지 않으려 한다는 것쯤은 저도 알고 있어요. 대체적으로 봐서 아버님은 철두철미하게 비난받을 만했고, 시어머니는 불쌍할 정도로 학대만 당했어요. 동시에 철저히 순종하고 순교자처럼 참았을 거란 생각이 들더군요. 하지만, 어떤 부류의 사람들에게는 그런 것들이 오히려 사악한 본능을 자극하지요. 제 생각엔, 아버님은 뚜렷하고 강인한 성격의 사람들을 좋아했던 것 같아요. 끊임없이 참으면서 눈물이나 찍어내는 데는 아예 질색이었겠지요."

포와로는 고개를 끄덕거렸다. 그가 말했다.

"남편이 어젯밤 '어머니는 불평 한마디 안 하셨다.'라고 하셨다던데, 그게 사실입니까?"

힐다 리는 답답하다는 듯이 말했다.

"아니, 그렇지만은 않았겠죠. 어머님은 항상 데이비드에게 불만을 터뜨렸던 거예요! 어머님은 자신의 불행이라는 모든 짐을 그이의 어깨 위에다 지워주셨죠. 하지만, 그이는 그때 너무 어렸어요. 어머니가 그이에게 지우는 부담을 견디기에는 너무 어렸던 거예요!"

포와로는 심각한 표정으로 그녀를 쳐다보았다. 그녀는 그의 시선을 받자 얼굴을 붉히면서 입술을 약간 깨물었다.

"알았습니다." 그가 말했다.

"뭘 아시겠다는 거예요?" 그녀가 날카롭게 말을 받았다.

그가 대답했다.

"부인께서 그의 아내가 되기보다는 어머니가 되어야 한 이유를 알겠단 말씀입니다."

그녀가 돌아섰다.

바로 그때 데이비드가 저택에서 나오더니, 테라스를 따라 그들이 있는 곳으로 왔다. 그의 음성에는 분명히 뭔가 굉장히 기쁜 기색이 어려 있었다.

"힐다, 정말 날씨가 화창하지 않아? 겨울은커녕 봄 같군."

그는 더 가까이 다가왔다. 그는 머리를 위로 젖혀 하늘을 보고 있었다. 그의 금발이 이마 위로 헝클어져 내렸다. 푸른 눈이 빛났다. 그는 놀랄 만큼 젊어, 마치 소년같이 보였다. 그에게선 왠지 참신한 젊은이 같은 패기와 활짝 피어오르는 쾌활함이 넘쳐흘렀다. 에르큘 포와로는 숨을 가다듬었다…….

데이비드가 말했다.

"연못으로 내려가 볼까, 힐다?"

그녀는 웃었다. 그녀가 그의 팔짱을 끼더니 함께 가버렸다. 포와로는 그들이 몸을 돌리는 순간, 힐다가 자기에게 재빠르게 눈치를 보내는 것을 놓치지 않았다. 아니, 혹시 잘못 본 것은 아닐까? 괜히 잘못 보지 않았나 하는 생각도 들었다.

에르큘 포와로는 테라스의 반대편 끝으로 천천히 걸어왔다.

그는 혼잣말로 중얼거렸다.

"난 항상 나 자신에게 말했었지. 나는 고해성사 신부라고! 남자들보다 여자들이 더 뻔질나게 고해를 하러 오지. 오늘 아침에 온 사람들도 여자들이었어. 뭐 또 다른 게 없을까?"

그는 테라스 끝에서 되돌아 걸어왔다. 그는 자신의 의문에는 벌써 대답이 내려졌다는 것을 알고 있었다.

리디아 리가 그가 있는 곳으로 걸어오고 있었다.

4

리디아가 말했다.

"안녕하세요, 포와로 씨? 여기 해리와 함께 있을 거라고 트레실리언이 그러더군요. 그런데, 혼자 계시니 오히려 잘 됐어요. 제 남편이 선생님에 대해 줄곧 얘기하더군요. 그이가 선생님에게 꼭 하고 싶은 말이 있나 봐요."

"아! 그래요? 지금 제가 가서 그분을 만날까요?"

"아뇨, 지금은 안 돼요. 그이는 어젯밤에 한숨도 못 잤어요. 그래서, 제가 푹 자도록 독한 맥주를 한 잔 주었답니다. 그이는 아직까지 자고 있어요. 괜히 깨우고 싶지 않아요."

"아, 그랬군요. 잘하셨습니다. 어젯밤 충격이 몹시 큰 것 같더군요."

그녀가 심각한 어조로 말했다.

"벌써 아시겠지만, 포와로 씨, 그이는 너무 신경을 많이 썼어요. 다른 사람들보다 훨씬 많이요."

"알고 있습니다."

그녀가 물었다.

"혹시 선생님이나 총경이나, 누가 그런 짓을 했는지 단서라도 좀 잡으셨는지요?"

포와로가 신중하게 대답했다.

"확실하게 아는 것은……, 부인, 누가 그 짓을 하지 않았는지에 대해서는 확실히 알고 있습니다."

리디아는 몹시 초조한 듯한 표정으로 말했다.

"정말 악몽 같았어요. 해괴하기도 하고, 꿈인지 생시인지 믿어지지 않을 정도예요!" 그녀는 덧붙였다.

"호버리에 대해선 어떻게 생각하시나요? 정말 자기주장대로 극장에 있었던가요?"

"예, 부인. 그 사람 진술은 이미 확인되었습니다. 그 사람 말은 모두 사실이었습니다."

리디아는 하던 말을 멈추고 주목나무를 약간 잡아 뜯었다. 그녀의 얼굴이 약간 창백해졌다. 그녀가 말했다.

"더욱 무서운 일이군요! 이젠 오직 가족들밖에 안 남았잖아요!"

"그렇습니다."

"포와로 씨, 전 정말 믿어지지가 않아요."

"부인, 부인은 믿으셔야 합니다. 마음을 단단히 먹어야 합니다!"

그녀는 마치 항의라도 할 기세였다. 그러나, 그녀는 갑자기 씁쓸한 미소를 지으며 말했다.

"정말 뻔뻔스런 위선자야!"

포와로가 고개를 끄덕였다.

"제게 솔직히 말해주시지요, 부인." 그가 말했다.

"부인 생각에도 가족 중 누군가가 아버님을 살해한 게 틀림없다고 생각할 텐데요?"

리디아가 날카롭게 말했다.

"정말 해괴망측한 말씀만 하시는군요, 포와로 씨!"

"예, 해괴망측하지요. 하지만, 괴상하긴 부인의 시아버지도 마찬가지였습니다!"

리디아가 말했다.

"가련한 분이었어요. 전 지금에야 아버님이 안됐다는 생각이 들어요. 살아생전 저를 그렇게도 괴롭히시더니."

"저도 상상이 갑니다!" 포와로가 말했다.

그는 석단들 중 하나로 몸을 굽혔다.

"이건 정말 기발한 착상이군요. 멋있는데요."

"마음에 드신다니 다행이네요. 제 취미예요. 펭귄과 얼음으로 북극을 꾸민 이 작품은 어때요?"

"멋지군요. 그런데 이것, 이건 뭐죠?"

"오, 그건 사해(死海)예요. 만드는 중이에요. 아직 미완성이죠. 제발 그건 이제 그만 보시고 다른 것을 보세요. 이건 코르시카에 있는 피아나가 될 것 같아요. 저기 저 바위들, 분홍색이 너무너무 아름다워요. 새파란 바다가 어울리죠. 이 사막 풍경은 재밌지 않아요?"

그녀는 그를 이끌고 갔다. 마침내 제일 마지막 것에 도달했을 때, 그녀는 자기 손목시계를 내려다보았다.

"이젠 가서 앨프리드가 깨어났는지 봐야겠어요."

그녀가 가고 나자 포와로는 사해를 표현했다는 정원으로 천천히 돌아왔다. 그는 그것을 대단히 흥미로운 눈초리로 살펴보고 있었다. 그러더니, 자갈을 약간 파헤치는 것이었다. 손가락으로 그것들을 이리저리 뒤적거렸다.

갑자기 그의 안색이 확 바뀌었다. 그는 자갈을 집어들어 얼굴 가까이 가져갔다.

"이럴 수가! 이게 도대체 어떻게 된 일이지?" 불어로 말했다.

제5부

12월 26일

1

서장과 서그덴 총경은 믿어지지 않는다는 듯 포와로를 쳐다보았다. 포와로는 조그마한 자갈들을 작은 판지(板紙) 상자 속으로 주르르 쏟아 넣었다. 그러고는 서장 앞으로 그것을 쑥 내밀었다.

"그래, 틀림없어." 그가 말했다.

"이것들은 다이아몬드가 틀림없어."

"도대체 어디서 그걸 찾아냈다고 했나? 정원에서?"

"앨프리드 리 부인이 만든 소형 정원들 중 한 군데에서 찾았네."

"앨프리드 부인?" 서그덴은 고개를 내저었다.

"도저히 그럴 리가 없는데……."

포와로가 말했다.

"아, 당신은 앨프리드 리 부인이 자기 시아버지의 목을 졸랐을 경우는 도저히 상상도 할 수 없단 말이군요?"

서그덴이 재빨리 대답했다.

"우리는 그녀가 절대로 그런 짓을 하지 않았다는 걸 알고 있습니다. 제 말은, 그녀가 이 다이아몬드들을 훔칠 만한 인물이 아니라는 것이죠."

"누구든 쉽게 그녀가 도둑이라고 믿지는 않을게요." 포와로가 말했다.

"아무도 그곳에 이것들을 숨길 수는 없었습니다." 서그덴이 말했다.

"그 말은 맞소. 바로 그 정원은 편리한 장소였지. 사해라고 만든 바로 그 정원 말이오. 우연히도 모양과 형태가 아주 흡사한 자갈들이 있었거든."

"그녀가 미리 그렇게 맞추어 두었단 말씀입니까?" 서그덴이 말했다.

존슨 대령이 격한 음성으로 말했다.

"순전히 억지로군. 말도 안 돼. 왜 그녀가 하필이면 제일 먼저 그런 장소에 다이아몬드를 갖다 두었겠나?"

"글쎄요. 그 점에 관해서라면……." 서그덴이 천천히 말했다.

포와로가 재빨리 그 점을 물고 늘어졌다.

"그 점에 관해서라면 이렇게 대답할 수도 있네. 그녀는 살인 동기를 암시하기 위해 다이아몬드를 훔쳤어. 말하자면, 그녀는 자기가 살인에 적극적인 역할을 하지 않더라도 살인이 진행될 것이라는 사실을 알고 있었단 말이지."

존슨은 인상을 찡그렸다.

"그건 정말 어불성설일세. 자네는 그녀를 공범으로 몰고 있구먼. 하지만, 대체 그녀가 공범 같은가? 그녀의 남편만 해도 그렇네. 우리가 아는 바로는 그는 살인과 아무런 관련도 없어. 그런 추측은 다들 터무니없는 소리야."

서그덴은 심각한 표정으로 자기의 턱을 어루만졌다.

"예—." 그가 말했다.

"사실 그렇습니다. 만일 다이아몬드를 훔친 사람이 리 부인이 분명하다거나, 혹은 그녀가 그 장소를 범인을 쫓는 수사가 잠잠해질 때까지 다이아몬드를 숨겨 놓기 위해 선택한 장소라면 문제는 제법 심각합니다. 하지만, 또 다른 가능성이 하나 있습니다. 우연의 일치일 경우가 바로 그것이지요. 그 정원엔 다이아몬드와 비슷한 자갈들이 깔려 있기 때문에, 범인이 남자든 여자든 간에 그곳을 본다면 숨겨놓기에는 안성맞춤이라는 생각이 번쩍 들 겁니다."

포와로가 말했다.

"정말 그럴 수도 있겠군. 나도 우연의 일치에 불과할지도 모른다는 생각을 했지요."

그래도 서그덴은 확신이 안 선다는 듯 고개를 내저었다.

"당신 생각은 어떻소, 총경?" 포와로가 말했다.

서그덴 총경은 조심스럽게 말했다.

"리 부인은 매우 영민한 여자입니다. 괜히 그런 일에 연루될 여자로 보이지 않습니다. 하지만, 알 수 없는 게 사람의 마음이니까요."

존슨 대령이 불끈 화가 치민 듯한 표정으로 말했다.

"아니, 다이아몬드 문제의 진실이 어쨌든 간에, 그녀가 살인에 연관되었다는 사실은 일단 문제 밖이네. 집사가 범행 시간에 그녀가 거실에 있는 것을 목격했어. 자네도 알지 않는가, 포와로?"

"물론, 알고 있네." 포와로가 말했다.

서장은 자기 부하 쪽을 쳐다보았다.

"계속하게. 보고할 것이 뭔가? 뭐 새로운 것이라도 있나?"

"예. 새로운 정보 몇 개를 입수했습니다. 호버리에 관한 겁니다. 그자가 경찰만 보면 지레 겁을 집어먹는 이유를 알아냈습니다."

"절도 전과라도 있는가?"

"아닙니다. 공갈로 돈을 갈취한 전과가 있더군요. 가벼운 공갈 협박입니다. 구속될 정도의 사건은 아니었지만, 그에게는 그와 유사한 전과가 몇 차례 더 있을 것으로 생각됩니다. 범죄를 저지른 죄의식이 있었기 때문에, 경찰이 혹시 자기 일로 오지 않았나 싶어 괜히 위축되고 당황했던 것이죠."

"음, 호버리에 대해선 그만하면 충분해. 그 밖에는!" 서장이 말했다.

총경은 기침을 했다.

"조지 리 부인에 관한 겁니다. 결혼 전의 그녀에 대해서 좀 알아냈습니다. 존슨 중령과 함께 살았다고 하더군요. 그의 딸이었다는 얘기죠. 하지만, 사실은 '딸이 아니었습니다.' 우리가 들은 얘기로 추측해보건대, 리 영감은 그녀에 대해 어느 정도 정확하게 알고 있었던 것 같습니다. 여자들과 관련된 것이라면 그 영감만큼 달통한 사람도 없지요. 그는 척하면 삼천리인 인물입니다. 게다가 어둠 속에서 불시에 한 방 먹이기를 좋아하는 인물이지요. 그는 그녀의 가장 아픈 곳을 찔렀던 겁니다!"

존슨 대령이 곰곰이 생각에 젖은 채 말했다.

"돈 문제를 떠나서 그녀의 또 다른 동기가 될 수 있겠군. 그녀가 영감이 자신에 대해서 뭔가 확실한 꼬투리를 잡아 남편에게서 물러나도록 하려 한다고 생각했을지도 모를 일이야. 그녀의 전화 이야기에선 뭔가 수상쩍은 냄새가 나. '그녀는 전화를 걸지도 않았어.'"

그는 벨을 눌렀다. 그 소리를 듣고 트레실리언이 들어왔다.

"조지 리 부부에게 이리로 좀 오시라고 전해 주시오."
"알겠습니다, 서장님."
늙은 하인이 돌아설 때 포와로가 말했다.
"저 달력의 날짜는 살인사건이 나던 날 이후 그대로요?"
"어떤 달력 말입니까, 선생님?" 트레실리언이 돌아섰다.
"저기 벽에 걸린 달력 말이오."
세 명의 사나이가 앉아 있는 방은 앨프리드 리의 조그마한 거실이었다. 문제의 그 달력은 낱장을 찢도록 되어 있는 대형 달력이었다. 낱장마다 큼직한 날짜가 적혀 있었다.
트레실리언은 방 건너편을 유심히 쳐다보았다. 천천히 한두 걸음 더 다가가 보았다.
"송구스럽습니다만, 선생님. 찢겼는데요. 오늘은 26일입니다."
"아, 됐소. 누가 저걸 찢습니까?"
"매일 아침 리 씨가 하시지요. 앨프리드 씨는 몹시 꼼꼼한 분이십니다."
"알았소. 고맙소."
트레실리언이 나가자 서그덴이 물었다. 몹시 어리둥절한 눈치였다.
"달력에 뭐 수상한 점이라도 있습니까, 포와로 씨? 제가 저기서 뭘 빠뜨리기라도 했나요?"
어깨를 으쓱거리며 포와로가 말했다.
"달력이야 별것 아니지요. 내가 벌여 놓은 조그만 시험이었을 뿐입니다."
"검시 재판은 내일일세. 물론 연기할 수도 있어." 존슨 대령이 말했다.
서그덴이 말했다.
"예. 저도 검시관을 만났습니다. 준비는 다 되었더군요."

2

조지 리가 자기 아내와 함께 방으로 들어왔다.
존슨 대령이 말했다.

"잘 주무셨습니까? 앉으시지요. 두 분께 몇 가지 물어볼 게 있습니다. 좀 불명확한 부분이 있어서."

"기꺼이 도와 드리지요." 조지가 대답했다. 다소 허세가 섞인 말이었다.

맥덜린도 조그만 음성으로 말했다.

"물론 대답해 드리겠어요."

서장이 서그덴 총경을 보고 고개를 살짝 끄덕였다. 서그덴이 말했다.

"사건이 발생한 날 밤, 이 전화로 통화를 하셨다던데? 웨스터링검으로 했다고 하셨던가요, 리 씨?"

조지가 냉담하게 대답했다.

"아, 했소. 국회 대리인에게 했습니다. 그에게 직접 확인해보시지요?"

서그덴 총경은 손을 들어 괜히 삭막해지려는 분위기를 막았다.

"아니, 진정하십시오, 리 씨. 우리가 문제 삼고자 하는 건 그게 아닙니다. 정확히 8시 59분에 통화를 시작했습니까?"

"글쎄요. 정확한 시간은 잘 모르겠소이다."

"아—." 서그덴이 말했다.

"하지만, 우리는 그걸 정확히 알 수 있지요! 그런 조사라면 우린 언제나 한 치의 빈틈도 없으니까요. 통화는 8시 59분에 시작해서 9시 4분에 끝났더군요. 의원님의 아버님, 그러니까 리 씨는 9시 15분에 살해되셨습니다. 여기서 제가 분명히 묻고자 하는 것은 의원님의 당시 행적입니다."

"이미 말했다시피, 나는 분명히 통화 중이었다니까!"

"아닙니다, 리 씨. 의원님은 전화를 하고 있었던 것이 아닙니다."

"터무니없는 소리 마시오. 당신이 실수한 거요! 분명히 내가 전화를 끝낼 무렵이었던 것 같소. 또 다른 전화를 할까 망설이던 중이었소. 통화료가 무척 비싸게 나오겠구나 하고 생각하던 중에……, 위에서 들려오는 소리를 들었소."

"그렇지만, 10분 동안이나 통화를 하고 계셨다고 말하실 수는 없을 텐데요?"

조지의 얼굴이 시뻘겋게 상기되었다. 그가 흥분해서 말을 마구 뱉어내기 시작했다.

"대체 무슨 말이오? 그런 악담이 어디 있소? 뻔뻔스런 수작 마시오! 내 말이 의심스럽단 말이오? 그래, 나 같은 위치에 있는 사람의 말을 의심할 수 있단 말이오?"

포와로는 총경을 흘끔 쳐다보았다. 총경은 도리어 당황해서 멍하니 있었다. 그가 말했다.

"분명하게 해명을 해주시는 게 상식입니다."

조지는 화가 잔뜩 난 얼굴로 서장을 노려보았다.

"존슨 대령, 당신은 이런 행동을 어떻게 보시오? 이런 해괴망측한 행동을 말이오?"

서장은 단호하게 말했다.

"사건 자체가 살인사건인 만큼 이런 질문은 당연합니다. 리 씨, '대답을 해주시지요.'"

"나는 이미 대답했소! 전화를 끝내고 나서, 음, 다음 전화를 생각하고 있었소."

"2층에서 그 비명소리가 났을 때 틀림없이 이 방에 계셨습니까?"

"그렇소, 분명하오."

존슨 대령은 맥덜린을 쳐다보았다.

"리 부인." 그가 말했다.

"부인은 이렇게 말씀하시지 않으셨습니까? 부인은 비명소리가 날 때 전화를 걸고 있었는데, 그때 이 방에 있었던 사람은 부인 혼자밖에 없었다고."

맥덜린은 난처한 표정이었다. 그녀는 호흡을 가다듬었다. 곁눈질로 조지와 서그덴을 번갈아 쳐다보았다. 그리고 애원하는 눈초리로 존슨 대령을 쳐다보았다. 그녀가 말했다.

"오, 사실은……, 저도 잘 모르겠어요. 제가 무슨 말을 했는지 기억이 잘 안 나는군요. 그때는 워낙 경황이 없어서……."

서그덴이 말했다.

"짐작하시겠지만, 저는 부인의 진술을 이미 다 적어 두었습니다."

그녀는 말머리를 그에게로 돌렸다. 입술은 가늘게 떨리고 있었고, 눈에는 애원하는 기색이 역력했다. 하지만, 그녀의 그런 태도에는 아랑곳하지 않는, 준엄한 표정을 한 사내의 쌀쌀맞은 눈빛에 그녀의 두 눈이 마주치자, 그녀는 그냥 속수무책이 되고 말았다.

그녀는 애매모호한 말로 얼버무리려 했다.

"사실, 전화를 하긴 했어요. 하지만, 언제인지는 확실히 모르겠어요."

그녀는 말을 멈추었다.

"그게 다 무슨 말이오? 대체 어디서 전화를 했다는 게요? 여기서는 아니겠지?" 조지가 말했다.

서그덴 총경이 말했다.

"아무리 생각해도, 부인은 '아무 데도 전화를 하지 않았던 것' 같은데요. 솔직히 어디서 무얼 하고 계셨습니까?"

맥덜린은 안절부절 주위를 흘끔거리더니, 마침내 울음을 터뜨리고 말았다. 그녀는 훌쩍훌쩍 울먹였다.

"조지, 저 사람들이 제발 제게 큰소리로 윽박지르지 못하게 해주세요! 당신도 아시다시피 저는 누가 큰소리를 치며 위협하듯 질문하면 아무것도 기억해내지 못하는 여자예요! 전 어젯밤 제가 대체 무슨 말을 했는지 하나도 모르겠어요. 다만 무섭고, 워낙 경황이 없어서 그랬나 봐요. 그래도 그렇지, 아무려면 저를 이렇게 몰아세울 수가……."

그녀는 벌떡 일어서더니 훌쩍이며 방 밖으로 뛰어나갔다.

조지 리가 벌떡 일어서서 냅다 고함을 질렀다.

"대체 이게 무슨 짓들이오? 당신들이 워낙 강요해 대는 통에 내 아내는 겁에 질려 제정신을 잃고 말았소! 내 아내는 예민한 여자요. 정말 불쾌하기 이를 데 없소! 나 자신도 바로 이 집 안에서 경찰로부터 강압적인 질문을 받았소. 이건 정말 너무나 불쾌한 일이야!"

그는 성큼성큼 방을 걸어나가더니 문을 '쾅' 하고 닫았다.

서그덴은 머리가 뒤로 젖혀질 정도로 큰소리로 껄껄 웃었다.

"뚜렷해지는군! 이제 곧 모든 걸 알게 될 것 같습니다."

존슨이 얼굴을 찡그리며 말했다.

"예사로 보아 넘길 일이 아닐세! 아무래도 뭔가 냄새가 나. 그녀의 진술을 들어 봐야만 하겠네."

서그덴이 자신만만하게 말했다.

"물론이죠! 그녀는 잠시 뒤 꼭 되돌아올 겁니다. 무슨 말을 할지 계산을 해서 말이지요. 안 그렇습니까, 포와로 씨?"

앉은 채 뭔가 몽상처럼 깊은 생각에 잠겨 있던 포와로가 말했다.

"뭐라고 했나요?"

"그녀가 이리로 반드시 되돌아올 것이라고 했습니다."

"아마, 그래요, 그럴지도 모르지. 맞아요, 올게요!"

서그덴이 그를 빤히 쳐다보며 말했다.

"왜 그러십니까, 포와로씨? 유령이라도 봤나요?"

"나 같으면 방금 같이 그렇게 하지 않겠소." 포와로가 천천히 대답했다.

"자, 그럼 그 밖에 또 있나, 서그덴?" 존슨 대령이 짜증스럽다는 듯 말했다.

서그덴이 말했다.

"저는 사람들이 사건 현장에 도착한 순서를 하나하나 조사해보았습니다. 무슨 일이 벌어졌는지는 뻔합니다. 살인범은 집게 같은 것을 이용해 문을 잠그고 현장을 빠져나가서 1, 2분쯤 뒤에 허겁지겁 살인 현장으로 올라오는 사람들 틈에 끼여 다시 올라왔습니다. 그런 상황에서는 사람들의 기억이 정확하지 못하기 때문에, 불행하게도 정확한 상황을 간추릴 수 없지요. 트레실리언은 해리와 앨프리드가 식당에서 홀을 가로질러 2층으로 달려가는 것을 보았다고 했습니다. 그 말대로라면, 그들은 일단 제외해야 합니다. 제가 알아낸 바로는, 에스트라바도스 양이 거기에는 제일 나중에 나타났기 때문에, 그들은 일단 열외로 해두어야겠습니다. 대충 정리를 해보니 파르와 조지 리 부인, 그리고 데이비드 부인이 제일 먼저 나타난 것 같습니다. 그들 세 사람이 이구동성으로 말하기를, 자기들보다 앞질러 누군가가 올라갔다고 하더군요. 그게 바로 어려운 점입니다. 고의적인 거짓말인지, 아니면 기억이 흐릿해서인지 구분을 못 하겠습니다. 다들 거기로 뛰어올라갔었다는 사실은 일치합니다. 하지만, 어떤 순서로 올라갔는지는 도무지 오리무중입니다."

"그게 중요하다고 생각하시오?" 포와로가 천천히 입을 열었다.

서그덴이 말했다.

"그건 시간적 요건입니다. 생각을 해보십시오. 시간은 눈 깜짝하는 순간만큼 짧았습니다."

포와로가 말했다.

"이번 사건에서 시간적 요소가 제일 중요하다는 점에는 나도 동감이오."

서그덴이 계속 말했다.

"문제를 더욱 어렵게 하는 것은 계단이 두 군데였다는 사실입니다. 식당과 거실에서 거의 같은 거리에 홀의 주(主) 계단이 있습니다. 그리고 또 하나는 이 집의 끝에 있습니다. 스티븐 파르는 끝쪽 계단으로 올라갔습니다. 에스트라바도스 양도 이 집 끝쪽 계단을 따라 올라갔지요(그녀의 방은 반대편 끝의 오른쪽입니다). 다른 사람들은 그들이 이쪽으로 올라갔다고 합니다."

"몹시 헛갈리는데." 포와로가 말했다.

문이 열렸다. 맥덜린이 재빨리 안으로 들어왔다. 그녀는 숨을 가쁘게 몰아쉬며 헐떡이고 있었다. 양쪽 뺨엔 조그만 홍조를 띠고서. 그녀가 테이블로 다가오더니 낮은 음성으로 말했다.

"제 남편은 제가 누워 있는 줄로만 알아요. 살금살금 제 방을 빠져나왔어요, 존슨 대령님."

그녀는 실의에 빠진 눈망울을 큼직하게 굴리며 대령에게 호소했다.

"제가 사실을 말씀드리면 비밀을 지켜주시겠어요? 모든 걸 공개하지는 않으실 거죠?"

존슨 대령이 말했다.

"부인의 조건을 수락합니다. 이번 사건과는 무관한 일입니까?"

"예, 전혀 관계없어요. 사실은 제, 사생활에 얽힌 일이에요."

"솔직히 털어놓고 저희의 판단에 맡기십시오." 서장이 말했다.

맥덜린이 두 눈을 껌벅거리며 말했다.

"예, 대령님을 믿겠어요. 믿어도 될 것 같아요. 사실은……."

그녀는 일단 말을 멈추고 망설였다.

"사실은요, 리 부인?"

"저는 어젯밤 누군가에게 전화를 하려고 했었어요. 제 남자친구 중 하나에요. 그래서, 그걸 조지에게 알리고 싶지 않았던 거예요. 제가 부정한 여자라는 건 알아요. 하지만, 하여간 저는 식사가 끝난 뒤 조지가 식당에 있는 줄로 알고 안심하고 전화를 걸러 왔었어요. 그런데, 이 방으로 와 보니 그이가 전화를 하고 있더군요. 그래서 저는 기다렸어요."

"어디서 기다리셨습니까, 부인?" 포와로가 물었다.

"계단 뒤 코트와 물건을 넣어두는 곳이었어요. 그곳은 컴컴하더군요. 저는 거기 숨어서 조지가 방에서 나오길 기다렸죠. 하지만, 그이는 나오지 않더군요. 그런데, 바로 그때 소리가 났어요. 아버님의 비명이었죠. 저는 위층으로 달려 올라갔어요."

"그래, 부인의 남편께서는 살인사건이 나던 그 순간까지도 이 방을 떠나지 않았단 말씀인가요?"

"예."

서장이 물었다.

"그럼, 부인은 9시에서 9시 14분까지 계단 뒤 벽장에서 기다렸단 말이지요?"

"예. 하지만 그것도 굳이 그렇다고는 말씀드리지 못하겠네요! 거기서 제가 뭘 하고 있었는지 알고 싶으실 테니까요. 정말이지 아주 무서웠어요. 이해가 가실 거예요."

"정말 끔찍했겠죠." 존슨이 담담하게 말했다.

그녀는 그를 보고 싱긋 웃었다.

"사실을 털어놓고 나니 속이 후련하네요. 설마 제 남편에게 말하지는 않으실 테죠? 절대로 말하지 않으리라 믿어요! 여러분 모두를 믿겠어요."

그녀는 그들 전부를 애원하는 눈길로 한 번씩 쳐다보더니 재빨리 방을 빠져나갔다.

존슨 대령이 심호흡을 했다.

"글쎄." 그가 말했다.

"그럴듯하긴 한데! 제법 그럴 듯한 얘기야. 또 달리 생각하면……."

"그럴 리가 없습니다." 서그덴이 말을 맺었다.

"아직까지는 알 수 없는 노릇입니다."

3

리디아 리는 거실 창가에서 멀찌감치 서서 밖을 내다보고 있었다. 그녀의 모습은 두툼한 창문 커튼에 반쯤 가려져 있었다. 그녀는 뭔가 인기척이 나는 소리에 뒤를 돌아보았다. 문 옆에 에르큘 포와로가 서 있었다.

"깜짝 놀랐어요, 포와로 씨." 그녀가 말했다.

"미안하군요. 살살 걷는 통에 괜히 부인을 놀라게 했습니다."

"호버리인 줄 알았어요." 그녀가 말했다.

에르큘 포와로는 고개를 끄덕였다.

"그 사람도 살살 걷죠. 마치 고양이처럼……. 아니, 도둑 같다고나 할까!"

그는 잠시 그녀를 빤히 쳐다보고는 말을 멈추었다.

그는 무표정했다. 하지만, 그녀는 약간 불쾌한 듯 찡그린 얼굴이었다.

"한 번도 그 사람을 탐탁하게 여겨 본 적이 없어요. 없어졌으면 속이 후련하겠어요."

"차라리 그게 낫겠습니다, 부인."

그녀는 흘끔 그를 쳐다보면서 말했다.

"무슨 뜻으로 하신 말씀이세요? 그에 대해 뭣 좀 알고 계시기라도 하나요?"

포와로가 말했다.

"그는 비밀만 수집하고 다니는 사내랍니다. 그리고, 그 수집한 비밀을 이용해 자기의 이익을 얻죠."

그녀가 날카롭게 말했다.

"그럼, 그가 이번 살인사건에 대해 뭔가 알고 있는 게 있다는 말씀이세요?"

포와로는 양 어깨를 으쓱해 보이고는 말했다.

"그는 도둑고양이 같은 발걸음에 기다란 귀를 가진 인물이지요. 분명히 뭔가 엿들은 게 있긴 있을 텐데, 속으로 꿍하니 자기 혼자만 알고 있을 겁니다."

리디아가 단호한 어조로 말했다.

"우리 가족들 중 누구에게 공갈 협박을 할 거라는 말씀이군요?"

"그럴 가능성이 있다는 말씀이죠. 하지만, 제가 이렇게 온 것은 그 말씀을 드리기 위해서가 아닙니다."

"무슨 말씀을 하시려고 오셨는데요?"

포와로는 천천히 입을 열었다.

"저는 앨프리드 리 씨와 이야기를 나누었습니다. 그분은 제게 한 가지 제안을 하더군요. 그래서, 저는 그것을 받아들이거나 거절하기 전에 먼저 부인과 그것에 대해 이야기를 나누어 보고 싶어 이렇게 왔습니다. 그건 그렇고, 지금 부인이 입고 계신 그 스웨터 정말 멋있습니다. 짙은 붉은색의 커튼과 어울려 그야말로 일품인데요."

리디아가 날카롭게 말했다.

"포와로 씨, 정말로 그런 쓸데없는 아첨이나 하시면서 시간을 허비하실 건가요?"

"아, 실례 좀 하겠습니다, 부인. 영국 여자들은 열이면 열 모두 옷을 잘 입지 못하죠. 부인이 입고 있는 옷을 어제저녁 처음 보았습니다. 대담하면서도 단순한 스타일이더군요. 정말 우아합니다. 여느 여자들과는 확연히 달라요."

리디아가 짜증스럽다는 듯이 말했다.

"대체 저를 만나러 오신 이유가 뭔가요?"

포와로의 표정이 심각해졌다.

"부인, 댁의 남편께서는 제가 아주 진지하게 조사해주기를 바라십니다. 그는 제가 바로 이곳, 이 집에 머물면서 사건의 내막을 밝히는 데 최선을 다해 주기를 원하십니다."

"그래서요?" 리디아가 날카롭게 말했다.

포와로는 천천히 말했다.

"저는 집안의 안주인 허락 없이는 그런 제안을 받아들이고 싶지 않습니다."

"저야 여자니까 남편의 제의에 당연히 따라야겠지요."

그녀는 냉담하게 말했다.

"예, 부인. 하지만, 저는 그 이상이 필요합니다. 진정으로 제가 이 집에 머물기를 원하십니까?"

"왜, 안 되나요?"

"좀더 솔직해집시다, 부인. 제가 진정으로 묻고자 하는 것은 바로 이것입니다. 진실이 밝혀지기를 원하십니까, 아니면 밝혀지지 않기를 원하십니까?"

"당연히 밝혀져야죠."

포와로는 한숨을 내쉬었다.

"꼭 그렇게 형식적인 대답만 하실 작정입니까?"

"저는 융통성이 없는 여자예요."

리디아가 말했다. 그리고, 그녀는 자기 입술을 약간 깨물었다. 잠시 망설이더니 다시 입을 열었다.

"솔직히 말씀드리는 편이 낫겠군요. 물론 저도 선생님 말씀을 이해해요! 하지만, 지금 현재의 제 위치는 그리 썩 유쾌한 편이 못 돼요. 제 아버님이 처참하게 살해되셨어요. 그리고, 만일 이번 사건의 범인이 호버리, 우리가 의심하는 대로, 호버리가 아닌 쪽으로 귀착된다면, 결국 범인은 우리 가족 중 누구라고 볼 수밖에 없잖아요? 그리고, 범인이 누구라고 밝혀진다면 그것은 곧장 우리 집안 모두의 수치와 비극을 의미하는 거예요. 솔직히 말해서 저는 그런 비극적인 사태가 발생하지 않았으면 하는 심정이에요."

"살인범이 처벌받지 않고 빠져나가기를 원하시는군요?" 포와로가 말했다.

"이 넓은 세상에 체포되지 않은 살인범들도 숱하게 많아요."

"부인 심정 이해할 만합니다."

"그럼, 그 밖에 무슨 문제가 될 게 있나요?"

"나머지 가족들은 어떻게 되겠습니까? 사람들 말입니다." 포와로가 말했다.

그녀는 눈을 휘둥그레 떴다.

"어떻게 되다니요?"

"사건이 부인의 희망하는 방향으로 결말났을 경우, 물론 그 진상은 누구도 영원히 알 수 없게 될 것입니다. 하지만, 그 상처도 영원히 남게 될 겁니다."

"그 경우는 생각해보지 않았어요." 그녀는 말꼬리를 흐렸다.

포와로가 말했다.

"범인이 누구인지는 아무도 영원히 알 수 없을 것이고요."

그는 차분히 덧붙였다.
“부인은 이미 알고 계시지 않습니까?”
그녀는 소리쳤다.
“그런 뚱딴지같은 소릴랑 입 밖에 내지도 마세요. 천만에요! 오! 범인은 외부 사람이지 우리 가족은 절대 아니에요.”
“양쪽 다 일지도 모릅니다.” 포와로가 말했다.
그녀가 그를 빤히 노려보았다.
“무슨 말씀이시죠?”
“가족들 중 한 사람일 수도 있고, 동시에 외부인일 수도 있습니다. 정말 제 말을 모르겠습니까? 하긴, 이건 어디까지나 에르큘 포와로의 생각에 불과하긴 하지만.”
그는 그녀를 쳐다보았다.
“부인, 제가 리 씨에게 뭐라 말했는지 압니까?”
리디아는 양손을 들었다가 갑자기 내저으며 불가항력이라는 제스처를 했다.
“두말할 것 없어요. 그이의 제의를 수락하세요.” 그녀가 말했다.

4

필라는 음악실 한가운데 서 있었다. 그녀는 아주 똑바른 자세로 서 있었다. 그녀의 두 눈은 기습을 두려워하는 동물의 눈처럼 이리저리 흘끔거리고 있었다.
“그만 이 집에서 떠나고 싶어요!” 그녀가 말했다.
스티븐 파르가 점잖게 말했다.
“아가씨뿐만이 아니라 다들 그렇게 느끼고 있소. 하지만, 그 사람들이 우릴 가게 내버려 두질 않아요.”
“경찰 말씀인가요?”
“그렇소.”
필라는 아주 진지한 표정으로 말했다.
“경찰과 연관되는 것은 썩 좋은 일이 아니에요. 점잖은 사람들에겐 어울리지 않는 일이에요."

스티븐 파르가 희미한 웃음을 띠며 말했다.

"아가씨 자신을 의미하는 건가요?"

필라가 말했다.

"아뇨. 앨프리드와 리디아, 그리고 데이비드와 조지, 힐다와……, 맥덜린도 마찬가지예요."

스티븐은 담배를 한 대 피워 물었다. 그는 잠시 그것을 빨아 '훅' 하고 내뿜더니 말했다.

"왜 예외가 있죠?"

"예외라뇨?"

"해리 씨는 왜 빠뜨리느냐고요?" 스티븐이 말했다.

필라는 하얀 이가 드러날 정도로 웃었다.

"오, 해리는 달라요! 저는 그분이 경찰에 연관된 일을 잘 알고 있다고 생각해요."

"아마 아가씨 말이 옳을 거요. 그는 약간 지나칠 정도로 특이한 인물이기 때문에, 가정생활에는 어울리지 않는 사람이지." 그는 계속 말했다.

"영국인 친척들을 좋아하시오, 필라?"

필라는 뾰로통하게 말했다.

"친절들은 하지요. 다들 아주 친절한 사람들이에요. 하지만, 웃음이 너무 없어요. 쾌활한 구석이라곤 하나도 없는 사람들이에요."

"어휴, 아가씨, 이제 막 이 집안에서 살인이 난 마당 아닙니까?"

"하긴……, 그래요."

필라는 여전히 뾰로통하니 대답했다.

"살인은……." 스티븐은 마치 훈계조로 말했다.

"아가씨의 냉담한 태도처럼 그렇게 매일 일어나는 것이 아닙니다. 영국에서는 살인을 아주 심각한 것으로 여긴답니다. 비록 스페인에서는 그렇지 않겠지만."

"당신이 저를 웃기는군요." 필라가 말했다.

스티븐이 말했다.

"아가씨가 나를 잘못 봤소. 나는 지금 우스갯소리를 하는 게 아니오."

필라가 그를 쳐다보며 말했다.

"당신도 이 집에서 나가고 싶어서 그러시는 거죠?"

"그렇소."

"하지만, 그 덩치 크고 잘생긴 경찰관이 당신을 내보내주지 않을 텐데요?"

"아직 물어본 적은 없소. 하지만, 물어봐도 안 된다고 대답했을게요. 나는 아주 조심스레 행동해 왔어요. 아주 신중하게, 고분고분, 조심스럽게."

"정말 짜증 나는 일이죠." 필라가 고개를 끄덕이며 말했다.

"짜증보다는 차라리 고통스럽다고 하는 게 맞을 거요, 아가씨. 게다가 뭔가 꼬투리를 잡으려고 어슬렁거리는 그 괴짜 같은 외국인도 있고. 그 사람만 보면 괜히 기분이 나쁜 게 가슴이 울렁거리거든요."

필라는 표정을 찌푸리고 말했다.

"제 외할아버지는 어마어마한 부자였다죠?"

"그런 것 같소."

"이제 외할아버지의 재산은 어디로 가나요? 앨프리드와 다른 외삼촌들에게?"

"유언장에 달려 있겠지?"

필라가 무언가를 골똘히 생각하며 말했다.

"보나 마나 제게도 얼마간의 재산을 남겼을 텐데, 혹시 남기지 않으셨을까 봐 괜히 신경이 쓰여요."

스티븐이 친절하게 말했다.

"아가씨 예측이 맞을 겁니다. 어쨌든 아가씨도 가족 중 한 사람이니까. 아가씨도 이 집안사람입니다. 그들은 아가씨를 돌보아야 할 의무가 있어요."

필라가 한숨을 내쉬며 말했다.

"저도 이 집안사람이에요. 아주 기뻐해야 할 일이죠. 하지만, 정작 하나도 기쁘지 않은걸요."

"물론 그렇게 기분이 좋지는 않을 테지요."

필라는 또다시 한숨을 내쉬고는 말했다.

"축음기를 틀어놓고 춤이나 한번 추는 게 어때요?"

"그렇게 해서 좋을 일 하나도 없어요. 아침부터 이 집에서 춤을 추려 하다니, 이 신경 무딘 스페인 말괄량이 아가씨."

필라가 말했다. 휘둥그레진 두 눈이 더욱 크게 보였다.

"하지만, 저는 전혀 그런 걸 못 느끼겠는걸요. 비록 할아버지와 이야기를 재미있게 나누었지만, 그분과 별로 친하지도 않았어요. 그분이 돌아가셨다고 해서 징징거리며 슬퍼하지도 않을 거예요. 괜히 슬프지도 않은데 슬퍼하는 건 바보짓이죠."

"정말 못 말리는 아가씨로군!" 스티븐이 말했다.

필라가 살살 애교를 떨며 말했다.

"축음기에다 스타킹과 장갑 따위를 끼워놓으면 소리가 그렇게 크게 들리지도 않아요. 그럼, 아무도 듣지 못할 거예요."

"내가 졌소, 바람둥이 아가씨."

그녀는 즐겁게 웃었다. 그리곤 저택의 저쪽 끝에 있는 무도장 쪽으로 가기 위해 방을 뛰어나갔다.

그런데, 그녀가 정원 문으로 통하는 복도 모퉁이에 막 도달했을 때 그녀는 죽은 듯 멈춰 설 수밖에 없었다. 그녀와 함께 가던 스티븐도 마찬가지였다.

에르큘 포와로가 벽에 붙어 있는 초상화 한 점을 떼어내어 테라스에서 비치는 햇빛을 대고 유심히 살펴보고 있었던 것이다. 그는 고개를 들어 위를 치켜보더니 그들을 알아보았다.

"아하!" 그가 말했다.

"마침 잘 오셨습니다."

"뭘 하고 계신 거죠?" 필라가 말했다.

그녀는 다가와서 포와로의 곁에 섰다.

포와로가 심각한 어조로 말했다.

"아주 중요한 것을 조사하고 있었습니다. 젊은 시절의 사이먼 리 씨의 얼굴을 살피고 있었지요."

"오, 이게 제 외할아버지의 초상화인가요?"

"그래요, 아가씨."

그녀는 그림 속의 얼굴을 유심히 살펴보았다. 그러고는 천천히 말했다.

"너무나 달라, 너무나 달라요. 너무나 늙고, 쭈글쭈글했어요. 여기 있는 사람은 마치 해리 외삼촌인 것 같아요. 그분의 10년 전쯤의 모습 같아요."

에르큘 포와로는 고개를 끄덕였다.

"맞습니다, 아가씨. 해리 리는 자기 아버지와 아주 흡사하게 닮았습니다. 그리고, 여기 이 여자분이 아가씨의 외할머니입니다."

그는 그녀를 복도를 따라 약간 옆으로 데리고 갔다.

"길고 가느스름한 얼굴, 노란 금발, 그리고 부드러운 푸른 눈."

"데이비드 외삼촌 같아요." 필라가 말했다.

"앨프리드 같이도 보이는군요." 스티븐이 말했다.

포와로가 말했다.

"유전이라는 건 참 재미있습니다. 리 씨와 그의 아내는 전혀 정반대의 타입입니다. 결혼 뒤 생긴 자식들은 전부 어머니를 빼닮았지요. 이걸 보십시오, 아가씨."

그는 열아홉 살 정도 되어 보이는 곱실거리는 금발에다 크게 활짝 웃고 있는 푸른 눈을 가진 젊은 여인의 그림을 가리켰다. 눈의 색깔은 사이먼 리의 아내와 똑같았지만, 부드러운 푸른 눈에는 쾌활하고 활달한 기운이 흐르고 있는 차분한 모습의 낯선 여자였다.

"오!" 필라가 말했다.

그녀의 입술이 빨갛게 달아올랐다.

그녀는 자기의 손을 목 언저리로 가져갔다. 그녀는 기다란 금목걸이에 달린 장식물을 끌어당겼다. 뚜껑을 밀어 그것을 열었다. 그림과 똑같이 환하게 웃는 얼굴이 포와로를 올려다보고 있었다.

"엄마야." 필라가 말했다.

포와로는 고개를 끄덕였다. 장식물의 반대편에는 어떤 남자의 사진이 들어 있었다. 젊고 잘생긴 남자로 갈색 머리칼과 검푸른 눈빛의 사내였다.

"아가씨 아버지요?" 포와로가 물었다.

"예, 제 아버지예요. 미남이죠?" 필라가 말했다.

"그렇소. 정말 잘생겼군요. 스페인 사람 중에 푸른 눈을 가진 사람은 거의 없어요. 그렇죠, 아가씨?"

"북부지방에 간혹 있어요. 제 아버지의 어머니는 아일랜드인이었대요."

포와로가 곰곰이 생각을 하더니 말했다.

"그래, 아가씨의 몸에는 스페인, 아일랜드, 영국인의 피가 고루고루 섞였군. 게다가 집시의 피까지도 섞였지. 내가 무슨 생각을 하고 있는지 아시겠소, 아가씨? 바로 그런 유산 때문에 아가씨에게는 적들이 많은 것이오."

스티븐이 껄껄 웃으며 말했다.

"아가씨가 기차 속에서 한 말이 기억나오, 필라? 적들을 모두 목을 잘라 버리겠다고 했던 말, 오!"

그는 뚝 멈추었다. 순간적으로 자기가 내뱉은 말의 심각성을 깨달은 것이다.

에르큘 포와로가 재빨리 화제를 다른 곳으로 돌렸다.

"아, 부탁할 게 좀 있소, 아가씨. 아가씨의 여권. 내 친구 서그덴 총경이 필요하다고 합디다. 아시다시피 경찰 업무상의 관례입니다. 이 나라에 들어온 외국인으로서는 좀 껄끄럽고 귀찮더라도 할 수 없는 일이지요. 게다가, 아가씨는 법적으로 어디까지나 외국인이니까."

필라의 눈썹이 치켜져 올라갔다.

"제 여권을? 예, 물론 갖다 드리겠어요. 제 방에 있어요."

포와로는 거듭 미안하게 되었다면서 그녀와 나란히 걸었다.

"이렇게 괜히 귀찮게 굴어 정말 미안하게 되었소, 아가씨."

그들은 긴 복도의 끝에 도달했다. 계단의 층계가 시작되는 곳이었다. 필라가 올라가고 포와로는 그 뒤를 따랐다. 스티븐도 뒤따랐다. 필라의 침실은 계단 입구 쪽에 바짝 붙어 있었다.

문에 다가서면서 그녀가 말했다.

"가지고 나올게요."

그녀가 들어갔다. 포와로와 스티븐 파르는 밖에 남아 기다렸다.

스티븐이 겸연쩍은 표정으로 말했다.

"제가 괜히 입을 잘못 놀려서 아가씨가 기분 나빠 하지나 않을까 모르겠군요. 설마 그녀가 듣지는 않았겠지요?"

포와로는 아무 대답도 하지 않았다. 그는 무슨 소리를 들으려는 듯 고개를 한쪽으로 약간 기울였다.

"영국인들은 유달리 맑은 공기를 좋아합니다. 에스트라바도스 양도 그런 기질을 물려받은 게 틀림없는 것 같소."

스티븐이 휘둥그레진 눈으로 물었다.

"무슨 말씀이십니까?"

포와로가 싱글싱글 웃으며 말했다.

"오늘이 아마 지독하게 추운 날이라서……, 검은 서리(서리가 하얗게 결빙되지 않고 식물의 잎이나 눈을 새카맣게 만들면 추운 날씨라는 징조)까지 내리는데(어제같이 화사하게 햇빛이 비치는 날도 아닌데). 에스트라바도스 양은 지금 막 아래 창문을 활짝 밀어올렸소. 맑은 공기가 그렇게도 좋은 모양이군."

갑자기 방 안에서 스페인어로 외치는 비명이 들렸다. 필라가 우스꽝스러울 정도로 깜짝 놀란 표정으로 다시 나타났다.

"오!" 그녀가 소리쳤다.

"이런 얼간이 같으니! 제가 실수를 했어요. 제 손가방을 창턱에다 올려두었는데 너무 급하게 꺼내려던 바람에 그만 멍청한 짓을 저지르고 말았네요. 여권을 창 밖으로 떨어뜨리고 말았어요. 아래 화단에 떨어졌어요. 그걸 주워와야겠어요."

"내가 갔다 오겠소." 스티븐이 말했다.

하지만, 필라는 그의 어깨를 밀치고 먼저 내려가려고 하며 다급하게 말했다.

"아니에요. 제 실수예요. 당신은 포와로 씨와 함께 거실에 가 계세요. 제가 곧장 주워서 그곳으로 가겠어요."

스티븐 파르는 그녀의 뒤를 따라가려 하는 것 같았다. 하지만, 포와로의 손이 그의 팔을 점잖게 붙들었다. 그러고는 말했다.

"우린 이쪽으로 갑시다."

그들은 복도를 따라 저택의 저편 끝으로 가서 주 계단 끝이 있는 곳까지

갔다. 거기서 포와로가 말했다.

"잠깐만 여기 있다가 내려가도록 하십시다. 나를 따라 사건이 벌어졌던 방까지 함께 가봅시다. 거기 가서 뭐 좀 물어볼 일이 있소."

그들은 사이먼 리의 방까지 이어지는 복도를 따라 걸어갔다. 그들이 지나는 통로의 왼쪽에 반침(방에 붙어 있거나, 복도 따위의 일부를 우묵하게 들어가게 한 곳)이 한군데 있었다. 거기에는 빅토리아 왕조의 유물인 듯한, 옷을 움켜쥐고 고통에 몸부림을 치는 대리석 천사 입상(立像)이 두 개 놓여 있었다.

스티븐 파르가 그것들을 흘끔 쳐다보더니 중얼거렸다.

"햇빛을 받으니 제법 으스스하군. 어젯밤에 올 때는 세 개인 줄 알았더니, 오늘은 그래도 두 개밖에 없으니 훨씬 낫군!"

"현대에 격찬을 받는 그런 작품들은 아니라오." 포와로가 말했다.

"하지만, 그 당시에는 값이 엄청났을게요. 밤에 보면 훨씬 멋질 것 같은데."

"그렇죠. 희뿌연 모습밖에 보이지 않으니까요."

포와로가 낮은 목소리로 말했다.

"모든 고양이들은 어둠 속에서 희뿌옇지!"

그들은 방 안에 있는 서그덴 총경을 발견했다. 그는 금고 앞에 무릎을 꿇고 확대경으로 그것을 조사하고 있었다. 그들이 들어서자 고개를 들고 올려다보았다.

"이것은 분명히 열쇠로 열렸습니다." 서그덴이 말했다.

"누군가 번호를 아는 자의 소행입니다. 다른 징조라곤 전혀 없습니다."

포와로가 그에게로 바싹 다가갔다. 그를 옆으로 끌어당긴 뒤 귀엣말로 무엇인가를 말했다. 총경이 고개를 끄덕거리더니 방을 나갔다.

포와로는 스티븐 파르에게로 돌아섰다. 그는 서서 사이먼 리가 평소에 앉았던 팔걸이의자를 뚫어져라 쳐다보고 있었다. 그는 양미간을 찌푸리고 있었는데, 앞이마의 핏줄이 두드러져 보일 정도였다. 포와로는 잠깐 동안 아무 말도 않은 채 그를 쳐다보기만 하더니 마침내 입을 열었다.

"기억나는 것이라도 있습니까?"

스티븐이 천천히 말했다.

"이틀 전까지만 해도 그분은 살아서 이 의자에 앉아 있었습니다. 하지만 지금은……." 하지만, 그는 이내 정신을 차린 듯 말했다.

"아 참, 포와로 씨. 저를 여기 데리고 와서 물어볼 게 있다고 하셨지 않습니까?"

"아, 예. 당신이 어젯밤 현장에 제일 먼저 도착한 사람입니까?"

"제가요? 모르겠습니다. 아닙니다. 누군가 여자 한 분이 저보다 먼저 이곳에 와 있었던 걸로 생각되는데요?"

"어느 분이지요?"

"부인들 중 한 명인데, 조지나 데이비드의 아내……. 하여간 그들 둘 다 이곳에 아주 빨리 와 있었습니다."

"당신은 비명을 전혀 듣지 못했다고 말했던 것 같은데?"

"그렇게 말하지는 않았습니다. 정확히 기억할 수가 없어요. 누군가가 소릴 치긴 했는데, 그건 아마 누군가가 아래층에서 지르는 소리 같았습니다."

"이런 소리를 듣진 않았습니까?" 포와로가 말했다.

그는 머리를 뒤로 젖히더니 갑자기 귀청이 찢어지는 듯 날카로운 소리를 냈다.

그것이 너무나 의외의 행동이었던지라 스티븐은 뒤로 흠칫 물러서며 하마터면 넘어질 뻔했다. 그가 화를 내며 말했다.

"아니, 온 집 안을 발칵 뒤집어놓을 작정입니까? 저는 그와 같은 소리를 들어 본 적이 없습니다! 다들 이 소릴 듣고 다시 한 번 깜짝 놀랐겠어요! 또다시 살인사건이 난 줄로 알겠습니다!"

포와로는 의기소침한 모습이었다. 그는 자그마한 소리로 말했다.

"정말, 바보짓이었어. 얼른 갑시다."

그는 서둘러 방을 나갔다. 리디아와 앨프리드는 휘둥그레 위를 올려다보면서 지금 막 계단을 올라오려던 참이었고, 조지도 서재에서 뛰어나와 그들과 합세하려고 하고 있었다. 게다가, 필라도 뛰어오고 있었다. 그녀는 손에 여권을 쥐고 있었다.

포와로가 소리쳤다.

"아무 일도 아닙니다. 아무것도 아니에요. 놀라실 것 없습니다. 제가 조그만 실험을 했습니다. 아무 일 없으니 안심하십시오."

앨프리드는 불쾌한 표정이었고, 조지는 화가 잔뜩 치민 얼굴이었다. 포와로는 스티븐에게 설명을 부탁하고 서둘러 복도를 따라 저택의 반대편 끝으로 갔다.

복도의 끝에 다다르니, 그곳에 있는 필라의 방문을 조용히 열고 서그덴 총경이 나오고 있었다. 그러고는 포와로와 마주쳤다.

"어떻소?" 포와로가 물었다.

총경은 고개를 설레설레 내저었다.

"전혀 들리지 않습니다."

그의 눈과 포와로의 눈이 뭔가 알았다는 듯 서로 마주쳤다. 포와로는 고개를 끄덕였다.

5

"수락하시겠습니까, 포와로 씨?" 앨프리드가 말했다.

그는 손을 입으로 가져갔다. 그의 손이 가볍게 떨리고 있었다. 살짝 반들거리는 그의 부드러운 갈색 눈은 뭔가 새로운 초조 같은 것을 나타내고 있었다. 그는 말을 약간 더듬고 있었다. 리디아가 그의 곁에 서서 다소 안쓰러운 표정으로 묵묵히 그를 쳐다보고 있었다.

앨프리드가 말했다.

"선생님은 모릅니다. 도무지 상상도 할 수 없습니다. 그게 제게, 제게 무얼 의미하는지. 아버지의 살해범을 반드시 밝혀야 합니다."

포와로가 말했다.

"보아하니 오랫동안 심사숙고하신 게 분명하군요. 좋습니다. 제의를 받아들이겠습니다. 하지만, 리 씨, 이젠 철회할 수 없다는 사실을 반드시 기억해야 합니다. 나는 주인이 그만두고 싶다고 한다 해서 쪼르르 되돌아오는 사냥개가 아니올시다."

"물론, 물론 모든 준비는 다 되어 있습니다. 선생님의 침실도 준비해 두었습니다. 원하시는 대로 머물도록 하십시오."

"그리 길게 걸리진 않을 겁니다." 포와로가 진지한 표정으로 말했다.

"예? 무슨 뜻이죠?"

"길게 걸리지는 않을 거라고 했습니다. 이번 사건의 테두리는 그야말로 뻔하리만큼 좁습니다. 그래서, 사실이 밝혀지는 것도 시간문제지요. 이미 종반전에 다다랐다고 해도 과언이 아닙니다."

앨프리드가 그를 말똥말똥 쳐다보았다.

"불가능합니다!" 그가 말했다.

"천만의 말씀. 사실 거의 모든 혐의점들이 이제 다소 명확해졌습니다. 몇 가지 불필요한 절차가 남아 있을 뿐이지요. 그것만 해결되면 진실은 드러납니다."

앨프리드는 도무지 믿어지지 않는다는 듯 말했다.

"그럼, 선생님은 알고 있다는 말씀입니까?"

"아, 물론. 나는 알고 있습니다." 포와로가 웃으며 말했다.

앨프리드가 말했다.

"아버지, 아버지……." 그는 돌아섰다.

포와로가 불현듯 말했다.

"앨프리드 씨, 두 가지 요구사항이 있습니다."

앨프리드는 울먹이는 듯한 음성으로 말했다.

"무엇이든, 다 들어드리겠습니다."

"일단 침실에 있는 리 씨의 젊은 시절의 모습을 그린 초상화가 있다면, 그걸 내게 주시지요."

앨프리드와 리디아가 그를 휘둥그레 쳐다보았다.

"아버지의 초상화를? 아니, 왜?" 앨프리드가 말했다.

포와로는 손을 내저으며 말했다.

"뭐라 할까, 내가 그걸 보면 뭔가 영감이 생기지나 않을까요?"

리디아가 날카롭게 말했다.

"아니, 포와로 씨, 직관력으로 범죄를 해결하시려는 거예요?"

"그럼요, 부인. 저는 신체에 달린 눈뿐만 아니라 마음의 눈까지도 이용하려는 겁니다."

그녀는 어깨를 으쓱해 보였다.

포와로는 하던 말을 계속했다.

"그다음은, 리 씨, 당신의 여동생의 남편, 그러니까 후안 에스트라바도스의 죽음에 얽힌 정확한 상황을 알아야겠습니다."

"굳이 그걸 알아야만 하나요?" 리디아가 말했다.

"낱낱이 다 알고 싶습니다, 부인."

앨프리드가 말했다.

"후안 에스트라바도스는 여자 문제로 카페에서 다른 남자를 죽였습니다."

"그 사람을 어떻게 죽였습니까?"

앨프리드가 곤혹스러운 듯 리디아 쪽을 쳐다보았다. 리디아가 차분한 음성으로 말했다.

"칼로 찔렀어요. 후안 에스트라바도스는 사형선고를 받지는 않았어요, 그 당시 몹시 분개한 상태였거든요. 그는 종신형을 받았죠. 그리고 복역 중에 죽었어요."

"그의 딸은 아버지를 알고 있습니까?"

"모를 겁니다." 앨프리드가 말했다.

"맞아요. 제니퍼가 딸에겐 절대로 말하지 않았으니까요."

"고맙습니다."

"아니, 그럼 필라가. 오, 이렇게 해괴망측할 수가!" 리디아가 말했다.

포와로가 말했다.

"자, 그럼, 리 씨. 동생 해리 씨에 대해서도 몇 가지 말씀해주시겠습니까?"

"알고 싶은 것이 뭡니까?"

"제가 알기에는 그분이 가족들에 대해 약간 불쾌한 감정을 가지고 있는 것 같은데, 그건 왜죠?"

"벌써 오래전 일이에요." 리디아가 말했다.

앨프리드가 말했다. 그의 얼굴이 벌겋게 상기되었다.

"굳이 알고 싶으시다면 말씀해 드리지요. 포와로 씨. 그 애는 수표에다 아버지의 이름을 사칭해서 엄청난 돈을 훔쳤습니다. 물론 아버지는 고발하지 않으셨습니다. 해리는 언제나 정직하지 못했어요. 그는 전 세계를 돌며 온갖 고생을 다했습니다. 곤경에 처할 때마다 돈을 보내 달라고 국제전보를 쳤지요. 이곳저곳 가는 곳마다 콩밥 신세를 지지 않은 적이 없었어요."

리디아가 말했다.

"그래도 당신은 정확하게 전부는 모르고 있다고요, 앨프리드."

앨프리드가 화를 내며 양손을 부들부들 떨며 말했다.

"해리는, 해리는 정말 아무짝에도 쓸모없는 녀석이야! 한 번도 인간다운 적이 없었어!"

"당신과는 정나미가 아주 뚝 떨어진 사이겠습니다?" 포와로가 말했다.

앨프리드가 말했다.

"아버지에게 사기나 치는 녀석입니다. 아버지를 등쳐먹은 그런 남부끄러운 짓이 어디 있겠습니까!"

리디아가 한숨을 내쉬었다. 짤막하고 짜증 섞인 한숨이었다. 포와로는 순간적으로 날카로운 눈길을 그녀에게 던졌다.

그녀가 말했다.

"어쨌든 다이아몬드만 발견된다면 해결의 실마리는 거기 있을 텐데."

"이미 발견되었습니다, 부인." 포와로가 말했다.

"뭐라고요?"

포와로가 차분하게 말했다.

"부인이 사해라고 만든 바로 그 자그마한 정원에서……."

리디아가 소리쳤다.

"제 정원에서? 어떻게, 어떻게, 그럴 수가!"

"그럼, 아닙니까, 부인?" 포와로가 낮은 음성으로 말했다.

제6부

12월 27일

1

앨프리드가 한숨을 내쉬며 말했다.

"괜히 두려웠는데 차라리 잘 되었어!"

그들은 지금 막 조사를 받고 돌아온 터였다. 푸른빛이 감도는 날카로운 눈매를 가진 완고한 스타일의 변호사 찰턴이 배석했다가 그들과 함께 돌아왔다. 그가 말했다.

"아, 이미 말씀드렸다시피 그 절차는 순전히 형식적인 것에 불과합니다. 중간에 휴정도 있었다시피 그건 순전히 형식에만 맞춘 것이지요. 경찰에서 추가로 증거를 수집하려고 그러는 겁니다."

조지 리가 초조한 듯한 표정으로 말했다.

"정말 불쾌했습니다. 그렇게 불쾌한 자리는 난생처음이었습니다. 앉은 자리가 얼마나 공포 분위기였던지! 범행을 저지른 자는 분명히 어떤 미치광이이거나 집안 사정을 제법 잘 아는 면식범의 소행일 것이라고 나는 확신하고 있어요. 서그덴이란 사람은 노새처럼 고집만 부리는 옹고집쟁이더군요. 존슨 대령은 런던경시청에 지원을 요청해야 합니다. 이곳 지방경찰은 아무짝에도 쓸모가 없는 작자들이에요. 돌대가리들만 모여 있어. 호버리만 해도 그렇지 않습니까? 내가 듣기에 호버리의 전력(前歷)에 뭔가 수상쩍은 냄새가 나는데도 경찰은 아예 눈 가리고 아웅 하는 식이더군요."

찰턴이 말했다.

"아, 호버리가 문제의 바로 그 시간대의 행적을 입증할 수 있는 충분한 알리바이를 갖고 있기는 한 모양입니다. 그래서, 경찰도 그 알리바이에 수긍했지요."

"굳이 그래야만 하나요?" 조지는 불끈 화를 내며 말했다.

"내가 만일 경찰이라면 그런 알리바이는 일단 유보해 두겠소. 두고두고 조사해보겠단 말입니다. 원래 범죄를 저지른 자는 자기 알리바이를 완벽하게 짜 두는 법이오! 바로 그 알리바이를 깨는 것이 경찰의 임무지. 그 사람들은 자기네의 임무가 뭔지도 모르는 사람들이야."

"글쎄요." 찰턴이 말했다.

"굳이 경찰에게 자기들의 임무가 무엇인지 가르쳐 주는 것만이 우리의 능사라고는 생각지 않습니다. 그래도 그 사람들 제법 자질은 갖춘 사람들 같던걸요."

조지가 무슨 말도 안 되는 소리를 하느냐는 식으로 고개를 내저었다.

"런던 경찰을 불러야 합니다. 나는 서그덴 총경이 영 시원찮소. 무척 애를 쓰는 것 같긴 합니다만 도통 머리가 안 돌아가는 사람이에요."

찰턴이 말했다.

"그건 잘못 본 것 같습니다. 서그덴은 유능한 사람입니다. 그 사람을 너무 그렇게 일방적으로 몰아세우지 마십시오."

리디아가 말했다.

"경찰도 나름대로 최선을 다하고 있다는 것만은 사실이에요. 세리주 한 잔 드시겠어요, 찰턴 씨?"

찰턴은 정중하게 감사를 표시하면서도 그것을 거절했다. 온 가족이 전부 모여 있었기 때문에 목청을 가다듬고 유언장을 계속 읽어내려가야 했던 것이다.

그는 불분명한 용어는 재차 설명하고, 법률적인 문제점은 지적도 해가면서 유언장을 마치 음미하듯이 읽어내려갔다.

마침내 읽기를 끝마치자 그는 안경을 벗어들고 닦았다. 그러고는 질문사항이 없느냐는 듯 가족들이 모인 좌중을 둘러보았다.

해리 리가 말했다.

"다들 법률용어로 되어 있어서 뭐가 뭔지 잘 이해하지 못했어요. 뼈대만 추려 명확히 말씀해주시겠습니까?"

"사실 유언장 내용은 간단합니다." 찰턴이 말했다.

해리가 말했다.

"제기랄, 그렇게 알아듣기가 어려워서야 어디다 써먹겠나?"

찰턴은 그를 꾸짖기라도 하듯 차가운 시선으로 그를 한 번 쓱 훑어보고는 말했다.

"유언장의 주요 내용은 간단합니다. 리 씨의 재산 절반은 장남 앨프리드 리 씨의 몫이고, 나머지는 모든 자식들에게 똑같이 분배된다는 내용입니다."

해리가 영 기분이 나쁘다는 듯이 웃고는 말했다.

"젠장, 앨프리드 형만 행운을 맞았군! 아버지 재산의 절반이라니! 봉 잡았습니다, 앨프리드 형?"

앨프리드는 얼굴을 붉혔다.

리디아가 쏘아붙이듯 말했다.

"형님은 아버님께 성심성의껏 최선을 다했어요. 수년 동안 사업을 도우며 모든 책임을 져 왔어요."

"하긴, 앨프리드 형은 언제나 선량한 아들이었지." 해리가 말했다.

앨프리드가 날카롭게 쏘아붙였다.

"해리, 너야말로 아버지가 조금이나마 남겨준 걸 감지덕지하라고!"

해리는 고개가 뒤로 젖혀질 정도로 크게 웃으며 말했다.

"내게 하나도 남기시지 않았더라면 더 좋을 뻔했군, 안 그래요? 형은 나를 언제나 미워했으니까."

찰턴이 헛기침을 했다. 그는 툭하면 난처한 표정을 지었다. 그는 유언장을 읽어 내려가는 동안 줄곧 난처한 표정만 지었다. 가족들 사이에 싸움이 본격적으로 시작되기 전에 어서 빨리 이 자리를 뜨고 싶었던 것이다.

그가 기어들어가는 목소리로 말했다.

"저어, 내가 할 일은 다한 것 같습니다만."

해리가 쏘듯 그에게 물었다.

"필라는 어떻게 되는 거죠?"

찰턴은 이번에는 미안한 듯 조심스럽게 다시 한 번 헛기침을 했다.

"에스트라바도스 양은 유언장에 언급되어 있지 않습니다."

"그 아인 자기 엄마의 몫을 차지하게 되어 있지 않은가요?" 해리가 물었다.

찰턴이 설명했다.

"에스트라바도스 부인이 만일 살아 계셨더라면 여러분과 똑같이 몫을 분배받겠지만, 이미 죽었기 때문에 그녀에게 갈 몫은 모두 여러분의 몫에 더해져 버리는 겁니다."

필라는 특유의 카랑카랑한 남부 스페인 음성으로 말했다.

"그럼, 제 몫은 하나도 없나요?"

리디아가 재빨리 말했다.

"필라, 너는 가족들이 돌봐줄 거야."

조지 리가 말했다.

"너는 여기서 앨프리드 외삼촌과 함께 살아도 될 거야. 앨프리드 형? 우리가, 이 애는 우리의 조카니까, 이 애를 돌봐주는 게 우리의 의무니까요."

"필라가 우리 가족의 일원이 된다면 정말 좋을 거야." 힐다가 말했다.

해리가 말했다.

"필라도 자기 몫을 찾아야 돼. 제니퍼의 몫을 받아야 한다니까."

찰턴이 머뭇머뭇 말꼬리를 흐렸다.

"나는 정말, 가봐야겠습니다. 안녕히 계십시오, 리 씨. 내가 필요하다면, 언제든지 사무실로 오십시오."

그는 잽싸게 빠져나갔다. 경험으로 보아 이쯤 되면 곧 가족 싸움이 본격적으로 벌어지리라는 것은 뻔한 일이었다.

그가 나가고 문이 닫히자마자 리디아가 특유의 또록또록한 목소리로 말했다.

"저도 해리 도련님의 말씀에 동감이에요. 필라도 자기 몫을 받아야 할 권리가 분명히 있다고 생각해요. 이 유언장은 제니퍼가 죽기 몇 년 전에 작성된 거예요."

"터무니없는 소리!" 조지가 말했다.

"법률적으로 맞지도 않는 터무니없는 생각입니다, 형수님. 법은 법이지. 우리는 법률을 준수해야 합니다."

맥덜린이 말했다.

"애석한 건 사실이에요. 우리도 다들 필라에게 미안하게 생각하고 있어요. 하지만, 조지가 옳아요. 조지 말대로 법은 법이에요."

리디아가 벌떡 일어났다. 그녀는 필라의 손을 잡았다.

"필라." 그녀가 말했다.

"이런 일은 정말 기분 나쁠 거야. 이 문제를 두고 우리가 의논을 할 동안 자리를 좀 피해주겠니?"

그녀는 필라를 문이 있는 곳까지 데리고 갔다.

"너무 걱정하지 마, 필라. 모두 내게 맡겨." 그녀가 말했다.

필라는 천천히 방을 나갔다. 리디아는 그녀를 내보내고 방문을 닫은 뒤 다시 자리로 돌아왔다.

다들 숨을 죽인 채 몇 분이 흘렀다. 하지만, 곧이어 본격적인 싸움이 시작되고 말았다.

"형같이 지독한 구두쇠도 없을 거야, 조지." 해리가 말했다.

조지가 불끈했다.

"하지만 너처럼 흐리멍덩한 건달은 아니었어!"

"내가 흐리멍덩했다면 형은 더 해! 줄곧 아버지 등에 얹혀살아온 주제에!"

"내가 책임 있는 위치를 꾸준히 지켜 온 것을 잊은 모양이군. 그 자리는……."

해리가 말했다.

"책임 있는 위치를 꾸준히 지켜 왔다고 해도 내 발바닥보다 못해! 부풀어 오른 풍선보다 못한 꼴에!"

"감히 어떻게 그럴 수가?" 맥덜린이 비명을 질렀다.

차분했던 힐다의 음성이 약간 상기된 채 터져 나왔다.

"다들 좀 조용히 할 수 없어요? 조용히 의논을 하자니까요."

리디아가 마침 그 말을 잘했다는 듯이 그녀를 흘끔 쳐다보았다.

데이비드가 갑자기 고함을 질렀다.

"정말 돈 문제를 가지고 치사스럽게 이렇게 할 거야!"

맥덜린이 독살스럽게 그를 쏘아붙였다.

"성인군자 한 명 나셨군요. 그래, 당신은 유산을 한 푼도 안 받으실 모양이군요? 당신은 우리보다 더 많이 받으려고 혈안이 된 사람이에요! 엉터리 신선놀음 그만하시라고요!"

참았던 데이비드의 음성이 터져 나왔다.

"내가 유산 상속을 거부해야 한다고? 원 기가 막히는군."

힐다가 끼어들었다.

"물론 그렇게 해서는 안 돼요. 다들 이렇게 어린아이처럼 굴기만 할 건가요? 앨프리드, 당신은 이 집안의 가장이에요."

앨프리드는 꿈에서 깨어난 것 같았다. 그가 말했다.

"제발 그만들 해라. 다들 그렇게 고함만 질러대니 내가 도통 정신을 차릴 수가 없잖아."

리디아가 말했다.

"힐다가 지적했듯이 왜 다들 이렇게 걸신들린 어린아이처럼 굴어야 하죠? 차분하게 순리대로 말을 해보도록 해요."

그녀는 재빨리 한 마디 덧붙였다.

"한 번에 한 사람씩. 앨프리드가 제일 손위니까 먼저 얘기하도록 하세요. 어떻게 생각하세요, 앨프리드? 필라를 어떻게 해야 하죠?"

그가 천천히 말했다.

"그녀는 반드시 이 집에서 살아야 한다. 그리고 우리는 그녀를 받아들여야 해. 그녀가 제니퍼 몫의 유산을 법적으로 요구할지 안 할지는 모르겠다. 그녀는 절대로 리 성(姓)을 가지지는 않았어. 그 점은 기억해야 해. 그 애는 스페인 사람이란 말이야."

"아니에요, 법적인 요구라뇨. 그건 말도 안 돼요." 리디아가 말했다.

"그녀는 단지 '도덕적인' 요구를 하는 것 같아요. 제가 알기엔 아버님은 제니퍼 아가씨가 비록 자신의 만류에도 스페인 사람과 결혼했다 하더라도, 그녀에게 똑같은 몫을 분배해주려고 생각하고 있었던 것 같아요. 조지, 해리, 데이비드, 그리고 제니퍼의 몫은 모두 똑같이 되어 있었어요. 제니퍼가 죽은 건 바로 작년이에요. 아버님이 찰턴 씨를 부른 건 새로운 유언장에서 필라에게 상당한 몫을 남겨주실 의도였던 것 같아요. 아버님은 그 애에게 최소한 자기 어머니의 몫 정도는 남겨 주실 의향이었던 거예요. 오히려 더 많이 주시려고 했는지도 모를 일이죠. 그 애가 유일한 손녀라는 사실을 염두에 두어야 한다고요. 그러므로, 우리가 할 수 있는 최소한의 일은 아버님이 고치시려 했던 유언장 내의 바로 그 모순된 내용을 고칠 수 있도록 최선을 다해 주는 거예요."

앨프리드가 한결 누그러진 음성으로 말했다.

"잘 지적해주었어. 리디아! 내가 잘못했어. 아버지 재산 중에서 제니퍼의 몫이 필라에게 주어져야 한다는 당신 말에 나도 동감이야."

"해리, 당신 차례예요." 리디아가 말했다.

해리가 말했다.

"저도 동감입니다. 형수가 그 점을 아주 적절하게 지적해주었다고 생각합니다. 지당한 말이죠."

"조지 서방님은?" 리디아가 말했다.

조지의 얼굴은 시뻘겋게 상기되어 있었다. 그는 투덜거리듯 말했다.

"말도 안 됩니다! 다들 터무니없는 소리! 집에서 살게 하고 옷이나 몇 벌 사주지그래. 그것만 해도 감지덕지할 테니까!"

"그럼, 우리 의견에 반대한단 말이냐, 조지?"

"물론."

"이이 말이 맞아요." 맥덜린이 말했다.

"이이에게 그렇게 하라고 하라는 건 정말 불쾌한 일이에요! 세상에 리 가문을 빛낸 유일한 사람이 조지라는 생각을 해보세요. 그런데도 아버님이 이이에게 그만큼밖에 물려주지 않으셨다니, 이건 정말 남부끄러운 일이 아닐 수 없다고요!"

"데이비드 서방님은?" 리디아가 말했다.

데이비드는 애매모호하게 말했다.

"저도 형수님 말씀이 옳은 것 같습니다. 그깟 일로 부끄럽게도 왈가왈부하다니 이건 정말 비참한 일이 아닐 수 없어요."

힐다가 말했다.

"리디아 형님 말씀이 백번 옳아요. 그게 유일한 해결책이에요!"

해리가 좌중을 둘러보면서 말했다.

"글쎄요, 이젠 확실해졌군, 가족 중 앨프리드, 데이비드, 그리고 나는 그 안

(案)에 찬성이야. 조지만 반대고. 가결되었어."
조지의 목소리가 터져 나왔다.
"이건 찬반의 문제가 아니야. 아버지 재산 중 내 몫은 무조건 내 거야. 단, 한 푼도 양보할 수 없어."
"지당한 말씀이에요." 맥덜린이 말했다.
리디아가 쏘아붙였다.
"굳이 그렇게 고집을 피우신다면, 맘대로 하세요. 우리가 전체에서 당신 몫을 제할 테니까."
그녀는 동의를 얻으려는 듯 좌중을 둘러보았다. 나머지 사람들이 고개를 끄덕였다.
해리가 말했다.
"앨프리드 형이 제일 큰 몫을 내야 해. 제일 많이 물어야 한다고."
"그따위 염치도 없는 제안을 하다니 정말 뻔뻔스럽구나."
힐다가 단호한 어조로 말했다.
"이젠 제발 그만들 하세요! 리디아 형님이 필라에게 우리의 결정을 말해주는 게 좋겠어요. 세부적인 것은 나중에 결정하도록 해요."
그녀는 화제를 딴 데로 돌릴 생각에 한 마디 더 덧붙였다.
"그런데, 파르 씨와 포와로 씨는 어디 있는 거죠?"
앨프리드가 말했다.
"검시 재판 받으러 가는 도중 마을에 내려주었소. 중요한 조사가 있다고 하더군."
해리가 말했다.
"아니, 그 사람은 왜 검시 재판에 참석하지 않았지? 꼭 참석해야만 하는 사람인데 말이야."
리디아가 말했다.
"보나 마나 검시 재판이 별로 중요하지 않다는 걸 알고 있었을 거예요. 저기 정원에 있는 사람이 누구죠? 서그덴 총경인가요, 파르 씨인가?"
두 여자의 노력은 성공적이었다. 가족회의는 끝이 났다.

리디아가 힐다에게 은밀하게 말했다.

"고마워, 힐다. 나에 대한 지원이 그저 그만이었어. 힐다만 있으면 언제나 마음이 든든해."

힐다는 뭔가를 곰곰이 생각하면서 말했다.

"돈이 도대체 뭔지, 사람이 제정신을 잃게 한다니까."

다른 사람들은 모두 방에서 나갔다. 두 여자만이 남아 있었다.

리디아가 말했다.

"그래……. 하지만 해리의 제안 좀 봐! 마음 약한 앨프리드. 하지만 그이도 영국인이야. 리 가문의 돈이 스페인 사람에게 가는 걸 좋아할 리가 없지."

힐다가 웃으며 말했다.

"우리 같은 여자는 더더욱 세속적이라고 생각하세요?"

리디아는 아담한 어깨를 으쓱해 보이며 말했다.

"글쎄. 알다시피 그 돈은 엄밀히 말해 우리 돈이 아니야. 우리 개인 돈이 아니라니까! 그게 다른 점이지."

힐다가 뭔가를 곰곰이 생각하더니 말했다.

"필라 그 애는 정말 이상한 애야. 나중에 도대체 어떻게 될까요?"

리디아는 한숨을 내쉬었다.

"그 애가 독립했으면 좋겠어. 아무리 집이 생기고 옷이 생긴다지만 여기 있으면 차라리 그 애가 불편할 거야. 너무 거만하고, 또, 너무 이질적이야."

그녀는 한참을 생각한 뒤 다시 입을 열었다.

"언젠가 이집트에서 아름다운 푸른색이 감도는 청금석(靑金石)을 몇 개 집으로 사온 적이 있었어. 거기서는 태양과 모래에 어울려 반짝거리며 은은한 푸른빛이 감도는 게 색채가 이만저만 아름다운 게 아니었지. 하지만, 집에 갖다 놓으니 그 푸른빛의 보석이 더 이상 빛을 발하지 않는 거야. 우중충하고 흐릿한 색깔의 유리구슬에 불과한 것이었어."

"예, 알만해요." 힐다가 말했다.

리디아가 나지막이 말했다.

"하여간 힐다와 데이비드를 알게 되어 무척 기뻐. 두 사람 다 이곳에 오게 되어 정말 반가워."

힐다는 한숨을 내쉬었다.

"지난 몇 년 동안 얼마나 와보고 싶었다고요!"

"알고 있어, 얼마나 오고 싶었겠어. 하지만, 힐다, 데이비드 서방님은 그렇게도 오고 싶었던 만큼 충격도 컸을 거야. 서방님은 아주 예민해서 지금도 아마 제정신이 아닐 거야. 하지만, 그는 이번 살인사건을 계기로 조금은 나아진 것 같아."

힐다는 약간 어리둥절해하는 눈치였다. 그녀가 말했다.

"그렇게 느끼셨어요? 어떤 의미에선 정말 무서운 소리군요. 하지만, 오! 리디아, 그건 틀림없는 사실이에요!"

그녀는 남편이 어젯밤에 한 말들을 하나하나 떠올리며 잠깐 동안 아무 말도 않고 그대로 있었다. 그는 금발을 뒤로 쓸어넘기며 정신없이 이런 말을 그녀에게 했던 것이다.

"힐다, <토스카>가 기억날 거야. 스카르피아 남작(토스카를 짝사랑한 경시 총감)이 죽었을 때 토스카가 그의 발과 머리에 양초 불을 밝히지?(토스카가 스카르피아 남작을 죽였다) 그때 그녀가 뭐라고 말했는지 알아? '이제야 나는 그를 용서할 수 있다.'라고 말했어. 지금 아버지에 대한 내 기분이 바로 그래. 이제야 나는 도저히 아버지를 용서할 수 없었던 그 숱한 나날들을 알겠어. 사실 나는 아버지를 용서하고 싶지 않았지. 하지만, 지금은, 지금은, 아무런 원한의 감정도 없어. 모두 사라져 버렸어. 그리고, 지금의 내 심정은 등에 커다란 짐이 없어진 기분이야."

그때 그녀는 불현듯 밀려드는 공포를 겨우겨우 참아가며 이렇게 말했었다.

"아버님이 돌아가셨기 때문에?"

그는 더듬거리면서도 재빨리 대답했다.

"아니야, 아니야. 당신은 이해 못 해. 아버님이 돌아가셨기 때문이 아니라, 소년 시절부터 내려오던 아버지에 대한 나의 강렬한 증오가 죽었기 때문이야."

힐다는 이 순간 어젯밤의 그 말들을 곰곰이 생각하고 있었다. 그녀는 어젯밤에 오고 간 말들을 옆에 있는 리디아에게 말해주고 싶었다. 하지만, 그녀는 본능적으로 그게 현명한 행동이 못 된다는 것을 깨달았다.
그녀는 리디아를 따라 거실에서 나와 홀로 들어갔다.
맥덜린이 손에 조그만 꾸러미 하나를 들고 테이블 옆에 서 있었다.
그녀는 그들을 보는 순간 흠칫 놀라서 말했다.
"오, 이것은 포와로 씨의 중요한 물건임이 틀림없어요. 방금 여기 갖다 두는 걸 보았거든요. 도대체 뭔지 모르겠네."
그녀는 약간씩 웃으며 그들 둘을 이리저리 번갈아 쳐다보았다. 비록 억지로 웃어가며 말을 하고 있었지만, 그녀의 두 눈이 매섭고 긴장된 걸로 봐서 그 웃음기가 거짓이라는 것은 분명했다.
리디아도 눈썹을 치켜 올리더니 말했다.
"나는 가서 점심 준비나 해야겠어."
맥덜린이 말했다. 여전히 속이 빤히 들여다보이는 가장을 하고 있었지만, 목소리를 통해 드러나는 당황한 낌새를 감출 수는 없었다.
"살짝 들추어 봐야겠어!"
맥덜린은 종잇조각을 펼치더니 날카로운 탄성을 질렀다. 그러고는 자기 손에 있는 물건을 말똥말똥 쳐다보았다.
리디아도 멈춰 섰고, 힐다도 마찬가지였다. 두 여자 모두 두 눈이 휘둥그레졌다.
맥덜린이 얼떨떨해진 목소리로 말했다.
"이건 가짜 콧수염인데, 하지만, 왜?"
힐다가 의아한 듯 말했다.
"변장? 하지만……."
리디아가 그녀 대신 말을 이었다.
"하지만, 포와로 씨는 원래 멋진 콧수염이 있는데!"
맥덜린은 꾸러미를 다시 싸면서 말했다.
"도무지 이해가 안 가요, 정말, 미친 짓이야. 포와로 씨는 왜 가짜 콧수염을 샀을까?"

2

필라는 거실을 나와서 홀을 따라 천천히 걸어갔다. 스티븐 파르가 정원으로 통하는 문에서 들어오고 있었다. 그가 말했다.

"글쎄, 가족회의는 끝났소? 유언장 낭독은 끝났나요?"

필라가 말했다. 그녀의 호흡이 빨라졌다.

"저는 아무것도 받지 못했어요. 단 한 푼도! 그 유언장은 몇 년 전에 작성된 것이었어요. 할아버지가 엄마에게 돈을 남기셨지만, 엄마가 돌아가신 바람에 제게는 일전 한 푼도 안 오고, 몽땅 다시 '그들' 차지가 되고 말았어요."

"거 참, 난처하게 되었군요." 스티븐이 말했다.

필라가 말했다.

"외할아버지가 살아 계셨다면 새로운 유언장을 만들었을 거예요. 외할아버지는 제게 재산을 남겨도 어마어마하게 남기셨을 거예요! 어쩌면 제게 전 재산을 물려주셨을지도 모를 일이죠!"

스티븐이 싱긋 웃으며 말했다.

"설마 그럴 리야 있으려고?"

"왜 안 돼요? 할아버지는 저를 제일 좋아하셨다고요."

스티븐이 말했다.

"정말 욕심쟁이 어린아이 같은 아가씨로군. 마치 금광을 캐는 광부 같은 아가씨야."

필라가 정색을 하며 말했다.

"세상은 여자들에겐 너무나 잔인해요. 젊었을 때 할 수 있는 것은 다 해봐야 한다고요. 늙고 쭈글쭈글해지면 아무도 도와주려 들지 않아요."

스티븐이 천천히 말했다.

"사실은 맞는 소리지. 하지만, 굳이 그렇지만은 않소. 예를 들어 앨프리드 리 같은 사람은 아무리 자기 아버지가 들볶고 억지를 부려도 아버지를 진심으로 사랑했잖소."

필라는 턱을 삐죽 내밀었다.

"앨프리드 외삼촌은 멍청이예요."

스티븐이 껄껄 웃고 나서 말했다.

"하지만, 필라, 너무 상심하지는 말아요. 어떻게 해서든지 리 가문에서 당신을 보살펴 줄 거요."

필라가 우울한 표정을 지으며 말했다.

"그런 건 그리 썩 기분 좋은 일은 아니에요."

스티븐이 천천히 말했다.

"하긴, 여기서 살기 싫은데야 어쩔 수 없는 노릇이지. 필라, 그럼 남아프리카로 가는 건 어떻겠소?"

필라는 고개를 끄덕였다.

스티븐이 말했다.

"태양과 널찍한 공간이 있다오. 물론 열심히 땀 흘려 일을 해야 하는 곳이지. 열심히 일할 자신이 있소, 필라?"

필라는 가우뚱 고개를 흔들었다.

"저는 일이라면 통 자신이 없어요."

"발코니에 앉아서 온종일 달콤한 음식 따위를 먹는 데만 익숙한가 보군? 그래서 무지무지하게 뚱뚱해져 턱이 세 개 정도 되고 싶은 모양이지?"

필라는 소리 내어 웃었다. 스티븐이 말했다.

"그게 그렇게도 우스운 소리인가 보군."

필라가 말했다.

"그게 아니라 이번 크리스마스가 하도 기가 막혀서 웃었어요! 언젠가 책에서 읽었는데, 영국의 크리스마스는 매우 유쾌한 크리스마스라고 되어 있었거든요. 건포도와 장작불로 익힌 자두 푸딩을 먹으며 즐겁게 떠들며 논다고 하던데."

스티븐이 말했다.

"아, 이번 크리스마스가 살인사건으로 엉망진창이 되어 버렸다는 뜻이군. 잠깐 나를 따라갑시다. 어제 리디아가 나를 데리고 갔던 곳이오. 그녀의 저장실이지."

그는 그녀를 데리고 찬장보다 약간 큼직한 어느 작은 방으로 갔다.

"이걸 봐요, 필라. 상자마다 크래커가 가득 들었어. 그리고 과일 통조림에다 대추야자, 그리고 아몬드, 그리고 여긴……."

"오!" 필라는 양손을 움켜쥐었다.

"금방울, 은방울, 너무 예뻐요."

"하인들에게 줄 선물로 나무에 매달려고 했던 거지. 그리고, 여기 반짝거리는 조그만 눈사람들도 있어. 식탁 위에 올릴 예정이었겠지. 게다가, 여기 언제든지 불어 올릴 수 있는 각양각색의 풍선도!"

"오!" 필라의 눈이 빛났다.

"오! 하나만 불어 볼 수 있을까요? 리디아 외숙모가 화를 내지나 않을지 모르겠네. 저는 풍선이라면 사족을 못 써요."

"필라! 이리 와요. 어떤 것을 갖고 싶어?" 스티븐이 말했다.

"빨간색을 갖고 싶어요." 필라가 말했다.

그들은 풍선을 골라 볼이 볼록해지도록 그것을 불었다. 필라가 풍선을 불다 말고 웃음을 터뜨리는 바람에 그녀의 풍선이 다시 쪼그라들었다.

"당신 모습이 너무나 우스워 보여요. 풍선을 부느라고 뺨이 오동통하게 부풀어 올랐어요."

그녀의 웃음소리가 터져 나왔다. 그러다가 그녀는 풍선을 열심히 불어 끝을 잡아맸다. 그들은 각자가 분 풍선을 조심스럽게 묶었다. 그러고는 그것들을 가지고 장난을 치기 시작했다. 위로 톡톡 건드려 띄우기도 하고 앞뒤로 보내기도 했다.

"홀 쪽으로 나가요. 여긴 너무 좁아요." 필라가 말했다.

포와로가 홀을 따라 걸어오고 있을 때 그들은 풍선을 가지고 서로 주고받기를 하며 한참 웃고 있었다. 그는 응석부리는 아이를 쳐다보듯 그들을 바라보았다.

"마치 어린애들처럼 재미있게 노는구먼. 흠, 정말 재미있겠는걸!"

필라가 가쁘게 숨을 몰아쉬며 말했다.

"붉은색이 제 것이에요. 저분 것보다 커요. 훨씬 크다고요. 밖으로 가지고 나가면 하늘로 곧장 떠올라 갈 거예요."

"그럼, 밖으로 가지고 나가서 띄워 보도록 하지."

"오, 그것참 좋은 생각이에요."

필라는 정원으로 통하는 문을 향해 뛰어갔다. 스티븐도 뒤따라갔다. 뒤따라온 포와로는 여전히 흐뭇한 눈길로 그들을 바라보고 있었다.

"전 정말 돈이 많은 부자가 되었으면 좋겠어요." 필라가 말했다.

그녀는 발끝으로 서서 풍선 끝을 잡고 있었다. 바람이 한 번 불어오자 풍선은 가볍게 하늘거렸다. 필라는 풍선을 놓았다. 풍선은 바람에 실려 둥실둥실 떠올랐다.

"그런 희망은 말하지 않는 게 좋아." 스티븐이 웃었다.

"왜 안 되죠?"

"실현될 수 없는 것이기 때문이지. 자, 이번엔 내가 기원해야지."

그는 자기의 풍선을 놓았다. 하지만, 그는 운이 좋지 않았다. 풍선이 옆으로 날아가 관목 숲에 걸려서 그만 터져버리고 말았다.

필라가 풍선이 있는 곳으로 뛰어갔다.

"터져 버렸어……." 그녀가 시무룩하니 말했다.

터져 버린 풍선의 고무조각을 손톱으로 만지작거리며 그녀가 말했다.

"내가 외할아버지의 방에서 주웠던 것도 이랬어. 외할아버지도 풍선을 갖고 있었어. 단지 외할아버지의 것은 핑크빛이었을 뿐이지……."

포와로는 순간적으로 탄성을 지르고 말았다. 필라가 의아스러운 듯 돌아섰다.

포와로가 말했다.

"창문이 너무나 많습니다! 아가씨, 집도 눈을 갖고 있지요. 귀도 갖고 있습니다. 영국인들이 창문을 그렇게 선호한다는 사실이 유감스러울 뿐입니다."

리디아가 테라스로 나와서 말했다.

"점심이 준비되어 있어, 필라. 모든 합의가 만족스럽게 이루어졌어. 식사 후에 앨프리드가 상세하게 설명해줄 거야. 다 같이 들어가시죠."

그들은 저택 안으로 들어갔다. 포와로는 제일 마지막에 왔다. 그는 무척 심각해 보였다.

3

점심식사가 끝났다.

식당에서 나오면서 앨프리드가 필라에게 말했다.

"내 방으로 와주겠니? 얘기할 게 좀 있단다."

그는 그녀를 데리고 홀 건너편에 있는 자기 서재로 갔다. 그리고 문을 잠갔다. 다른 사람들은 전부 거실로 갔다. 오직 에르큘 포와로만이 닫힌 서재 문을 물끄러미 쳐다보며 거기 서 있었다.

그는 문득 늙은 집사가 초조한 듯 자기 근처를 서성이고 있다는 사실을 깨달았다.

"트레실리언, 웬일이오?" 포와로가 말했다.

노인은 무척 난처해하는 것 같았다. 그가 말했다.

"리 씨에게 할 말이 있는데, 방해를 끼칠까 봐 이렇게 있습니다."

"무슨 일이 일어나기라도 했소?" 포와로가 물었다.

트레실리언은 천천히 말했다.

"이상한 일이 생겼습니다, 도무지 알 수 없는 일이 벌어졌어요."

"내게 말해주겠소?" 에르큘 포와로가 말했다.

트레실리언은 잠시 망설이다가 말했다.

"앞문 양쪽에 둥근 돌받침축 두 개가 있는 걸 보셨을 겁니다. 크고 무거운 돌로 된 것이지요. 그런데, 글쎄 두 개 중 하나가 없어져 버린 겁니다."

에르큘 포와로의 양 눈썹이 치켜 올려졌다. 그가 말했다.

"언제부터 없었소?"

"아침만 해도 분명히 있었습니다. 맹세할 수 있습니다."

"가서 보도록 합시다."

그들은 앞문까지 같이 갔다. 포와로는 몸을 구부리고 하나 남은 받침축을 조사했다. 그가 몸을 일으켰을 때 그의 얼굴은 심각하게 굳어 있었다.

트레실리언은 몸을 으스스 떨었다.

"이런 것을 도대체 누가 훔쳐 갔을까요? 정말 알 수 없는 일이군."

"맘에 들지 않아. 도통 맘에 들지 않아……." 포와로가 말했다.

트레실리언이 걱정스러운 눈길로 그를 쳐다보다가 천천히 말했다.

"이 집안에 도대체 무슨 일이 일어났습니까? 주인 나리께서 살해되신 이후부터는 집안이 옛날 같지 않아요. 종일 꿈을 꾸는 것 같은 느낌입니다. 온통 뒤죽박죽인데다가 가끔씩은 제 눈을 믿지 못할 지경입니다."

에르큘 포와로는 고개를 저으며 말했다.

"그건 당신이 잘못 생각한 게요. 당신 눈을 믿으시오."

하지만, 트레실리언은 고개를 설레설레 흔들면서 말했다.

"사물이 잘 보이질 않습니다. 옛날처럼 볼 수가 없어요. 사물뿐만 아니라 사람들에 대해서도 착각을 일으켜요. 일을 하기엔 이제 너무 늙어 버렸나 봅니다."

에르큘 포와로는 그의 어깨를 가볍게 두드려주면서 말했다.

"용기를 내요."

"고맙습니다. 선생님이 친절하신 분인 줄은 저도 알고 있습니다. 하지만, 사실은 너무 늙어 버렸어요. 요즘은 툭하면 오래전 옛날의 일과 옛날 얼굴들을 떠올리기만 할 뿐이랍니다. 제니 아가씨와 데이비드 도련님, 그리고 앨프리드 도련님. 저는 항상 그분들이 젊은 신사 숙녀인 것으로 착각합니다. 해리 도련님이 집에 돌아오신 그날 밤부터 줄곧 그렇답니다."

포와로가 고개를 끄덕이며 말했다.

"그렇소. 나도 줄곧 그 점에 대해 생각했어요. 당신은 조금 전 '주인 나리가 살해된 이후'라고 말했소. 하지만, 사실은 그 이전부터요. 아니 해리가 이 집에 온 이후부터가 아니오? 해리가 집에 온 이후부터 뭔가 뒤바뀌고 현실같이 보이지 않았던 게 아니오?"

집사는 말했다.

"바로 그렇습니다, 선생님. 그때부터였습니다. 해리 도련님은 옛날부터 언제나 집에 재앙을 불러들이셨어요."

그의 두 눈은 텅 빈 돌받침 위를 이리저리 왔다 갔다 했다.

"도대체 저걸 누가 가져갔을까요?" 그는 귀엣말로 중얼거렸다.

"그리고, 도대체 왜 가져갔을까요? 도대체가 정신병원 같은 집입니다."

에르퀼 포와로가 말했다.

"미친 짓은 아닐 게요. 지극히 정상이지! 트레실리언, 누군가가 큰 위험에 처해 있소."

그는 돌아서서 저택 안으로 다시 들어갔다.

그 순간 필라가 서재에서 나왔다. 양쪽 볼이 발갛게 상기되어 있었다. 그녀는 고개를 꼿꼿하게 쳐들었다. 두 눈이 반들거렸다.

포와로가 그녀에게 다가서자, 그녀는 갑자기 발을 바닥에다 쾅하고 굴리며 말했다.

"전, 받지 않을래요."

포와로가 눈썹을 치켜들면서 말했다.

"받지 않을 거라니, 아가씨?"

필라가 말했다.

"앨프리드 외삼촌이 방금 말해주더군요. 저는 할아버지가 엄마 몫으로 남긴 유산을 받기로 되어 있다나요."

"그래서?"

"저는 원래 법적으로는 받을 수 없다는 거예요. 하지만, 그분과 리디아 외숙모, 그리고 다른 사람들이 그것은 제 몫이 되어야 한다고 주장했다나요. 그건 도의적인 문제래요. 그래서, 그분들은 엄마의 몫을 제게 넘기기로 했대요."

"그래서?" 포와로가 다시 말했다.

필라는 다시 한 번 발을 쾅하고 굴렀다.

"아니, 이해하지 못하시겠어요? 그분들은 그것을 저에게 베푸는 거예요. 제게 '베풀고' 있다고요."

"그렇게 자존심 상할 필요가 있을까? 그들의 말이 사실이 아닐까요? 그들의 말대로 도의적인 차원에서 그것은 아가씨의 몫이 되어야 하는 게 아닐까?"

"선생님은 이해 못 하세요." 필라가 말했다.

"천만에요, 나는 충분히 이해를 합니다." 포와로가 말했다.

"오!" 그녀는 토라져서 돌아섰다.

문에 매달린 조그만 종에서 땡그랑거리는 소리가 났다. 포와로는 얼핏 고개를 들어 그곳을 보았다. 문밖에 서그덴 총경이 서 있는 것이 보였다.

그가 다급한 목소리로 필라에게 말했다.

"아가씨, 어디를 가려는 겁니까?"

그녀는 부루퉁하니 대답했다.

"거실로 가려고요. 다른 사람들이 있는 곳으로."

포와로가 재빨리 말했다.

"좋습니다. 거기서 그들과 함께 계십시오. 혼자 집 안을 배회해서는 안 됩니다. 특히 해가 지고 난 뒤에는. 조심해야 합니다. 아가씬 지금 아주 위험한 상태에 처해 있어요. 오늘처럼 위험한 날도 없을 겁니다."

그는 그녀에게 돌아서서 서그덴을 만났다.

서그덴 총경은 트레실리언이 대기실로 되돌아갈 때까지 기다렸다.

그는 포와로의 코 밑에다 전문 한 장을 내밀었다.

"지금 막 받은 겁니다!"

그가 말했다. 그것은 남아프리카 경찰에서 온 것이었다.

전문에는 다음과 같이 적혀 있었다.

<에브네저 파르의 아들은 2년 전에 사망했음>

서그덴이 말했다.

"지금에야 알게 되다니! 제기랄, 전부 엉뚱한 곳만 뒤적거리는 꼴이잖아."

4

필라는 고개를 꼿꼿하게 든 채 거실로 걸어 들어갔다.

그녀는 리디아가 있는 곳으로 똑바로 걸어갔다. 리디아는 창가에 앉아서 뜨개질을 하고 있었다.

필라가 말했다.

"외숙모님, 할 말이 있어서 왔어요. 저는 그 돈을 받을 수가 없어요. 저는 떠날 거예요. 지금 당장……."

리디아는 깜짝 놀란 것 같았다. 그녀는 뜨개질하던 것을 내려놓았다.

그녀가 말했다.

"이것 봐, 필라. 앨프리드가 설명을 기분 나쁘게 했나 보지? 그건 우리가 너에게 적선하는 게 아니야. 절대 오해하지 마라. 사실 그건 우리의 친절이나 관대함의 문제가 아니야. 그건 어디까지나 옳고 그름의 문제야. 순리적으로 따져 본다고 하더라도 네 어머니가 상속받았을 돈이지. 그리고, 네 어머니는 그것을 너에게 물려주었을 것이고. 그건 네 권리야. 친척이기 때문에 당연히 누려야 하는 권리란 말이야. 정말이지 자선의 문제가 아니라 '도의'의 문제란다!"

필라는 완강하게 말했다.

"제가 그것을 받아들일 수 없는 이유도 바로 그거예요. 그렇게 말씀하시니 더더욱 받아들일 수 없군요. 그러니 받아들일 수 없는 것이란 말이에요! 저는 이곳에 놀러 왔을 뿐이에요. 하지만, 제가 어리석었어요! 온 게 잘못이었어요. 외숙모님이 다 망쳐 버렸어요! 지금 당장 떠나겠어요. 두 번 다시 저 때문에 귀찮은 꼴을 당하게 하고 싶진 않아요……."

그녀는 울먹이며 제대로 말을 잇지도 못했다. 그녀는 돌아서서 미친 듯이 방을 뛰쳐나갔다.

리디아는 그녀의 뒷모습을 멀뚱멀뚱 쳐다보고만 있을 뿐이었다. 그녀는 어쩔 수 없다는 듯 말했다.

"저렇게 오해를 하는 데에야 나로서도 어쩔 수 없는 노릇이지!"

"어린 것이 몹시 맘이 상했나 봐요." 힐다가 말했다.

조지가 목청을 가다듬더니 터무니없다는 듯이 말했다.

"흠, 내가 아침에 말했다시피, 애당초 포함시킨 게 잘못이었습니다. 필라 자신도 뻔히 알고 있는 건데. 그 애는 동정받고 싶지 않은 겁니다."

리디아가 날카롭게 말했다.

"동정이 아니에요. 그건 그 애의 권리라니까!"

조지가 말했다.

"그 애가 받아들이려 하지 않는 걸 어떡하겠소!"
서그덴 총경과 에르큘 포와로가 들어왔다. 총경이 좌중을 돌아보면서 물었다.
"파르 씨는 어디 있나요? 그와 할 말이 있는데."
다른 사람이 미처 대답할 틈도 없이 에르큘 포와로가 날카롭게 물었다.
"에스트라바도스 양은 어디 있습니까?"
조지가 오히려 잘 됐다는 듯이 심술궂은 표정을 지으며 말했다.
"깨끗하게 사라져 버리겠답니다. 영국에 다른 친척들이 많은 모양이지요."
포와로가 재빨리 돌아섰다.
"같이 갑시다!" 그는 서그덴에게 말했다.
두 사나이가 홀에 나타났다. 뭔가 둔탁하게 깨어지는 소리가 나더니 어렴풋한 비명소리가 들렸다.
"빨리……, 갑시다." 포와로가 소리쳤다.
그들은 홀을 따라 뛰어가서 계단 위로 뛰어올랐다. 필라의 방문이 열려 있고, 어떤 남자가 문가에 서 있었다. 그는 그들이 뛰어올라가자 고개를 돌렸다. 바로 스티븐 파르였다.
"그녀는 살아 있습니다." 그가 말했다.
필라는 방의 벽에 기댄 채 몸을 움츠리고 서 있었다. 그녀는 커다란 돌받침이 놓여 있는 바닥을 멍하니 내려다보고 있었다.
그녀는 숨을 헐떡거리며 말했다.
"제 방문 위에 놓여 있었어요. 제가 들어오는 순간 제 머리를 덮치도록 되어 있었던 거예요. 하지만, 셔츠가 못에 걸리는 바람에 들어올 때 몸이 뒤로 당겨졌답니다."
포와로는 무릎을 구부리고 못을 확인했다. 못엔 자주색 트위드 옷감 조각이 약간 걸려 있었다. 그는 위를 쳐다보며 심각한 표정으로 고개를 끄덕였다.
"저 못이 아가씨의 목숨을 구했습니다." 그가 말했다.
어리둥절해 있던 서그덴 총경이 말했다.
"도대체 이게 어떻게 된 일입니까?"
"누군가가 저를 죽이려고 한 짓이에요!" 필라가 말했다.

그녀는 연방 고개만 끄덕일 뿐이었다.
서그덴 총경이 문을 흘끔 쳐다보았다.
"부비트랩(위장 폭탄)." 그가 말했다.
"구식 부비트랩이군. 사람을 죽일 목적이었어! 이 집안에서 계획된 두 번째 살인이군. 하지만, 이번에는 뜻대로 되지 않았군!"
"정말 하늘이 도왔습니다." 스티븐 파르가 쉰 음성으로 말했다.
필라는 두 손을 벌려서 내젓는 시늉을 했다.
"이게 대체 무슨 날벼락이에요!" 그녀가 외쳤다.
"왜 저를 죽이려 하죠? 제가 무슨 짓을 했기에?"
에르큘 포와로가 천천히 말했다.
"차라리 '제가 무엇을 알기에?' 하고 물어야 할걸요, 아가씨."
그녀의 눈이 휘둥그레졌다.
"안다고요? 저는 아무것도 몰라요."
에르큘 포와로가 말했다.
"그건 아가씨가 잘못 생각한 겁니다. 나에게 털어놓으십시오, 필라 양. 살인이 나던 시각에 어디 있었습니까? 아가씨는 이 방에 있지 않았어요."
"말씀드린 그대로예요!"
서그덴 총경이 마음에도 없는 미소를 지으며 말했다.
"좋습니다. 하지만, 아가씨는 그때 사실대로 말하지 않았어요. 아가씨는 우리에게 외할아버지의 비명소리를 들었다고 했습니다. 하지만, 포와로 씨와 내가 어제 실험을 해보았습니다. 아가씨가 만일 이 방 안에 있었다면 그 소리를 들을 수 없었을 겁니다."
"오!" 필라는 순간적으로 숨을 크게 들이마셨다.
포와로가 말했다.
"아가씨는 외할아버지의 방과 아주 가까운 어딘가에 있었습니다. 아가씨가 어디에 있었는지 내가 말해줄 수도 있어요. 아가씨는 외할아버지의 방문과 아주 가까이, 조상(彫像)들이 놓인 모퉁이에 들어가 있었습니다."
필라가 깜짝 놀란 표정으로 말했다.

"오, 어떻게 그걸 아셨나요?"

포와로는 희미한 웃음을 띤 채 말했다.

"파르 씨는 아가씨가 거기 있는 걸 보았죠."

스티븐이 날카롭게 말했다.

"저는 보지 않았습니다. 새빨간 거짓말이오!"

포와로가 말했다.

"실례의 말씀입니다만, 파르 씨. 당신은 이 아가씨를 분명히 보았습니다. 그 모퉁이에 '두 개,' 아니 '세 개'의 조상(彫像)이 있었다고 한 당신 말을 생각해 보십시오. 그날 밤 흰 드레스를 입은 사람은 오직 한 명, 에스트라바도스 양밖에 없었지요. 그녀가 바로 당신이 본 흰 옷을 입은 세 번째의 조상(彫像)이었던 겁니다. 안 그렇습니까, 필라 양?"

"예, 사실이에요." 필라는 잠깐 동안 망설인 끝에 대답했다.

포와로는 점잖게 말했다.

"자, 그럼 모든 사실을 털어놓으실까요? 아가씨는 왜 거기에 있었지?"

필라가 말했다.

"저는 저녁식사 뒤에 거실에서 나와 외할아버지를 만나러 갈 작정이었어요. 외할아버지가 기뻐하시리라 생각했었죠. 하지만, 복도를 돌았을 때 저는 누군가가 외할아버지의 방문 앞에 서 있는 걸 발견했어요. 저는 눈에 띄기가 싫었죠. 외할아버지께서 그날 밤은 아무도 만나고 싶지 않다고 하신 것을 알고 있었기 때문이에요. 저는 문에 서 있는 사람이 돌아볼까 봐 모퉁이로 슬그머니 숨었어요. 그런데 바로 그때, 너무나도 무시무시한 소리가 들려왔어요. 테이블, 의자, 모든 게 날아가고 박살나는 소리였어요."

그녀는 자신의 양손을 내저었다.

"저는 꼼짝도 하지 않았어요. 왜 그랬는지 알 수가 없어요. 저는 겁에 질려 버렸거든요. 그리곤 소름끼치는 비명이 들려왔어요."

그녀는 성호를 그었다.

"심장이 얼어붙는 것 같았어요. 그리고 저는 말했죠. '누군가가 죽었구나.'"

"그러고는?"

"복도를 따라 사람들이 뛰어오기 시작했어요. 저는 제일 마지막에 나타나서 그들과 합세했죠."

서그텐 총경이 날카롭게 말했다.

"처음 질문했을 땐 그런 말은 한마디도 하지 않았잖소? 왜 그랬죠?"

필라는 고개를 흔들었다. 그녀는 곰곰이 생각하는 체하면서 대답했다.

"경찰에 너무 많이 털어놓는 건 안 좋으리라고 생각했거든요. 아시다시피 제가 그 가까이에 있었다고 말하면 총경님은 십중팔구 제가 외할아버지를 죽였다고 생각하실 테니까요. 그래서, 저는 방 안에 있었다고 말한 거예요."

서그덴이 날카롭게 말했다.

"그런 고의적인 거짓말을 하면 결국 아가씨가 혐의를 받게 되는 겁니다."

"필라?" 스티븐 파르가 말했다.

"예."

"복도를 돌았을 때 '당신이 보았다는, 문 앞에 서 있었던 그 사람은 누구였소?' 우리에게 얘기해주시오."

"자, 털어놓아 보시오." 서그덴이 말했다.

순간 그녀는 망설였다. 그녀는 눈을 크게 떴다가 다시 가늘게 깜박거렸다. 그러고는 천천히 말했다.

"누군지 모르겠어요. 불빛이 너무 희미해서 볼 수가 없었거든요. 하지만, 여자였어요."

5

서그덴 총경은 좌중의 얼굴들을 한 번 훑어보았다. 그는 여느 때처럼 짜증 섞인 얼굴로 말했다.

"정말 오리무중입니다, 포와로 씨."

포와로가 말했다.

"나의 좁은 소견입니다만, 내가 아는 사실을 모든 사람들과 함께 이야기해 보았으면 하오. 그래서 그러는데, 다들 한자리에 모아놓고 진실을 밝히도록 합시다."

서그덴은 숨을 죽이고 작은 소리로 말했다.

"원숭이 덫을 놓자는 말씀이군요."

그는 의자에 푹 기대어 두 다리를 뻗었다.

포와로가 말했다.

"우선 시작하기에 앞서, 당신이 파르 씨에게 해명을 요구할 일이 있을 텐데요?"

서그덴이 입술을 꽉 다물었다

"이렇게 공개적으로 물어보기는 싫습니다만." 그는 말했다.

"그러나 이의(異意)는 없습니다."

그는 전보를 스티븐 파르에게 건네주었다.

"자, 파르 씨. 당신은 파르 씨라고 자칭했는데, 이걸 어떻게 해명하시겠습니까?"

스티븐 파르는 그것을 받았다. 미간이 서서히 찌푸려지면서 그는 큼직한 목소리로 그것을 천천히 읽었다. 그러고는 살짝 허리를 굽혀 예의를 갖추며 그것을 다시 총경에게 되돌려주었다.

"이러다가 정말 꼼짝달싹 못하게 되는 건 아닙니까?"

서그덴이 말했다.

"자, 하고 싶은 말이 있으면 전부 해주실까요? 묵비권을 행사해도 무방하다는 것은 잘 알고 있을 겁니다."

스티븐 파르가 갑자기 그의 말을 가로막고 말했다.

"제게 그런 경고를 할 필요는 없습니다, 총경. 저는 당신의 혀 놀림만 봐도 다 알 수 있을 것 같소! 좋소, 해명을 해 드리리다. 듣기 좋은 소리는 아니지만, 어쨌든 진실은 진실이니까."

그는 말을 멈추었다. 잠시 뒤 그는 설명을 시작했다.

"저는 에브네저 파르의 아들은 아닙니다. 하지만, 그 아버지와 아들을 두 명 다 아주 잘 알고 있는 사람이지요. 지금부터 제 말을 잘 이해해주시기 바랍니다(일단 제 이름부터 밝히자면, 저는 스티븐 그랜트라는 사람입니다). 저는 이

나라엔 생전 처음 와보는 사람이지요. 저는 실망했습니다. 사람이나 사물이나 모든 게 우중충하고 생기가 없어 보이더군요. 그러다가 열차여행 도중에 저는 어떤 아가씨를 발견했습니다. 아예 단도직입적으로 말하지요! 저는 그녀에게 홀딱 반해 버렸습니다! 그녀는 아름다웠고, 이 세상 어디에서도 찾아볼 수 없는 여자였습니다. 저는 열차에서 한동안 그녀에게 말을 붙여 보았죠. 곧장 저는 결심을 하고 그때부터 그녀를 줄곧 지켜보고 있었습니다. 저는 그 객실을 나오면서 그녀의 트렁크에 붙어 있는 딱지를 보았습니다.

그녀의 이름이야 제겐 아무런 의미도 없었죠. 하지만, 그녀가 가는 곳의 주소는 제게 큰 의미가 있었습니다. 저는 고스턴 홀에 대해서도 들은 바 있었으며, 그 저택의 주인에 대해서도 자세히 알고 있었거든요. 그 저택의 주인과 또 그 사람의 성격에 대해서 제게 가끔씩 이야기를 해준 사람은 다름 아닌 그 저택 주인의 옛날 동업자였던 에브네저 파르 영감이었던 겁니다. 글쎄요, 고스턴 홀에 가서 에브네저의 아들인 체해야겠다는 생각이 문득 들더군요. 사실 전문에도 있다시피 그는 2년 전에 죽었습니다. 하지만, 에브 영감이 몇 년째 사이먼 리의 소식을 듣지 못했다고 하던 말이 생각났습니다. 그래서, 저는 리 씨가 에브 영감의 아들이 죽은 사실을 모를 것이라고 판단했지요. 어쨌든 밑져야 본전이라는 생각이 들더군요."

서그덴이 말했다.

"하지만, 당신은 그것을 즉각 실행에 옮기지는 않았소. 당신은 애들스필드의 킹스 암스 여관에서 이틀이나 머물렀습니다."

스티븐이 말했다.

"저는 그 일에 대해서 생각을 하고 있었던 겁니다. 시도해볼 것인가 안 할 것인가 하는 문제였지요. 하지만, 결국 해보기로 저는 작정했습니다. 약간의 모험을 감수해야 한다는 생각이 들더군요. 하지만, 웬일인지 척척 잘 맞아들어가더군요! 노인이 저를 따뜻하게 맞아주면서, 한번은 저더러 이 집에서 머물라고 하는 것이었어요. 저는 그분의 제안을 수락했습니다. 일이 이렇게 되었던 겁니다. 도무지 이해가 안 되신다면 당신의 연애 시절을 한 번 떠올려 보십시오. 보나 마나 당신도 사랑에 빠졌을 때 바보 같은 짓을 몇 번은 저질렀을 겁니다. 제 본명은 이미 말씀드렸다시피 스티븐 그랜트입니다. 남아프리카로 전문을 보내 조회를 해보십시오. 그러면, 제가 아주 선량하고 건실한 시민임을 알게 될 겁니다. 저는 사기꾼이나 보석 도둑이 아닙니다."

"그런 줄은 몰랐구먼." 포와로가 부드럽게 말했다.

서그덴이 심각한 표정으로 자기의 턱을 어루만지며 말했다.

"당신의 이야기는 내가 확인을 좀 해봐야겠소. 그런데, 한 가지 알고 싶은 게 있소. 살인사건이 난 뒤에 얼른 솔직히 털어놓지 않고 그렇게 거짓말만 잔뜩 늘어놓은 이유는 무엇이오?"

스티븐은 무안한 표정을 지으며 말했다.

"제가 어리석었기 때문이죠! 어떻게 대충 넘어갈 수 있을 줄 알았습니다! 저도 가명으로 이 집에 있으면 의심을 받게 되리라는 생각은 하고 있었지요. 제가 완전한 백치가 아닌 다음에야 당신네가 요하네스버그로 전문을 보낼 것쯤은 알고 있었습니다."

서그덴이 말했다.

"좋습니다, 파르, 음, 그랜트 씨. 당신의 말을 믿지 못한다는 소리는 아닙니다만, 어쨌든 조만간에 진짜인지 거짓인지 판명이 날 겁니다."

그는 사뭇 의심스러운 듯 포와로를 쳐다보았다. 포와로가 말했다

"에스트라바도스 양도 우리에게 뭔가 분명히 할 말이 있을 것 같은데?"

필라의 안색이 새하얗게 변했다. 그녀는 겨우겨우 숨을 가다듬으며 말했다.

"사실이에요. 리디아 외숙모와 돈 문제만 없었더라면 결코 털어놓지 않으려 했었어요. 이 집에 와서 거짓으로 꾸민 행동은 순전히 재미로 그래 본 거예요. 하지만, 리디아가 제가 유산을 받아야 하고, 또 그것은 도의적인 문제라고 말했을 때 상황은 달라졌어요. 이젠 더 이상 재미로 받아들일 문제가 아니었던 거예요."

앨프리드 리가 어리둥절한 얼굴로 물었다.

"무슨 말을 하는지 모르겠군. 대체 무슨 말을 하는 거지?"

필라가 말했다.

"저를 당신의 조카 필라 에스트라바도스라고 생각하고 계시죠? 하지만, 그

게 아니에요! 필라는 스페인에서 저와 함께 자동차를 타고 가던 도중에 죽었어요. 하지만, 저는 손가락 하나 다치지 않았지요. 저는 그녀가 누구인지 자세히 몰랐어요. 하지만, 그녀가 자신에 대해서 상세히 이야기해주고 또 외할아버지가 그녀를 영국으로 오게 한 경위, 그리고 할아버지가 굉장한 부자라는 사실도 이야기해주었어요. 그때 마침 저는 땡전 한 푼 없는 무일푼에다가, 어디로 가서 무얼 해야 할지도 알 수 없는 막막한 상태였어요. 그래서, 문득 이런 생각이 들더군요. '필라의 여권을 가지고 영국으로 가서 굉장한 부자가 되는 건 어떨까?'"

그녀는 이젠 후련한 듯 환하게 웃어 보였다.

"오, 그런데도 그 짓이 용케 잘 될 수 있었다니 정말 우스꽝스러울 정도로 희한한 일이죠! 필라와 저의 사진은 전혀 닮지 않았거든요. 그래서, 저분들이 여권을 요구했을 때 저는 창문을 열고 그것을 밖으로 집어던져 버릴 수밖에 없었어요. 그리고 곧장 달려 내려가 그것을 주웠지요. 주운 여권의 사진을 흙바닥에다 대고 조금 문질렀어요. 여행 검문소에서처럼 대충 보아 넘기려 하지 않으리라는 것을 잘 알고 있기 때문이었죠. 하지만, 여기 있는 이분들은 속지 않을 거예요."

앨프리드 리가 격분해서 말했다.

"그럼, 아가씨는 우리 아버지에게 손녀인 척 연극을 했었단 말이야?"

필라는 고개를 끄덕였다. 그녀는 아예 속이 후련하다는 듯이 말했다.

"예, 할아버지의 마음에 들게 하는 것쯤은 식은 죽 먹기라고 생각했어요."

조지 리의 음성이 터져 나왔다.

"기가 막히는군!" 그가 고함을 지르다시피 말했다.

"사기야! 공갈로 돈을 뜯어내려는 수작이었어."

해리 리가 말했다.

"저 아가씨가 형에게서 뜯어낸 건 하나도 없었어! 필라, 나는 네 편이다. 나는 네 용기에 오히려 감탄하지 않을 수 없구나. 그리고 그 정직함에 호의도 느끼고 말이야. 이제 나는 네 외삼촌이 아니다! 그렇게 되니 오히려 더 홀가분하구나."

필라가 포와로에게 말했다.

"알고 계셨죠? 언제 아셨나요?"

포와로는 싱긋이 웃었다.

"아가씨, 혹시 아가씨가 멘델의 법칙을 공부한 적이 있다면 푸른 눈을 가진 두 사람이 결혼해서 갈색 눈을 가진 2세가 나타날 수 없다는 사실쯤은 알 수 있을 겁니다. 아가씨의 어머니는 아주 정숙하고 품행이 방정한 여인이었습니다. 그 점을 고려한다면 아가씨는 절대 필라 에스트라바도스가 아니었던 거지요. 아가씨가 여권을 가지고 엉뚱한 짓을 벌일 때 나는 그것을 확신했습니다. 제법 그럴 듯한 연극이었지만, 그렇게 감쪽같은 연극은 아니었지요."

서그덴 총경이 기분 나쁜 투로 말했다.

"어설픈 일이 한두 가지가 아닙니다. 다 그래요."

필라는 그를 멀뚱멀뚱 쳐다보면서 말했다.

"무슨 말씀이신지……!"

서그덴이 말했다.

"지금까지 우리에게 이야기를 했습니다만, 내가 생각하기에는 아직도 뭔가 이야기하지 않은 게 상당히 많은 것 같소."

"이젠 제발 그녀를 내버려 두시오!" 스티븐이 말했다.

서그덴 총경은 그 소리는 들은 체만 체하고서 계속 말해 나갔다.

"아가씨는 저녁식사가 끝난 뒤 외할아버지의 방으로 올라갔다고 했소. 또, 즉흥적으로 한 행동이라고 했고. 나는 뭔가 별다른 점을 제시하고자 합니다. 다이아몬드를 훔친 사람은 바로 아가씨였소. 아가씨는 그것들을 만져 본 일이 있습니다. 틀림없이 아가씨가 금고 속에서 그것들을 꺼냈을 게요. 그리고, 영감님은 아가씨가 그 짓을 하는 것을 보지 못했을 테지! 영감님이 그 돌들이 없어진 사실을 알았을 때, 그분은 그것을 가져갈 수 있는 사람은 두 사람뿐이라는 사실을 즉각 눈치 챘소. 금고 번호를 알아내어 밤중에 남몰래 살금살금 그 방으로 들어가 그것을 훔쳐냈음직한 사람 중 하나는 바로 호버리였지요. 그리고, 나머지 한 사람은 바로 아가씨였소.

그래서, 리 씨는 곰곰이 생각을 한 끝에 나에게 전화를 걸어 자기와 만나

달라고 한 겁니다. 그리고, 그분은 아가씨에게도 전갈을 보내어 식사가 끝난 즉시 와서 자기를 만나자고 했지요. 그래서, 아가씨는 외할아버지 방으로 갔습니다. 거기서 그분은 아가씨를 도둑이라고 심하게 꾸짖었어요. 아가씨는 부인했지만, 그분은 계속 아가씨를 꾸짖었습니다. 그다음에 무슨 일이 벌어졌는지 나는 모릅니다. 그분이 아가씨는 자신의 손녀이기는커녕 아주 영악하고 앙큼한 전문 절도범임을 눈치 챘을지도 모르는 일이지요. 하여간, 게임은 끝장이 나고 아가씨의 정체가 드러나자, 아가씨는 칼로 그분을 찌른 겁니다. 격렬한 소동이 있었고, 그분은 비명을 질렀지요. 아가씨는 비명소리에 안절부절 어쩔 줄을 몰랐습니다. 잽싸게 방에서 나와 밖에서 열쇠를 넣어 돌렸습니다. 그러고는 이미 도망칠 수 없다는 사실을 깨닫고 다른 사람들이 오기 전에 그 조상(彫像)들이 있는 모퉁이로 슬그머니 숨어 들어가 있었던 거지요."

필라가 절규처럼 외쳤다.

"새빨간 거짓말! 그건 사실이 아니에요! 저는 절대로 다이아몬드를 훔치지 않았다고요! 저는 그분을 죽이지도 않았어요! 성모의 이름으로 맹세할 수 있어요."

서그덴이 날카롭게 말했다.

"그럼 누가 했단 말이오? 아가씨는 리 씨의 방문 밖에 서 있는 사람을 분명히 보았다고 했소. 아가씨 말대로라면, 바로 그 사람이 살인자임이 틀림없지. 그 모퉁이를 지나친 사람은 아무도 없었소! 그곳에 사람이 있었다고 한 사람은 오직 아가씨 혼자뿐이었소. 다른 말로 해서, 그건 아가씨가 죄를 모면하기 위해 꾸며낸 수작이었단 말이오!"

조지 리가 날카롭게 말했다.

"바로 이 여자가 범인이군! 이젠 낱낱이 밝혀졌어! 내가 말한 대로 외부인이 아버지를 살해한 거야! 가족인 체하고 들어와서 그런 짓을 하다니, 이건 정말 어처구니가 없군! 천벌을 받을 짓이야!"

포와로가 자리에서 벌떡 일어났다. 그가 말했다.

"나는 당신 생각과는 다르오. 사이먼 리 씨의 성격을 생각해보시오. 그런 일은 능히 일어나고도 남을 만합니다."

"뭐라고요?"

조지의 턱이 삐쭉했다. 그는 포와로를 빤히 노려보았다.

포와로는 계속했다.

"내 의견은 우리가 우려한 바로 그 일이 일어났었다는 것이오. 사이먼 리는 자신의 혈육에 의해서 살해된 것이오. 살인자가 보기에는 죽어도 마땅한 충분하고 타당한 이유가 있었던 것이오."

조지가 버럭 소리를 질렀다.

"우리 중 누군가가? 천만에, 그럴 리가……."

강철처럼 단호한 포와로의 음성이 터져 나왔다.

"여기 있는 모든 사람에게 해당사항이 있습니다. 먼저 조지 리, 당신부터 봅시다. 당신은 아버지를 사랑한 적이 한 번도 없는 사람이오! 한 푼이라도 더 뜯어내려고 비위만을 맞추어 왔을 뿐이지. 그분이 죽던 날 그분은 '당신의 몫을 삭감하겠다.'고 위협했소. 당신은 아버지가 돌아가시면 상당한 액수를 상속받는다는 사실을 알고 있었습니다. 그게 바로 동기입니다. 당신이 말한 대로 식사가 끝난 뒤, 당신은 전화를 하러 갔습니다. 당신은 전화를 했지요. 하지만 통화는 고작 '5분밖에' 걸리지 않았습니다. 전화가 끝난 뒤 당신은 쉽사리 아버지의 방으로 가서 잡담을 나누다가 그분을 덮쳐 살해할 수 있었습니다.

당신은 방에서 나와 바깥에서 열쇠를 집어넣어 돌렸습니다. 강도가 저지른 일로 보이게끔 하려는 의도였지요. 하지만, 당신은 당황한 나머지 한 가지를 빠뜨리고 말았습니다. 창문을 활짝 열어 두어야 강도가 한 짓으로 오인하게 되는데, 그것을 잊어버렸던 것이지요. 당신 같은 사람이 그런 실수를 저지르다니 정말 바보 같은 짓입니다. 내 말이 너무 심할는지 모르겠지만, 하여간 정말 어리석은 짓이었습니다!"

그는 잠시 숨을 돌렸다. 그 사이 조지가 무엇인가 말을 하려고 했으나, 그는 그것을 깡그리 무시해버린 채 다시 말을 이었다.

"범죄자들 중엔 멍청한 사람들도 수두룩하다고 한 말!"

그는 이번엔 맥덜린 쪽으로 시선을 돌렸다.

"부인 역시 동기를 가진 사람입니다. 빚에 허덕이고 있었음은 물론, 세간에서 말하는 부인의 아버지라는 사람의 색깔이 애매모호한 덕택에 몹시 난처한 궁지에 빠져 있었지요. 물론 알리바이는 전혀 없습니다. 전화를 하러 갔다고는 했지만, 전화는 하지도 않았습니다. 게다가, 그것도 본인의 진술을 제외하고 나면 아무런 객관적인 증거가 없지요."

그는 잠시 말을 멈추었다. 하지만, 곧장 말을 이었다.

"그다음 데이비드 리 씨. 리 가문의 핏줄을 이어받은 사람답게 복수에 대한 집념이 강하고 오랫동안 잊지 않는 인물이라는 소리를 들은 게 한두 번이 아닙니다. 데이비드 리 씨는 자기 아버지가 어머니에게 한 짓을 결코 용서하지도 잊어버리지도 않았습니다. 최근에 아버지가 죽은 어머니에게까지 조롱을 퍼붓자 아버지에 대해서 품고 있던 실오라기 같은 최후의 연민마저 사라져 버린 겁니다. 데이비드 리 씨는 사건이 나던 시간에 피아노를 치고 있었노라고 했습니다. 우연의 일치인지는 몰라도 그때 친 곡은 '장송곡'이었지요. '누군가' 그가 무슨 짓을 하려고 하는지 알고 있었던 사람이 대신 장송곡을 치고 있었으며, 나중에 그의 행적을 위증해주고 있다는 가정도 충분히 가능한 일입니다."

힐다 리가 냉랭한 목소리로 말했다.

"정말 파렴치한 가정이군요."

포와로는 그녀를 쳐다보았다.

"다른 가정을 하나 더 제시해보지요, 부인. 살인을 한 것은 바로 부인의 손이었습니다. 2층으로 슬그머니 올라가서 용서받을 가치도 없다고 생각되는 인간에게 심판을 내린 사람은 바로 당신이었습니다. 부인은 화가 나면 언제든지 그렇게 무섭게 돌변할 수 있는 사람입니다."

"저는 절대 아버님을 죽이지 않았어요." 힐다가 말했다.

서그덴 총경이 퉁명스럽게 말했다.

"포와로 씨의 의견은 다 옳은 말씀입니다. 앨프리드 리 씨, 해리 리 씨, 그리고 앨프리드 리 부인을 제외한 나머지 전부는 가능성이 있습니다."

"세 분도 결코 제외된 것은 아니지요." 포와로가 점잖게 말했다.

"오, 포와로 씨, 지금에 와서!" 총경이 항의했다.

"제 경우는 어떤가요, 포와로 씨?" 리디아 리가 말했다.

그녀는 말을 하는 순간 희미하게 웃었다. 그녀의 눈썹이 경멸적으로 치켜져 올라갔다.

포와로는 정중하게 허리를 굽히고는 말했다.

"부인의 경우도 동기는 충분합니다. 하지만, 일단 그것은 무시하고 나머지에 대해서만 이야기해보겠습니다. 부인은 지난밤 케이프(목에 매는 짧은 망토)가 달린 눈에 잘 띄는 모양의 꽃무늬가 그려진 태피터 드레스를 입고 있었습니다. 나는 부인에게 집사인 트레실리언이 근시로 눈이 몹시 나쁘다는 사실을 상기시켜 주고 싶습니다. 그는 멀리 있는 물체는 희미하게 잘 보이지 않지요. 아울러 나는 부인의 거실이 넓고, 전등에 큼직한 갓을 씌워 두었다는 사실을 지적하고 싶습니다. 그날 밤 비명소리가 들리기 1~2분 전에 트레실리언은 커피잔을 치우러 그 방으로 들어갔지요. 그는 부인이 거기 있는 걸 목격했습니다. 그는 부인이 여느 때처럼 두꺼운 커튼으로 몸을 반쯤 가린 채 창가에 서 있는 것 같았다고 했습니다."

"그는 저를 보았어요." 리디아가 말했다.

포와로는 계속했다.

"내 말은 '트레실리언이 본 것은 부인의 드레스 케이프였을 수도 있다.'는 겁니다. 그러니까, 부인이 거기 있는 것처럼 창문 커튼 옆에다가 잘 보이도록 걸어두었을 수도 있다는 얘기올시다."

"저는 거기 있었어요." 리디아가 말했다.

"감히 어떻게 그런 추측을……." 앨프리드가 말했다.

해리가 그의 말을 가로막았다.

"계속 말하라고 그래요, 앨프리드 형. 다음은 우리 차롑니다. 바로 그때 우리는 함께 거실에 있었는데, 어떻게 앨프리드 형이 사랑하는 아버지를 살해할 수 있었겠는지 그 경우도 추리해볼 수 있겠습니까?"

포와로는 그를 보고 피식 웃었다.

"그건 그야말로 간단하지요." 그는 말했다.

"알리바이는 완벽해야만 설득력을 얻는 법입니다. 당신과 당신의 형은 심한 말다툼을 했습니다. 그건 이미 알고 있는 사실이지요. 당신은 공개적으로 형을 우롱하는 사람입니다. 형도 당신에게 좋은 말은 결코 하지 않는 사람이고요! 하지만, 당신이 한 말의 내용이 전부 치밀하게 짜인 계략이었다고 생각해봅시다. 앨프리드 리는 완고한 아버지의 비위를 맞추는 일엔 싫증이 나버렸다고 생각할 수도 있습니다. 그리고 얼마 전 당신과 당신의 형이 의기투합했다고 생각해볼 수 있겠지요. 그래서, 당신은 계획을 짠 대로 집으로 왔습니다. 앨프리드는 당신이 이 집에 있는 걸 싫어하는 체 겉으로만 그렇게 했고요. 그는 당신을 싫어하고 혐오하는 것처럼 보였습니다. 당신 역시 형을 미워하는 체했고요. 그리고, 마침내 살인의 밤이 오자 둘이서 사전에 치밀한 계획을 세워둔 대로 당신들은 실행한 겁니다. 당신들 두 명 중 어느 하나가 거실에 남아서 마치 그 방에 두 사람이 있는 것처럼 떠들고 큰소리로 싸우는 체한 겁니다. 그리고, 나머지 한 명이 2층으로 올라가서 범행을 저질렀지요."

앨프리드가 벌떡 일어났다.

"소름끼치는 인간!" 그는 격노해서 차마 말을 잇지 못했다.

"인간의 탈을 쓰고 어떻게 그런 말을……."

서그덴은 휘둥그레진 눈으로 포와로를 쳐다보고서 말했다.

"진짜 그런 뜻으로……?"

포와로가 말했다. 갑자기 그의 음성은 근엄한 권위로 가득 찬 것 같았다.

"어디까지나 '가능성'이 있는 소리요! 충분히 있음직한 일이지! 이분들 중 누가 실제로 그 짓을 했느냐 하는 문제는 겉모양만 봐선 될 일이 아니라, 사람 마음속으로 뚫고 들어가 봐야 알 일이오."

그는 잠시 말을 멈추었다. 잠시 시간이 흐른 뒤 그가 천천히 입을 열었다.

"아까도 내가 말했다시피, 사이먼 리의 성격으로 되돌아가야 해요."

6

잠깐 동안 다들 아무 말이 없었다. 다들 복장이 터질 일이 아닐 수 없었다. 하지만, 마침내 격한 감정과 격분이 사그라졌다. 에르큘 포와로는 자신의 인간적인 매력으로 좌중을 압도하고 있었던 것이다.

그들은 멍하니 그를 쳐다보고 있었다.

그가 서서히 입을 열었다.

"아시다시피 이제 중요한 것은 하나밖에 남지 않았습니다. 죽은 사람이 이 미스터리의 핵심이요 초점입니다! 우리는 사이먼 리의 심성과 마음속을 깊숙이 파헤치고 들어가, 거기서 발견할 수 있는 것을 찾아내야 합니다. 인간은 혼자 살다가 혼자 죽어가는 것이 아닙니다. 그 사람이 가지고 있던 것을 다음 세대에게 물려주는 법이지요.

사이먼 리가 아들들과 딸에게 남기고 간 것은 무엇일까요? 우선 자존심을 들 수 있겠습니다. 노인은 자식들에 대한 실망 때문에 자존심의 손상을 입었습니다. 그래도 그것은 참을 수 있는 성질의 것이었지요. 우리는 사이먼 리가 누군가 자신에게 해코지를 한 사람에게 복수를 하기 위해 몇 년 동안이나 꾸준히 참고 기다렸었다는 말을 들은 바 있습니다. 우리는 그의 그런 성격적인 면모가 최소한 얼굴이라도 닮은 그의 아들에게 유전되었다는 사실을 알 수 있습니다. 데이비드 리 씨 역시 긴 세월동안 자기의 적개심을 가슴속 깊숙한 곳에 감춘 채 잊지 않고 기억해 왔습니다.

'얼굴'을 따져 본다면 해리 리가 그분을 가장 빼닮은 자식입니다. 이 두 사람이 닮았다는 사실은 우리가 젊은 시절의 사이먼 리의 초상화를 살펴볼 때 뭔가를 생각나게 하지요. 우뚝한 매부리코, 길고 뾰족한 턱선, 반듯한 뒤통수. 한결같이 똑같습니다. 그러므로 나는 해리 씨가 아버지의 특징들을 가장 많이 물려받았다고 생각합니다. 웃을 때 고개를 뒤로 젖힌다든가 손가락으로 턱을 만지작거리는 습관도 마찬가지이고요.

이 모든 것들로 추정해본 결과, 나는 살인자는 죽은 사람과 아주 밀접한 관련이 있는 사람이라는 결론에 도달하게 되었습니다. 그래서, 나는 심리학적인 관점에서 가족들을 조사했습니다. 마침내 내 생각은 범죄 자체가 '심리학적으로 가능한 범죄'이어야 한다는 쪽으로 기울었지요. 그래서 판단해본 결과, 그런 조건에 부합되는 인물은 오직 두 사람밖에 없다는 것을 알았습니다. 바로 앨프리드 씨와 데이비드 씨의 아내 힐다 리 부인입니다. 나는 데이비드 씨는 그런 살인을 저지를 만한 인물이 못 된다고 생각합니다. 그렇게도 심약한 감수성을 가진 사람이 피투성이가 된 채 사람의 목을 자를 수는 없다고 생각하기 때문이지요. 나는 조지 리 씨 부부도 마찬가지로 제외합니다. 욕심이야 많지만 그런 '모험'을 할 만큼 간 큰 사람들은 못 된다고 생각하기 때문입니다. 두 분 다 극도로 소심한 사람들이거든요.

앨프리드 리 부인에게서 내가 받은 인상은 그런 과격한 행동은 절대로 하지 못할 사람 같다는 확신이었습니다. 앨프리드 리 부인은 천부적으로 아이러니한 면을 굉장히 많이 갖고 태어난 분입니다. 해리 리 씨에 대해서는 나도 확신을 내리지 못하겠습니다. 성격적으로 난폭한 면이 있는 것은 사실입니다. 하지만, 내가 생각하기에 해리 리 씨는 성격적인 단순성이나 허풍에도 불구하고, 본질적으론 마음이 약한 사람인 것 같습니다. 지금에야 안 사실이지만, 리 영감님의 견해도 마찬가지였지요. 영감님이 해리 씨더러 다른 나머지 사람들보다 더 아무짝에도 쓸모없는 사람이라고 한 말이 기억날 겁니다. 그래서 결국 아까 말한 두 사람만 남게 되었지요.

앨프리드 리 씨는 무조건적인 헌신을 할 줄 아는 사람이었습니다. 그는 그렇게도 오랜 세월을 아버지의 뜻에 맞추어 자기 자신을 억제하고 순종해 온 사람입니다. 그런 조건에서는 누구라도 항상 불만이 폭발할 가능성이 있는 것이지요. 게다가, 어떤 식으로도 표출되지 않고 누적시켜 온 아버지에 대한 개인적인 불만을 혼자서만 가슴속에 품고 있었을지도 모르는 일이지요. 조용하고 온순한 사람일수록 그 불만이 폭발할 때는 전혀 예상 밖의 격렬한 반응을 일으켜, 마침내는 갈 데까지 가고 말 확률이 더 큰 법입니다! 범죄를 저지를 수 있다고 내가 생각한 또 한 사람의 인물은 바로 힐다 리였습니다. 그녀는 경우에 따라서 도덕적인 원칙 따위는 깡그리 무시해버릴 수 있는 여자입니다. 물론 이기적인 동기로 그러는 것은 아니지요. 그런 사람은 스스로 판단하고 집행합니다. 구약성서 속에 나오는 숱한 주인공들이 바로 그런 타입의 인물들이지요. 야엘(구약성서 사사기에 나오는 이스라엘의 용감한 여인)과 유디스(성서 중에 나오는 유대의 과부. 앗시리아의 장군 호로펠네스를 살해하여 나라를 구했다)가 좋은 예입니다.

지금까지는 범죄 자체의 주변 상황을 검토해보았는데, 이젠 이야기를 좀더 진전시켜 보겠습니다. 제일 처음 떠오르는 것은 사건이 발생한 바로 그 당시의 상황입니다! 사이먼 리가 죽어 드러누워 있었던 그 방을 다시 한 번 곰곰이 생각해봅시다. 무거운 테이블과 의자가 뒤집혀 있었음은 물론 램프, 도자기, 유리그릇 따위가 박살나 있었지요. 하지만, 그중에서도 의자와 유독 테이블은 뜻밖이었습니다. 그것들은 견고한 마호가니 가구였거든요. 병약한 노인과 범인이 도대체 어떻게 싸웠기에 그 단단한 가구들이 뒤집히고 부서져 내려앉을 정도였는지 도무지 알 수가 없는 노릇입니다.

전반적으로 도무지 '현실감이 나지 않습니다.' 그렇다고 해서 정신이 멀쩡한 사람이 일부러 그렇게 해놓았다고 볼 수도 없는 노릇이고요. 이렇게 볼 때, 사이먼 리를 살해한 사람이 힘센 남자는 아닐 것입니다. 그렇다면, 가해자는 여자였거나 누군가 몸이 약한 사람이었을 겁니다.

하지만 이런 생각도 극단적인 의미에선 신빙성이 없습니다. 가구 떨어지는 소리가 위급을 알리는 신호였고, 그래서 범인은 황급히 도망칠 수밖에 없었으리라고 생각할 수도 있기 때문이지요. 하나 확실한 것은, 범인은 사이먼 리의 목을 가능한 한 조용히 자를 수 있는 이점을 가진 자였을 것이라는 점입니다.

또 하나 이해가 가지 않는 점은 문 밖에서 자물쇠에다 열쇠를 집어넣어 돌렸다는 사실입니다. 다시 말해, 굳이 그렇게 해야 할 이유가 없는 것 같다는 말이지요. 그건 자살이라는 오해를 심어 주지도 못했습니다. 왜냐하면, 죽음의 현장을 살펴봐도 자살과 일치하는 것은 하나도 없었기 때문입니다. 창문으로 도주했음직한 암시를 심어주지도 않았습니다. 그 정도 열린 창문으로는 도저히 탈출할 수 없다는 건 삼척동자도 알 만한 사실이니까요! 다시 말해, 그쪽으로 탈출하는 데는 시간이 걸립니다. 살인자는 시간이 촉박했음이 틀림없었습니다!

또 한 가지 이해 못 할 것이 있습니다. 서그덴 총경이 내게 보여 준 사이먼 리의 휴대용 세면도구 주머니에서 떨어져 나온 고무조각과 조그만 나무 못 하나입니다. 누군가 제일 먼저 그 방에 들어간 사람이 바닥에서 그것을 주웠습니다. 하지만, 아무리 생각해봐도 그것들이 무엇을 의미하는지 알 수가 없더군요! 정확하게 말해 그것들은 전혀 아무 의미도 없는 것이란 말입니다! 하지만,

그럼에도 불구하고 그것은 거기 있었습니다.

보시다시피 사건은 점점 더 알 수 없는 오리무중 속으로 빠져 들고 있습니다. 순서도 없고 방법도 없는 게 도무지 '이치에 맞지가 않습니다!'

게다가 또 한 가지 더 큰 난점이 있습니다. 서그덴 총경은 죽은 사람으로부터 전화를 받았습니다. 그분은 서그덴 총경에게 강도 신고를 하고 한 시간 반 뒤에 다시 와달라고 부탁했습니다. 왜 그랬을까요? 만일 사이먼 리가 그의 손녀나 가족 중 다른 어떤 사람들에게 의심을 품고 있었다면 왜 그는 서그덴 총경에게 아래층에서 잠깐만 기다리라고 해놓고, 곧장 의심이 가는 가족을 불러 얘기하지 않았을까요? 사실상 서그덴 총경이 집에 있음으로 해서 죄지은 사람에 대한 그분의 압력은 더욱 강해지는 법일 텐데요.

그래서, 지금 우리는 마침내 살인범의 행동도 이상했을 뿐 아니라, 사이먼 리의 행동도 이상했었다는 결론에 도달하게 된 겁니다!

그래서, 나는 내 나름대로 '이것은 전부 잘못되었다.'라고 자신 있게 말할 수 있습니다. 왜 잘못되었느냐고요? 우리는 '엉뚱한 각도에서' 사건을 쳐다보고 있기 때문입니다. 우리는 '살인범이 우리가 그렇게 보도록 의도한 방향에서' 사건을 보고 있는 겁니다.

우리에겐 알 수 없는 점이 세 가지 있습니다. 범인과 영감님의 싸움, 열쇠를 돌린 일, 그리고 고무조각입니다. 하지만, 이 세 가지 의문을 밝힐 수 있는 방법은 반드시 있지요! 그래서, 나는 마음을 완전히 비우고 사건의 주변 상황을 완전히 무시해버린 상태에서 이 세 가지 의문을 '원리 원칙대로' 따져 보고자 합니다. 먼저 영감님과 범인 간의 싸움, 그것은 무엇을 암시하고 있을까요? 싸우고, 깨지고, 그리고 요란한 소리. 열쇠는? 왜 열쇠를 돌렸을까? 아무도 들어가지 못하게 하려고? 하지만, 거의 곧바로 문을 부수어 넘어뜨렸기 때문에 열쇠는 그 구실을 할 수가 없었지요. 누군가를 안에 가두어 두려고? 누군가를 들어오지 못하게 하려고? 고무조각은?

나는 이렇게 말할 수 있습니다. '조그만 휴대용 세면도구 주머니 조각은 조그만 휴대용 세면도구 주머니 조각일 뿐이다!'

사실 전혀 아무런 의미도 없는 것입니다. 하지만, 그렇다고 해서 그게 정확하게 맞는 것은 아니지요. 세 가지의 인상이 남아 있기 때문입니다. 소리, 격리, 황당함…….

이것이 범행을 저지를 수 있는 사람이라고 애초에 내가 말한 두 사람의 이미지와 들어맞습니까? 천만에요! 그들에겐 어울리지 않습니다. 만일 앨프리드 리나 힐다 리가 살인을 한다면 십중팔구 '조용한' 살인을 할 겁니다. 시간을 허비해 가면서 바깥에서 문을 걸어 잠그는 짓은 모순이지요. 그리고 그 조그만 휴대용 세면도구 주머니 조각은 아직까지는 아무런 의미도 없습니다. 아직까지는 전혀 아무런 의미도 없단 말입니다!

하지만, 그럼에도 나는 이번 사건에서 모순되는 것은 하나도 없다는 느낌이 강하게 드는군요. 거꾸로 얘기해서 너무나도 치밀하게 계획되고 감탄이 절로 나올 정도로 기가 막히게 실행되어졌다는 겁니다. 사실 이번 범행은 '성공한 것이지요.' 그러므로, 일어났던 모든 일이 하나하나 전부 '의미가 있었던 것입니다.'

그럼, 다시 따져 보도록 합시다. 이제 첫 번째 서광이 비치는 것 같습니다.

피, 그렇게도 많은 피, 어디에고 피. 피에 대한 강조. 금방 흘러 흥건하게 번들거리는 피, 그렇게도 많은 피, 지나치게 많은 피…….

피 때문에 두 번째 생각이 났습니다. 이번 사건은 피의 범행입니다. 사건은 핏속에서 이루어졌습니다. '그것은 그에게 대항하는 사이먼 리 자신의 핍니다.'"

에르큘 포와로는 앞으로 몸을 구부렸다.

"이번 사건의 가장 가치 있는 열쇠 두 개는 두 명의 전혀 다른 사람들의 입에서 거의 무의식적으로 흘러나왔습니다. 첫 번째 열쇠는 앨프리드 리 부인이 〈맥베스〉의 한 구절을 인용했을 때였습니다. '그 노인이 그렇게 많은 피를 흘릴 줄을 그 누가 상상이나 했으리오?' 또 다른 하나는 집사인 트레실리언이 내뱉은 말 한마디였습니다. 그는 어리둥절하다고 하면서 모든 일들이 전에 일어났던 일 같다고 했습니다. 그에게 그런 이상한 느낌이 들었다는 것은 극히 단순한 것이었지요. 그는 초인종이 울리는 소리를 듣고 해리 리 씨에게 문을 열어 주러 갔습니다. 그리고, 그 다음 날 스티브 파르 씨에게도 똑같은 일을 했습니다.

그럼, 왜 그는 그런 느낌이 들었을까요? 해리 리 씨와 스티븐 파르 씨를 보면 '그 이유를 알 수 있을 겁니다.' 그들은 놀라울 정도로 똑같습니다! 그것이 바로 스티븐 파르 씨에게 문을 열어 주는 것이 해리 리 씨에게 문을 열어 주는 것과 똑같이 느껴졌던 이유이지요. 문 앞에 서 있던 남자는 거의 똑같은 인물이었을 겁니다. 그런데, 오늘에야 트레실리언은 언제나 사람이 혼돈스러웠다는 얘기를 털어놓았습니다. 하지만, 놀랄 것 하나도 없습니다! 스티븐 파르도 매부리코에다 웃을 때 고개를 뒤로 젖히는 습관, 그리고 엄지손가락으로 턱을 어루만지는 버릇을 갖고 있습니다. 젊은 시절의 사이먼 리의 모습을 그린 초상화를 찬찬히 살펴보십시오. 그러면 거기서 해리 리 씨의 모습뿐만 아니라 스티븐 파르 씨의 모습도 발견하게 될 겁니다."

스티븐이 몸을 움직였는지, 그의 의자가 삐걱거렸다.

포와로가 말했다.

"가족들을 향해 퍼붓는 사이먼 리의 역정과 독설을 기억해보십시오. 기억날 겁니다. 그는 비록 '서자이긴 하지만 더 나은 아들을 갖고 있다.'고 분명히 말했습니다. 사이먼 리의 성격으로 다시 되돌아가 봅시다. 사이먼 리는 여자들을 사귀는 데는 천재였지만, 아내에게는 영 엉망인 인물이었습니다! 사이먼 리는 필라에게 자기 아들들과 거의 비슷한 나이의 경호원을 데리고 다닐 수도 있다고 호언장담을 했습니다! 그래서 나는 이런 결론에 도달했습니다. 사이먼 리는 집안의 법적인 가족 외에 '자신의 핏줄은 이어받았으되 남에게 전혀 알려지지 않은 새로운 아들'이 있었다는 겁니다."

스티븐이 벌떡 일어났다.

포와로가 말했다.

"그것이 바로 당신의 진짜 이유가 아닌가요? 열차에서 만난 아름다운 아가씨의 로맨스 때문이 아니었습니다! 당신은 '그녀를 만나기 이전'부터 벌써 이 집에 올 생각이 있었던 겁니다. 이곳에 와서 '도대체 당신의 아버지가 어떤 사람인지' 알아보려고."

스티븐의 안색이 새하얗게 변했다. 그가 말했다. 그의 음성은 고르지 못하고 허스키했다.

"그렇소, 나는 항상 궁금했습니다. 가끔씩 어머니가 아버지에 대해 이야기해 주셨습니다. 그게 점점 자라나 저에겐 일종의 강박관념처럼 되어 버렸습니다. 아버지가 도대체 어떤 사람인지 보고 싶은 강박관념! 저는 약간의 돈을 준비해 영국으로 왔지요. 저는 아버지에게 제가 누구인지 알리려고 하진 않았습니다. 저는 에브 영감의 아들인 체했지요. 제가 이곳에 온 이유는 오직 하나뿐입니다. 제 아버지는 과연 어떤 분인가 그걸 보기 위해……."

서그덴 총경이 거의 귀엣말 같은 크기로 말했다.

"맙소사, 내가 장님이었어. 지금에야 알아볼 수 있었다니. 나는 두 번씩이나 당신을 해리 리 씨로 착각했었소. 그게 실수였군. 정말 어디 그럴 줄이야 상상도 못 한 일이지!"

그는 필라를 쳐다보았다.

"바로 저 사람이 아니었습니까? 아가씨가 문 앞에 서 있는 걸 보았다고 한 사람은 바로 스티븐 파르 씨였습니다. 아가씨가 거기 서 있었던 사람은 여자였다고 말하기 전 망설이는 듯하면서 그의 눈치를 살피는 것을 보았습니다. 당신이 본 사람은 파르였어요. 그리고 '당신은 그를 저버리고 싶지 않았던 것'이지요."

누군가가 조용히 일어나는 소리가 났다.

힐다 리의 나지막한 음성이 흘러나왔다.

"아니에요. 그건 오해예요. 필라가 본 사람은 바로 저였어요."

포와로가 말했다.

"부인이라고요? 예, 나도 그렇게 생각은……."

힐다 리가 차분하게 말했다.

"자위본능이란 정말 이상한 것이에요. 저는 스스로가 그렇게 비겁해질 수 있다는 사실이 믿어지지 않았어요. 저는 단지 두려웠기 때문에 침묵을 지키고 있었던 거예요!"

"지금 우리에게 말해주시겠습니까?" 포와로가 말했다.

그녀는 고개를 끄덕였다.

"저는 데이비드와 함께 음악실에 있었어요. 그이는 피아노를 치고 있었지요.

그이는 아주 괴상한 우울한 분위기에 사로잡혀 있었습니다. 저는 약간 겁도 나고 책임감도 느끼고 있었지요. 그 이유는 이리로 오자고 주장했던 게 바로 저였기 때문이죠. 데이비드는 장송곡을 치기 시작했습니다. 그때 저는 불현듯 결심을 했지요. 비록 남들 눈에 비정상적인 행동으로 보일지라도 우리 부부는 지금 당장, 그러니까 그날 밤 떠나야 한다고 결심했던 겁니다. 저는 조용히 음악실을 나와 위층으로 올라갔습니다. 저는 아버님께 가서 왜 우리 부부가 가려고 하는지 솔직히 말씀드릴 의도였지요. 저는 아버님 방으로 가는 복도를 따라 걸어가서 문에 노크를 했습니다. 하지만, 아무 대답도 없더군요. 저는 조금 더 세게 다시 한 번 노크를 했습니다. 여전히 아무 대답도 없는 거였어요. 그래서 저는 손잡이를 돌려 보았습니다. 문이 잠겨 있더군요. 잠시 동안 망설이고 있는데, 갑자기 방 안에서 소리가 들려오는 것이었어요."

그녀는 말을 멈추었다.

"제 말을 믿으시려 하지 않을 거예요. 하지만, 그건 사실이에요! 누군가가 그 방 안에서 아버님을 때리고 있었던 거예요. 테이블과 의자들이 뒤집히고 유리잔과 도자기가 박살나는 소리가 났어요. 그리고 그다음 최후의 끔찍한 비명이 들려왔다 사라지더니 또다시 침묵만이 흘렀지요.

저는 얼어붙은 듯 거기 서 있었습니다! 움직일 수가 없었어요! 곧이어 파르 씨가 복도를 따라 뛰어오고 맥덜린을 비롯한 모든 다른 사람들이 왔습니다. 그리고, 파르 씨와 해리가 문을 부수기 시작했지요. 문이 부서져 넘어가고 우리는 방을 들여다보았습니다. '안에는 아무도 없더군요.' 아버님 혼자 피투성이가 된 채 죽어 드러누워 있었어요."

그녀의 차분한 목소리가 약간 고조되었다. 그녀는 울부짖었다.

"거긴 정말 아무도 없었다고요! 방 안에서 나온 사람도 아무도 없었다니까요……."

7

서그덴 총경은 깊은숨을 내쉬면서 말했다.

"내가 미쳐 가고 있는지, 다른 사람들이 다들 미쳐 가는지 모르겠군! 부인이 한 말은 도무지 상식적으로 불가능한 소리요! 완전히 미친 소리란 말입니다!"

힐다 리가 울부짖었다.

"저는 분명히 말했어요. 방 안에서 싸우는 소리와 아버님의 목이 잘리는 비명소리를 들었을 뿐이라고요. 방 안에서 나온 사람도 없고, 방 안에 있는 사람도 없었다니까요!"

"이번에도 사실을 털어놓지 않은 거죠?" 에르퀼 포와로가 말했다.

힐다 리의 안색이 하얗게 변했다. 하지만, 그녀는 자기의 주장을 굽히지 않고 말했다.

"천만에요. 제가 거기서 벌어진 일을 말씀드려도 당신이 할 수 있는 말은 고작 한마디뿐이에요. 아버님을 죽인 사람은 바로 저였다는……."

포와로가 고개를 설레설레 흔들었다.

"아닙니다." 그는 말했다.

"부인은 그분을 죽이지 않았습니다. 그분의 아들이 그를 죽인 겁니다."

스티븐 파르가 말했다.

"하나님 앞에 명세하건대, 나는 아버지에겐 손도 대지 않았습니다!"

"당신이 아닙니다." 포와로가 말했다.

"당신 말고 다른 아들!"

"맙소사." 해리가 말했다.

조지의 눈이 휘둥그레졌다. 데이비드는 손을 끌어올려 양 눈을 비볐다. 엘프리드는 눈을 껌뻑껌뻑하고 있을 뿐이었다.

포와로가 말했다.

"바로 그 첫날밤 나는 이 집에 있었습니다. 그 살인의 밤에 나는 유령을 보았습니다. '그것은 죽은 사람의 유령이었지요.' 나는 해리 리 씨를 처음 보는 순간 몹시 의아했습니다. 전에 본 적이 있다는 느낌을 받았기 때문이지요. 그래서, 나는 그의 생김새를 주의 깊게 살펴보고 그의 아버지와 그가 흡사하게 닮았다는 사실을 깨달았습니다. 그래서, 나는 이렇게 생각했습니다. 그것은 가족이라는 동질감에서 비롯된 것이다—라고.

그러나, 어제 내 앞에 앉은 어떤 사람이 고개를 젖힌 채 웃는 것이었습니다. 그리고 그때 내가 떠올린 사람은 바로 해리 리 씨였다는 사실을 나는 알았지요. 그래서, 나는 죽은 사람의 생김새를 다시 한 번 떠올려 보았습니다.

그러니, 그 늙고 가련한 트레실리언이 문을 열어 줄 때마다 혼동을 일으키는 것도 당연하지요. 매우 흡사하게 닮은 사람은 둘이 아니라 셋이었던 겁니다. 서로 똑같은 사람으로 통할 수 있는 세 명의 사내가 이 집안 내 지척의 거리에 함께 있었으니, 그가 사람을 구분하는데 혼동을 일으키는 것도 당연한 거지요! 똑같은 체격에 똑같은 제스처(그중에서도 특별히 턱을 쓰다듬는 버릇), 그리고 웃을 때 턱을 젖히는 습관과 똑같이 두드러진 매부리코. 하지만, 비슷하다고 해서 처음부터 끝까지 완벽하게 비슷한 것은 아닙니다. '세 번째 사내는 콧수염을 가지고 있었습니다.'"

그는 몸을 앞으로 구부렸다.

"가끔씩 사람들은 경찰관들도 인간이라는 사실을 잊어버립니다. 그들에게도 아내가 있고, 또 자식이 있고 어머니가 있지요."

그는 여기서 잠시 말을 멈추었다.

"그리고 아버지도 있습니다. 이 지방에서 사이먼 리의 평판을 생각해보십시오. 숱한 여자들과의 스캔들로 아내의 속을 썩인 남자였습니다. 사생아로 태어난 아들도 많은 것을 물려받을 겁니다. 아버지의 외모는 물론 심지어 제스처까지도 본받게 되는 거지요. 자존심과 인내력, 복수에 대한 집념까지도 이어받을 것이란 말입니다!"

그의 음성이 올라갔다.

"서그덴, 당신은 평생을 두고 당신 아버지가 당신에게 한 짓을 원망해 왔었소. 내가 생각하기에, 당신은 이미 오래전에 그를 죽이기로 작정했었지. 당신은 그리 멀지도 않은 바로 옆 군 출신이오. 보나 마나 사이먼 리는 당신 어머니에게 엄청난 물량공세를 퍼부었을 것이고, 그녀는 아이에게 아버지 구실을 해줄 남편감을 발견할 수 있었을게요. 당신이 미들셔 경찰서에 들어가는 일은 쉬웠겠지. 그리고, 당신은 기회를 기다리고 있었던 것이오. 경찰 총경이라는 위치는 살인을 저지르고도 대충 얼버무려 버리기엔 안성맞춤인 자리이지."

서그덴의 안색이 백지장처럼 하얗게 변했다.

"당신 미쳤군!" 그가 말했다.

"나는 그분이 살해될 때 집 밖에 있었소."

포와로가 고개를 내저었다.

"천만에. 당신은 애당초 집에서 나가기 전에 그분을 죽였던 것이오. 당신이 떠난 뒤 살아 있는 그분을 목격한 사람은 아무도 없지. 당신에겐 너무나 손쉬운 일이었을게요. 사이먼 리가 당신을 기다리고 있었던 것은 사실이오. '하지만, 그는 결코 당신을 부른 적이 없어요.' 전화를 걸어 도둑이 들었을지도 모른다고 모호하게 엄포를 놓았던 사람은 바로 당신이었지. 당신은 그날 밤 8시 직전에 전화해서 경찰 자선 모금을 하러 온 체하겠다고 말했소. 사이먼 리는 아무 의심도 하지 않았지. 그분은 당신이 자기 아들인 줄은 까마득히 모르고 있었던 게요. 당신은 여기에 와서 그분에게 가짜 다이아몬드에 관한 얘기를 해주었소. 그분은 자기 금고에 가지고 있던 진짜 다이아몬드를 보여 주기 위해 금고문을 열었지. 당신은 사과를 하고 그와 함께 벽난로 앞으로 되돌아왔소. 그리곤 아무도 눈치 채지 못하게 그를 붙들고 목을 잘라 버렸지. 손으로 입을 막아 고함도 치지 못하게 하고서 말이오. 당신같이 건장한 사람이라면 그야말로 어린아이 장난인 셈이지.

곧이어 당신은 무대를 꾸미기 시작했소. 일단 다이아몬드부터 챙겼지. 당신은 테이블과 의자들, 램프와 유리그릇 따위를 뒤죽박죽으로 쌓아올리고서 미리 당신이 돌돌 말아서 지니고 온 가느다란 줄이나 노끈 따위로 이리저리 얽어 감았소. 당신은 상당한 양의 구연산나트륨(혈액을 굳지 않게 하는 항응고제의 일종)을 타둔 갓 죽은 동물의 피도 한 병 가지고 왔었소. 당신은 그 피를 이리저리 사방에다 뿌리고 사이먼의 상처에서 흘러나온 피가 괴어 있는 곳에는 구연산나트륨을 더 끼얹었지. 시체가 따뜻한 체온을 유지할 수 있도록 불도 더 지폈소. 그런 다음, 당신은 줄의 양끝을 창문 밑바닥의 좁은 틈으로 내보내고서 벽을 따라 아래로 늘어뜨렸소. 그러고는 방에서 나가 바깥쪽에서 열쇠를 넣어 돌렸소. 정말 감쪽같았지. 왜냐하면, 그때 그 방에는 아무도 들어갈 수 없었거든.

당신은 밖으로 나가서 일단 다이아몬드를 정원의 석단에다 숨겼소. 나중에 거기서 다이아몬드가 발견되면 용의의 초점은 더욱더 강하게 당신이 의도했던 대로, 그러니까 사이먼 리의 집안 식구들에게 모아지게 될 테니까. 9시 15분이 약간 못돼서 당신은 되돌아왔소. 그러고는 창문 밑 벽으로 가서 줄을 잡아당겼지. 당신이 사전에 뒤죽박죽으로 쌓아두었던 것이 와르르 무너졌소. 가구와 도자기들은 떨어져 부서졌고. 당신은 한쪽 끝을 잡아당겨서 코트와 조끼 아래쪽의 당신 몸에다 감았소."

"거짓말도 기발하시군!"

그는 다른 사람들이 있는 쪽을 쳐다보았다.

"리 씨가 죽어가면서 낸 비명소리를 여러분이 제각기 다르게 표현했던 일이 기억날 겁니다. 앨프리드 씨는 죽어가는 사람의 고통스러운 절규로 표현했습니다. 리디아와 데이비드 씨는 지옥에서 나는 혼백의 소리라는 표현을 사용했고요. 반대로, 데이비드 리 부인은 영혼이 없는 사람의 절규라고 말했습니다. 인간의 소리 같지 않은 맹수의 소리 같다고 한 거지요. 진실에 가장 가깝게 말한 사람은 해리 리 씨였습니다. 그는 죽어가는 돼지 소리 같았다고 말했거든요.

박람회장에 가면 팔고 있는 속칭 '죽어가는 돼지'라는 연분홍색의 기다란 공기주머니를 아시는지요? 공기가 갑자기 빠져나갈 때 짐승이 울부짖는 소리 같은 게 납니다. 그것이 서그덴, 당신 작전의 마지막 마무리였지. 당신은 그것을 하나 미리 방 안에다 준비해 두었소. 그 주둥이는 나무못으로 막혀 있었지. 그리고, 그 나무못은 끝에 연결되어 있었소. 당신이 끈을 잡아당겼을 때 나무못이 빠지고, '죽어가는 돼지'는 오그라들기 시작했소. 따라서, 가구가 무너지면서 곧이어 '죽어가는 돼지'의 비명소리가 나기 시작한 것이지."

그는 다시 한 번 다른 사람들 쪽으로 시선을 돌렸다.

"이젠 필라 에스트라바도스 양이 주운 것이 무엇인지 다들 아시겠지요? 총경은 그 조그마한 고무조각을 누군가 눈치 채기 전에 재빨리 회수하고 싶었습니다. 하지만, 그는 경관이라는 지위를 이용해 필라에게서 그것을 재빨리 빼앗는 수밖에 없었던 겁니다. 생각해보십시오. 그는 그 일에 대해서는 누구에게도 한마디 입 밖에 낸 적이 없습니다. 그것 자체만으로도 충분히 수상쩍은 사실이었던 겁니다. 나는 그 이야기를 맥덜린에게서 전해 듣고는 그를 추궁했습니다. 그는 그 문제에 대해서 만반의 준비를 하고 있더군요. 리 씨의 고무로 된 휴대용 세면도구 주머니에서 한 조각을 싹둑 잘라서는 나무못과 함께 내보인 거지요. 그것들도 고무조각과 나무 조각인 이상 겉으로 보기에는 똑같은 대답이 될 수 있었습니다. 이것은 다시 말해, 그 당시에 나는 그것들이 아무것도 아니라고 생각했었다는 것을 의미합니다. 하지만, 그건 내 실수였지요. 그 즉시 '이건 아무 의미도 없어. 이것은 그 자리에 있을 수 없는 것인데. 서그덴 총경이 거짓말을 하는 거야.'라고 말했어야 하는 건데, 그렇게 하지 못한 건 순전히 내가 어리석었기 때문이었습니다. 게다가, 나는 더더욱 바보스럽게도 그것에 대한 설명을 찾으려고까지 한 겁니다. 하지만, 그 해답은 에스트라바도스 양이 갖고 놀던 풍선이 터지면서 밝혀지게 되었지요. 풍선이 터지자 그녀는 자기가 사이먼 리의 방에서 주웠던 것은 터진 풍선 조각이 틀림없었다는 말을 하더군요. 그래서, 나는 사실을 알게 되었던 겁니다.

이제 사건의 경위를 모두 알았습니까? 리 씨와 범인 간의 있지도 않았던 싸움은 '틀린 사망 시간대를 설정하기 위해 꼭 필요했던 겁니다.' 문이 잠겨져 있었던 이유는, 사람들이 지나치게 빨리 시체를 발견하는 것을 방지하기 위한 것이었지요. 죽어가는 사람의 비명, 그것도 해결되었습니다. 이제 사건은 논리 정연하고 명약관화하게 되었습니다.

그리고 또 한 가지, 필라 에스트라바도스 양이 풍선에 대한 발견으로 큰소리를 질렀을 때, 그녀는 이미 죽음의 위험 속에 빠져 있었던 겁니다. 그가 만일 그 소리를 집에서 들었다면(아마 틀림없이 들었을 겁니다. 그녀의 목소리는 높고 또렷했을 뿐만 아니라 창문들도 열려 있었으니까요), 그녀는 큰 위험 속에 빠져 버렸다 할 수 있습니다. 그때 이미 그녀는 살인자에게 불안을 던져 준 상태였으니까요. 그녀는 리 노인에 대해 얘기하면서 이렇게 말한 적이 있습니다. '외할아버지는 젊었을 땐 아주 멋진 분이었을 거예요.' 그리고 곧장 서그덴에게 말하면서 덧붙였습니다. '마치 아저씨처럼' 하고 말입니다. 그녀는 그냥 내뱉은 말이지만 서그덴은 그 의미를 알고 있었습니다. 서그덴의 얼굴이 새빨개졌음은 말할 것도 없고, 심지어 당황하기까지 했죠. 그건 정말 불시의 일이었으며, 그는 죽여 버려야겠다고 생각할 정도로 위험을 느꼈던 겁니다. 그래서, 그는 그녀에게 죄를 덮어씌우려고 해보았습니다. 하지만, 그것은 생각 외로 어렵다는 것으로 판명되었지요. 왜냐하면, 노인의 외손녀로서의 그녀는 범죄의 아무런 동기도 가지고 있지 않았기 때문이지요. 그 뒤 그는 집에서 소리를 듣게 되었습니다. 그녀의 높고 분명한 음성이 풍선에 대해 얘기하고 있었던 겁니다. 그때 그는 사생결단의 방법을 사용하기로 결심했습니다. 그는 우리가 점심식사를 하는 동안 그 부비트랩을 장치한 겁니다. 하지만 다행스럽게도, 아니 차라리 기적이라고 하는 게 낫겠습니다만, 그것은 실패를 하고 말았지요."

죽은 듯한 침묵이 흘렀다.

서그덴이 착 가라앉은 음성으로 물었다.

"언제 확신했습니까?"

포와로가 말했다.

"가짜 콧수염을 사 와서 사이먼 리의 초상화에다 붙여보기 전에는 나도 설마 했었소. 하지만, 수염을 붙이니 나를 쳐다보는 얼굴이 바로 당신의 얼굴이더군."

서그덴이 말했다.

"젠장, 망할 놈의 늙은이, 지옥에나 떨어져라! 그래도 해치우고 나니 속이 후련하군!"

12월 28일

1

리디아 리가 말했다.

"필라, 우리가 너를 위해 뭔가 확실한 준비를 해줄 수 있을 때까지 우리와 함께 있는 것이 좋겠어."

필라가 풀이 죽은 모습으로 대답했다.

"리디아, 당신은 좋은 분이세요. 훌륭한 분이세요. 야단도 치지 않고 쉽게 사람을 용서해주시는 분이에요."

리디아가 웃으며 말했다.

"나는 여전히 아가씨를 필라로 부르고 있어. 다른 이름이 있을 줄 알고는 있지만."

"예. 제 본명은 콘치타 로페즈예요."

"콘치타도 예쁜 이름이네."

"당신은 정말 너무나 좋은 분이세요, 리디아. 하지만, 저 때문에 귀찮은 일을 겪을 필요는 없어요. 저는 스티븐과 결혼해서 남아프리카로 갈 작정이에요."

리디아가 웃으며 말했다.

"그래, 그 일은 잘 마무리될 거야."

필라가 수줍은 듯 말했다.

"그동안 너무나 친절하게 대해 주셨어요, 리디아. 언젠가 우리 부부가 함께 와서 당신과 함께 지낼 때가 있을 거예요. 아마 크리스마스 때가 되겠죠. 그땐 크래커와 불에 구운 건포도, 저 나무 위에 반짝이는 것들과 작은 눈사람도 같이 만들 수 있지 않겠어요?"

"필라는 반드시 와서 진짜 영국식 크리스마스를 보내게 될 거야."

"그땐 정말 멋진 크리스마스가 될 거예요. 리디아, 이번 크리스마스는 그리 유쾌한 크리스마스는 아니었던 것 같아요."

리디아는 심호흡을 하고서 말했다.

"그래, 멋진 크리스마스는 아니었어."

2

해리가 말했다.

"그럼, 잘 있어요, 앨프리드 형. 내 꼴을 보고 너무 괴롭게 생각하지는 마. 나는 하와이로 떠나겠어. 돈이 조금밖에 없더라도 거기서 줄곧 살 생각이에요."

앨프리드가 말했다.

"잘 가라, 해리. 행복하게 살아 주길 빌겠다."

해리가 겸연쩍은 듯 말했다.

"그동안 형을 너무 화나게 했던 것 같아 정말 미안해요. 덕분에 시시껄렁한 유머 감각이 생긴 것 같지만. 친구 녀석들이나 골려줘야겠는걸."

"나도 농담을 배워야만 할 것 같은데."

앨프리드가 간신히 대답했다.

"그럼, 또 만나게 되겠지."

해리가 안심하며 말했다.

3

앨프리드가 말했다.

"데이비드, 리디아와 나는 이 저택을 처분하기로 했다. 어머니가 쓰시던 몇 가지 물건은 네가 갖는 것이 좋겠다. 어머니가 쓰시던 의자와 발판 말이야. 넌 언제나 어머니를 좋아했지."

데이비드는 잠깐 동안 망설였다.

이윽고 그가 천천히 입을 열었다.

"생각은 고마워. 하지만, 앨프리드 형, 나는 그렇게 하지 않을 생각이에요. 나는 이 집 것은 아무것도 원하지 않아요. 차라리 과거와 함께 모두 없애버렸으면 좋겠어."

앨프리드가 말했다.

"좋아, 무슨 말인지 알겠다. 네 말이 옳은지도 모르겠구나."

4

조지가 말했다.

"그럼, 잘 있어요, 앨프리드 형. 잘 있어요, 형수님. 정말 끔찍하기 이를 데 없는 시간이었어. 게다가, 재판까지 진행될 테니. 그런데, 이런 불명예스러운 이야기가 외부에 알려져야만 할까? 서그덴도, 아버지의 아들인데. 그를 잘 설득해서 자기는 진보 공산주의자라서 아버지 같은 자본가를 경멸했다고 주장하게 하는 건 어떨까요?"

리디아가 말했다.

"이것 봐요, 조지 서방님. 서그덴 같은 사람이 우리 비위를 맞추려고 그런 거짓말을 할 사람 같아 보여요?"

조지가 말했다.

"흠, 그렇지는 않겠죠. 맞아요. 형수님 말씀이 무슨 뜻인지 알겠습니다. 하긴 그 사람은 미친 사람이지. 그럼, 잘 있어요."

맥덜린이 말했다.

"안녕히 계세요. 내년 크리스마스 땐 우리 모두 리비에라(남프랑스 칸의 해변 휴양지) 같은 곳에나 가도록 해요. 정말 재미있을 거예요."

조지가 말했다.

"비용이 문제지."

맥덜린이 말했다.

"여보, 쩨쩨하게 굴지 말아요."

5

앨프리드가 테라스로 나왔다. 리디아는 석단 위로 몸을 구부리고 있었다. 그녀는 그를 발견하고 허리를 폈다.

그가 한숨을 내쉬며 말했다.

"이젠 다들 갔어."

"잘 됐군요." 리디아가 말했다.

"그런 셈이지." 앨프리드가 말했다.

"당신은 이곳을 떠나고 싶은 모양이군?"

그녀가 물었다.

"그게 그렇게 마음에 걸리세요?"

"아니오. 나도 그러고 싶소. 우리가 함께 할 수 있는 재미있는 일들이 많을 거요. 여기 살아 봐야 지나간 악몽만 계속 되풀이해서 생각날 뿐이지. 하지만, 하늘이 도왔는지 이젠 모두 끝났어!"

"다 에르큘 포와로 씨 덕택이에요." 리디아가 말했다.

"맞아. 모든 게 그의 설명대로 딱딱 맞아떨어지다니 정말 놀라운 일이었어."

"그래요. 조각 그림 맞추기 게임을 시작할 때 어느 곳에도 맞지 않는다고 우기던 이상한 조각들이 그것이 끝날 무렵에는 저절로 제자리를 찾아가는 것과 같았어요."

앨프리드가 말했다.

"그런데, 사소하지만 단 하나, 이치에 맞지 않는 일이 있어. 조지가 전화를 끝낸 뒤에 무엇을 했을까 하는 것이지. 왜 그걸 말하지 않으려 하지?"

리디아는 웃음을 터뜨렸다.

"그걸 모르세요? 나는 이미 알고 있었어요. 그는 당신 책 위의 서류를 훔쳐 보고 있었던 거예요."

"오! 아니야, 리디아. 감히 누가 그런 짓을 하겠어!"

"조지는 그러고도 남을 사람이에요. 돈 문제에 대해선 혈안이 되어 설치는 사람이잖아요. 그러니, 자기가 한 짓을 말할 수 없었을 수밖에. 사실상 그는 자신의 죄를 인정하기 전에 피고석에 있어야 했을 사람이에요."

앨프리드가 말했다.

"또 다른 정원을 만들고 있는 거요?"

"예."

"이번엔 뭔데?"

"에덴동산을 만들어 볼 작정이에요." 그녀가 말했다.

"새롭게 개작을 해서, 뱀도 없고, 중년의 아담과 이브가 살고 있는 에덴동산."

앨프리드가 점잖게 말했다.

"여보, 리디아. 그동안 정말 오랜 시간들을 잘 참아 주었소. 당신은 정말 나에겐 너무나 좋은 아내였소."

리디아가 말했다.

"하지만, 앨프리드, 전 당신을 사랑하기 때문에……."

6

존슨 대령이 말했다.

"아니, 그럴 수가!"

그는 다시 말했다.

"입이 다물어지지 않는군!"

마지막으로 한 번 더 말했다.

"너무나 놀라운 일일세!"

그는 의자에 등을 기댄 채 포와로를 멀뚱멀뚱 쳐다보기만 했다.

그는 침통한 표정으로 말했다.

"내가 데리고 있는 부하들 중 그래도 제일 나은 사람이었는데! 경찰이 어떻게 그럴 수 있지?"

포와로가 말했다.

"경찰관들에게도 사생활이 있는 법일세! 서그덴은 자존심이 매우 강한 사람이지.”

존슨 대령은 고개를 설레설레 내저었다. 기분이 진정되지 않는지 발로 벽난로를 툭 걷어찼다. 그러고는 갑자기 말했다.

“내가 항상 말하지만, 장작불만큼 좋은 건 없어.”

에르퀼 포와로는 자기 머리 주위에 있는 술병들을 의식하고 속으로 이렇게 생각했다.

‘나는 언제나 중앙집중식 난방이야…….’

<끝>

■ 작품 해설 ■

여기 소개하는 《크리스마스 살인(Hercule Poirot's Christmas, 1938)》은 애거서 크리스티(Agatha Christie, 영국, 1890~1976)의 32번째 추리소설이며 24번째 장편이다.

이 작품의 범인은 사실 어느 누구도 예측할 수 없는 인물이기에 마지막 순간까지 독자들은 엉뚱한 사람을 의심하게 된다, 이것이 '페어플레이'인지 아닌지는 모르지만.

크리스티 여사의 60년에 가까운 작가 경력에서 1930년대라 하면 나중의 마플 양 시리즈인 장편 12편의 서막을 연 1930년의 《목사관 살인사건(Murder in the Vicarage)》을 시초로 1934년의 《오리엔트 특급살인(Murder on the Orient Express)》, 1935년의 《3막의 비극(Three-Act Tragedy)》과 《ABC 살인사건(The ABC Murders)》, 1939년의 《그리고 아무도 없었다(And Then There Were None)》 등 크리스티의 작품 중에서도 베스트 10에 들어가는 명작을 계속 발표했던 시대이고, 또 작품 수를 말해도 최고 16편(40년대 13편, 50년대 12편, 60년대 9편, 20년대 9편, 70년대 5편)을 기록한 연대이기도 했으므로 크리스티로서도 제일 전성기라고 할 수 있을 것이다. 한편, 포와로의 활약이라는 면에서 보면 포와로 시리즈 35편의 장편 중 이 《크리스마스 살인》을 포함해서 11편이 발표된 상태로 사실 포와로의 전성기라 해도 과언이 아닐 것이다. 그것은 곧 1930년경을 경계로 크리스티의 작품이 그때까지의 모험소설적인 것이나 스릴러에서 점차 포와로와 추리에 중점을 두는 작품으로 변해 갔다고 하는 일반의 세평에 수긍할 수 있는 것이기도 하다.

그래서 《크리스마스 살인》의 흥미, 이것은 말할 나위도 없이 소위 밀실 살인의 트릭과 명탐정 포와로의 수수께끼 해결에 재미가 있다고 할 수 있는데, 종래의 그러했던 포와로 시리즈와는 다른 또 하나의 흥미가 내포되어 있음 잊어서는 안 된다.

이 작품의 이야기는 12월 22일부터 28일까지의 1주일 사이에 일어난 일인데, 기독교인들에게 있어서 어떤 의미로는 크리스마스 당일보다도 중요한 이브인 24일에 사건이 일어난다. 더구나 엄청난 피가 흘러, 우리들의 죄를 속죄하기 위해 예수가 십자가에서 흘린 피를 상기시키는 의미도 주고 있다.

이 소설은 같은 해 바로 전에 발표된 《죽음과의 약속(Appointment with Death, 1938)》과 그 구성면에서 비슷해, 어떻게 보면 그의 속편이라고도 할 수 있다. 즉, 두 작품 다 한 가족의 가장(家長)에 대한 가족들의 미움과 원망 등이 복잡하게 얽혀 있어서 그 결과를 예측할 수 없게 만드는 것이다.